신부 선생님, 안녕!

SHINOBU SENSE NI SAYONARA −
NANIWA SHOUNEN TANTEIDAN DOKURITSU HEN
ⓒ Keigo Higashino 1996
All rights reserved.
Original Japanese edition published by KODANSHA LTD.
Korean translation rights arranged with KODANSHA LTD.
through EntersKorea Co., Ltd.

시노부 선생님, 안녕!

초판 1쇄 펴낸 날 2015년 8월 7일   5쇄 펴낸 날 2018년 12월 26일
지은이 히가시노 게이고 **옮긴이** 김난주 **펴낸이** 박설림 **펴낸곳** 도서출판 재인 **디자인** 오필민디자인
등록 2003. 7. 2. 제300-2003-119 **주소** 서울시 강남구 언주로30길 13 대림아크로텔 1812호
전화 02-571-6858 **팩스** 02-571-6857

ISBN 978-89-90982-60-5 03830 Copyright ⓒ 재인, 2015 Printed in Korea.

신노부 선생님, 안녕!

大阪府警察　出入禁止

Naniwa

히가시노 게이고 지음　김난주 옮김

재인

차례

— 시노부 선생님은 공부 중   7

— 시노부 선생님은 폭주족   87

— 시노부 선생님의 상경   151

— 시노부 선생님은 입원 중   205

— 시노부 선생님의 이사   255

— 시노부 선생님의 부활   293

작가 후기   350

해설 · 니시가미 신타   352

시노부 선생님은 공부 중

1

4번 타자가 배트를 휘두르자 뭔가가 터지는 듯한 소리가 나면서 하얀 공이 하늘로 치솟았다. 야구공보다 큰 공이다. 중견수가 열심히 뛰어가서 팔을 뻗었지만 공은 그의 손보다 1미터 정도 높은 곳을 지나 그라운드에 떨어졌다.

환호성 속에 두 주자가 홈인했다. 타자는 2루까지 진출.

"좋았어. 이제 막판 쐐기를 박으면 되겠군."

니시마루 센베는 1루 쪽 벤치에 앉아 다시마차를 마시면서 스코어보드를 쳐다보았다. 방금 2점을 올려 니시마루 상점은 상대인 마쓰모토 상점에 8 대 3으로 5점이나 이기고 있었다.

"아주 좋아. 저 기백을 장사에 쏟으면 좋을 텐데 말이야."

환하게 웃으면서 고개를 끄덕이던 센베는 상대편 벤치를 보았다. 패색이 짙은지라 마쓰모토 상점 팀은 침울해 있다.

"시합 전에는 그렇게 뻐기더니, 역시 실력이 차이 난다는 것을 알았겠지. 이제 큰소리치지 못할 거야. 안 그래, 도모이?"

센베가 그렇게 말하자 옆에 앉은 양복 차림의 자그마한 남자가 맞장구를 쳤다.

"그럼요."

그런데 이때 상대 팀에서 지금까지 듣지 못했던 소리가 터져 나왔다.

"투수! 뭐하는 거야, 답답하게. 졸지 말고 인코너로 던지면 되잖아. 저렇게 비실대는 타자가 공을 어떻게 치겠어."

고막이 찡할 정도로 소리가 울렸다. 틀림없는 여자 목소리다. 어라, 벤치에는 전부 남자들만 있을 텐데. 눈을 찡그리고 보니 맨 끝에 여자가 하나 보인다.

"허, 저기 좀 보라고, 도모이. 마쓰모토 팀 벤치에 여자가 있잖아. 시합에 질 것 같으니까 미인계로 이겨 보겠다는 속셈인가?"

"호오, 그러네요……."

도모이도 상대 팀 벤치를 보면서 말했다.

"미인계가 통할 것 같지는 않은데요."

"아니지, 아니야. 미인에도 여러 가지가 있잖아."

센베는 옆에 놓인 망원경을 들어 눈에 댔다. 초점을 맞추자 동그란 윤곽에 눈이 옆으로 길쭉한 미인의 얼굴이 눈에 들어왔다.

"꽤 예쁘게 생겼는데."

센베가 망원경을 천천히 아래로 향했다. 목덜미에서 가슴, 그리고 허리 주위를 꼼꼼하게 살핀다.

"유니폼이란 거, 영 못쓰겠군."

"네?"

"라인이 잘 안 보이잖아."

"아……."

망원경을 다시 천천히 올리니 상대 여자도 그를 보고 있다. 이쪽에서 품평하고 있는 것을 눈치챈 모양이다. 센베가 히죽 웃는데 여자가 매직펜을 들더니 옆에 놓인 컵에 뭔가를 쓴다.

할배, 라는 글자였다.

센베는 자신도 모르게 눈을 부라렸다.

마침 그때 마쓰모토 팀 감독이 일어나 투수 교체를 선언했다. 이어서 마운드로 걸어 나온 선수가 바로 그 여자다.

"허어, 여자를 투수로 내세울 셈인가."

그녀가 마운드에 서자 그때까지 잠잠하던 마쓰모토 상점의 응원석에서 환성이 터져 나왔다.

"와, 드디어 나왔다!"

"팍팍 던져 줘요!"

센베가 움찔 놀라 소리 나는 쪽을 보니 초등학생과 중학생으로 보이는 아이들이 몇 명 앉아 있다. 그의 눈이 더욱 휘둥그레졌다.

"뭐야, 저 아이들은?"

"글쎄요."

도모이도 고개를 갸웃거린다.

"마쓰모토 상점과는 관계없는 아이들인 것 같은데요."

"뭐, 아무튼. 여자 투수의 공을 치는 것도 흥미롭겠군. 봐주지 말고 받아 치라고!"

센베도 아군 선수들을 향해 소리 질렀다.

마운드에 선 여자 투수는 오른팔을 빙빙 돌리고 있다.

"처음부터 날릴 거니까 똑바로 잘 받아."

포수에게 하는 소리다. 글러브를 들어 대답하긴 했지만 그러고서도 몇 번이나 아군 벤치를 돌아보며 고개를 갸웃거리는 것으로 보아 그녀의 볼을 처음 상대하는 눈치다.

관중석이 웅성거린 것은 이때까지였다. 그녀가 워밍업 차원에서 공을 두세 번 던지자 양 팀 모두 조용해졌다.

팔이 풍차처럼 한 바퀴 돌자 지금까지의 투수가 던진 것과는 비교도 안 될 정도로 힘차고 빠른 공이 포물선을 그리며 날아가 포수의 글러브에 쏙 들어간다.

"좋아, 좋아! 엄청 빨랐어!"

응원석에서 아이들이 또 소리쳤다. 여자 투수가 글러브를 흔들어 응수한다.

"뭐야, 저 여자는?"

센베가 중얼거리자 옆에서 도모이가 상대 팀 선수 명단을 펼쳐 죽 적힌 이름의 맨 아래를 가리키며 대답했다.

"여기 이름이 있어요. 마쓰모토 상점에서 불러온 용병인가 봅니다. 이름이 다케우치…… 다케우치 시노부라고 되어 있어요."

"시노부라……."

센베가 중얼거렸다.

"좋은 이름이로군."

그리고 몇 분 후, 타자 둘이 결국 삼진으로 물러나고 여자 투수는 당당하게 마운드에서 내려왔다. 도중에 센베와 눈이 마주친 그녀는 손가락을 오른쪽 눈 아래로 가져가는 동시에 그를 향해 혀를 쏙 내밀었다.

2

컵라면 세 개를 바구니에 던져 넣고 걸음을 내디디려는 찰나 다른 사람과 부딪쳤다. 반사적으로 "죄송합니다."라는 말이 나왔지만, 상대의 얼굴을 보고는 사과한 것을 이내 후회했다. 시노부의 옛 제자, 다나카 뎃페이였다.

"컵라면이나 먹고…… 영양실조 걸리겠어요."

헤실헤실 웃으면서 변성기 특유의 목소리로 말한다. 시노부는 바구니를 뒤로 숨기고 뎃페이를 내려다보면서 말했다.

"이긴 빈침이야. 요즘은 공부 때문에 금방금방 배가 고프던 말이야. 그런데 넌 왜 이런 데서 얼쩡거리고 있어?"

"중학생은 슈퍼에 오면 안 되나요, 뭐?"

"그래서 전철 타고 여기까지 왔어? 부모님께 보고해야겠네."

"아빠 심부름 온 거라고요. 지난번 시합 때문에요."

그러면서 뎃페이가 종이 백을 내밀었다. 겉에 시노부의 단골 케이크 가게 이름이 인쇄되어 있다.

"그럼 그 말을 먼저 해야지. 흐음, 이렇게 신경 안 쓰셔도 되는데."

환하게 웃으면서 시노부는 종이 백을 받아 들었다.

며칠 전 소프트볼 시합에 용병으로 나선 것은 뎃페이의 부탁 때문이었다. 그의 아버지가 마쓰모토 상점에서 일하시는데, 어떻게든 니시마루 상점에 보복하고 싶어 한다고 해서 철판을 깔고 나서기로 한 것이었다.

그런데 결국 시합에는 졌다. 시노부는 멋지게 공을 던졌고, 2타석 연속 러닝 홈런이 나왔지만, 그때까지의 점수 차가 너무 컸다.

"처음부터 선생님을 내보냈으면 가볍게 이겼을 텐데. 그 감독, 바보예요."

"내가 여자라서 믿음직스럽지 못했던 거지. 흔한 일이잖아. 일종의 성차별이지만."

둘은 노을을 바라보며 역을 향해 걸었다. 가는 도중에 시노부가 사는 아파트가 있다. 주택이 빽빽하게 들어서 있고 일방통행로가 유난히 많은 동네다.

"학교생활은 어때, 공부하기 힘들지?"

"그냥 그래요."

뎃페이의 목소리가 작아진다.

"대답이 왜 그렇게 시원치 않아? 영어는 어때, 잘 따라가고 있어?"

"지금은 그럭저럭요. 디스 이즈 어 펜, 아이 엠 어 보이."

"자, 잠깐."

마지막 모퉁이를 돌아 아파트가 보이자 시노부가 갑자기 걸음을 멈췄다. 회색 양복을 입은 남자가 아파트 입구를 기웃거리고 있었던 것이다. 몸집이 작고 등이 굽은 남자다.

"어제 그 사람이다."

시노부가 중얼거렸다.

"아는 사람이에요?"

뎃페이가 조그만 소리로 물었다.

"학교에서 돌아오는데 따라오더라고. 치한인지도 모르지."

"참, 보는 눈도 없지."

시노부는 뎃페이의 머리를 한 대 톡 쥐어박은 후, "어디 맛 좀 보여 줄까." 하면서 숨을 크게 들이쉬었다. 그리고 종이 백을 뎃페이에게 맡기더니 슈퍼마켓 봉지에서 무를 꺼내 손에 쥐고 천천히 다가갔다. 남자는 아파트 쪽을 향해 있어 등이 무방비 상태였다.

남자의 뒤로 1미터 정도 다가섰을 때 "뭘 그렇게 보고 있는 거야!"라고 등 뒤에서 불쑥 소리를 질렀다.

남자가 헉, 하는 소리를 내며 몸을 돌렸다.

"으아악."

남자가 순간적으로 도망치려고 하자 그 멱살을 잡고 손에 든 무로 머리를 내려쳤다. 무가 두 쪽으로 쫙 갈라지고, 남자는 머리를 두 손으로 감싸면서 움츠렸다.

"그렇게 호락호락 놓치지 않지. 자, 경찰서로 가자고."

"아니, 아니에요."

"뭐가 아니라는 거야. 뻔뻔하게."

"아닙니다. 저는 니시마루 상점의 도모이라고 하는 사람입니다."

"니시마루?"

"회장님 지시로 찾아온 겁니다. 우리 회장님이 꼭 만나고 싶어 하셔서요."

다니마치에 있는 니시마루 상점은 도로변에 있는 4층짜리 건물이었다. '교복, 유니폼, 작업복 등 주문받습니다'라는 문구가 회사 이름 밑에 쓰여 있다.

건물 뒤에 있는 주차장에 도착한 시노부는 뎃페이, 도모이와 함께 타고 온 밴에서 내렸다.

"저렇게 멋진 외제 차도 있으면서 왜 우리는 밴으로 데리러 온 거야."

주차장에 서 있는 벤츠와 볼보를 보면서 뎃페이가 구시렁거렸다.

"저건 전시용입니다. 회사 상황이 괜찮다는 걸 손님들에게 보여 줘야 하니까요. 평상시에 어지간한 일로는 사용하지 않아요. 그나마 움직이는 건 사장님 전용 벤츠 하나고, 볼보는 폐차된 것을 가져온, 무늬만 차입니다. 기름도 안 들어 있어요."

"그러네. 번호판도 도화지로 만든 거예요."

"회장님 댁은 회사 뒤에 있습니다."

도모이를 따라가자 요릿집 같은 분위기의 전통 가옥이 나왔다. 단층이지만 안쪽으로 꽤 깊어 보였다. 대문에 달린 인터폰으로 도착을 알린 뒤 도모이가 안으로 들어갔다. 시노부와 뎃페이도 뒤따랐다.

현관문을 열자 기모노 차림의 마흔쯤 돼 보이는 여자가 그들을 맞아 주었다. 여자는 생김새가 복스럽고 눈가와 눈썹이 약간 처진 데다 입이 조그만 얼굴이었다. 그녀가 시노부를 다다미방으로 안내하더니 잠시 기다려 달라고 했다. 도모이는 들어오지 않았다.

"선생님, 저거 좀 보세요. 뭔지는 모르지만 꽤 비싸 보이는데요."

시노부는 뎃페이가 가리키는 쪽으로 다가갔다. 아닌 게 아니라 위엄이 있어 보이는 항아리와 칼이 놓여 있었다. 그리고 붓으로 복잡한 곡선을 그린 그림이 족자로 걸려 있다.

"정말이네. 부자들은 이렇게 쓸데없는 데다 돈을 퍼붓는다니까."

그때 장지문이 열렸다. 시노부와 뎃페이는 얼른 방석이 있는 자리로 돌아갔다. 방으로 들어선 사람은 며칠 전 소프트볼 시합 때 본 할아버지로 땅딸한 몸집에 얼굴이 작고 뒤로 넘긴 하얀 머리가 꽤 멋져 보였으며 등도 꼿꼿했다.

할아버지가 시노부를 보며 싱긋 웃었다.

"니시마루 센베라고 해요. 다케우치 시노부 선생이라고 들었소만."

그녀가 그렇다고 대답하자 만족스럽다는 듯 고개를 끄덕이더니 뎃페이를 보았다.

"혹이 하나 따라왔군."

뎃페이가 부루퉁한 표정을 짓자 그는 누런 이를 드러내고 하하하 웃었다.

"그렇게 화내면 못쓰지. 내가 좋은 말을 가르쳐 주랴? 싸다, 받는다, 덤, 이 세 가지다."

"그렇게 말씀하시기에는 너무 비싼 장식품들인데요."

시노부가 도코노마(방의 일부를 바닥을 높여 장식물들을 올려놓고 벽에 족자를 건 자리를 말함-옮긴이)를 바라보면서 말했다.

"아, 저거. 꽤 그럴싸해 보이지. 하지만 산 게 아니에요. 칼은 연극할 때 쓰는 소도구고, 항아리는 쓰레기장에서 주워 온 거야. 아마 가래 뱉는 항아리로 쓰던 거겠지."

"으악, 더러워."

뎃페이가 얼굴을 찡그렸다.

"그럼 족자도요?"

시노부가 물었다.

"그건 올해 세 살 된 손자가 그린 낙서예요. 이렇게 걸어놓으니 꽤 그럴듯하지 않나? 어차피 다 그게 그거지."

센베는 또 하하하 웃었다.

"저, 그런데 왜 저를 보자고 하셨죠?"

시노부가 묻자 센베는 정색한 표정을 짓더니 새삼스레 그녀의 얼굴을 똑바로 보았다.

"전에 했던 시합 말인데, 퍽 아까웠어요. 시노부 양이 좀 더 일찍 등장했더라면 니시마루 팀이 졌을 거예요. 상대 팀이지만 정말 대단하더군."

"당연하죠. 옛날에 4번이었는데."

뎃페이가 끼어들었다.

"알고 있다."

고개를 끄덕이며 센베가 안주머니에서 종이를 꺼내 펼쳤다.

"실업 팀에서 입단을 권한 적도 있더군. 그런데도 학교 선생님이 됐고. 전에 교편을 잡았던 곳은 이쿠노 구에 있는 오지 초등학교. 지금은 파견 유학으로 효고 현 대학에 재학 중. 졸업하면 다시 선생 노릇이겠군."

"불쾌합니다. 왜 그런 뒷조사를 하신 거죠?"

시노부가 눈살을 찌푸렸다.

"화난 얼굴도 보기 괜찮군. 좋아, 내 분명히 말하지. 실은 시노부 양에게 부탁이 있어요. 우리 회사에 꼭 들어와 줬으면 해요."

"뭐라고요?"

시노부와 뎃페이가 동시에 소리를 질렀다.

"우리 회사에는 시노부 양 같은 사람이 필요하답니다. 부탁이에요. 월급도 섭섭지 않게 주지."

"왜 저를……?"

"그 이유를 설명하자면 길어질 텐데……, 어떤가, 저녁 식사를 준비하라고 했으니 한잔하면서 찬찬히 얘기를 나눠 보는 게?"

"아니요, 됐습니다. 저는 다른 일을 할 마음이 없어요."

그렇게 말하고서 시노부는 뎃페이의 등을 톡 치며 일어섰다.

"가자."

"서두르기는. 얘기라도 들어 보지 않고. 복어탕도 다 끓어 가는데 말이야."

"네?"

복어탕. 센베의 그 말에 장지문을 열려던 시노부의 손이 동작을 멈췄다.

"복어회도 있어요."

센베는 그녀의 마음을 꿰뚫어 보기라도 한 것처럼 그렇게 덧붙였다.

"안 돼요, 선생님."

뎃페이가 시노부의 소매를 잡았다.

"먹는 거에 끌려가면 안 돼요."

"응, 알아."

시노부는 맥없이 고개를 끄덕이고는 복도로 나왔다.

"다케우치 선생!"

센베의 목소리가 등 뒤에서 울렸다.

그때였다.

어디선가 으악, 하는 외침이 들리더니 무언가가 바닥으로
내동댕이쳐지는 듯한 둔탁한 소리가 났다.

3

"뭐지, 지금 이 소리는?"

몇 초간 침묵하던 시노부가 물었다. 복도에 우뚝 선 채였다.

"회사 쪽에서 들렸어!"

센베가 시노부를 밀치고 현관으로 향했다. 시노부와 뎃페
이도 그를 쫓아갔다.

현관에 나와 서 있던 가정부가 센베 앞에 얼른 신발을 가지
런히 놓았다.

"후쿠코, 손전등!"

"네."

그녀는 이미 손전등을 준비해 놓고 있었다.

"방금 그 소리 들었나?"

"네, 들었습니다. 주차장 쪽이 아닐까요?"

센베는 음, 하고 고개를 끄덕인 후 집을 나섰다. 시노부와
뎃페이, 그리고 후쿠코도 뒤를 따랐다.

아직 8시도 안 됐는데 주차장은 큰길 쪽과는 달리 가로등

이 없는 탓에 꽤 어두웠다. 센베는 손전등을 비추며 앞으로 나아갔다. 11월치고는 바람이 없는 밤이다.

"별다른 일은 없는 것 같은데……."

센베가 중얼거리고 나서 "다케우치 양, 함부로 움직이지 말아요."라고 시노부를 향해 말했다.

"괜찮아요. 이제 눈이 좀 어둠에 익었어요. ……어?"

"왜 그래요?"

"뭔가가 발에 밟혔……."

시노부가 말을 채 끝내기도 전에 센베가 손전등으로 그녀의 발밑을 비췄다. 동시에 그녀가 꺄악 비명을 지르며 뒤로 물러섰다.

"사람이에요. 누군가 쓰러져 있어요."

뎃페이가 외쳤다. 검은 양복을 입은 남자가 엎드린 채 쓰러져 있었다. 센베가 달려와 남자의 얼굴을 보더니 "요네오카……."라고 신음 같은 소리를 냈다.

그리고 이어서 건물을 올려다보는 그를 따라 시노부도 위를 쳐다봤다. 4층의 창문이 열려 있고 그 안에서 불빛이 새어 나오고 있었다.

"저기서 떨어진 건가?"

시노부가 중얼거렸다.

"후쿠코, 모리타 경비원을 불러 줘. 그리고 나서 병원과 경찰에 전화하고. 아, 쇼이치에게도 연락을 부탁하네."

후쿠코가 네, 하고 대답하고는 건물로 뛰어갔다. 센베는 남자 옆에 쭈그리고 앉아 그의 상태를 살폈다.

"우리 판매부장이야. 이미 틀린 것 같군. 어쩌다 이런 일이……."

목소리가 비통했다.

그때 경비원 차림을 한, 얼굴이 네모난 중년 남자가 뛰어왔다. 이 회사의 경비인 듯했다.

"모리타, 무슨 소리 못 들었나?"

센베의 말에 모리타가 몸을 잔뜩 움츠렸다.

"들었습니다만, 별일 아니……."

뒤의 말은 입안에서 우물거리는 통에 잘 들리지 않았다.

"변명은 됐네. 구급차가 올 때까지 여길 지키고 있게. 나는 위에 올라가 봐야겠어."

그리고 센베는 시노부 쪽으로 눈길을 돌리더니 "자네들에게까지 폐를 끼칠 수는 없지. 내 집에 가서 잠시만 기다리고 있어요. 차를 부를 테니."라고 말한 뒤 노인의 걸음걸이로 여겨지지 않을 만큼 빠른 걸음으로 사라졌다.

시노부와 뎃페이는 하는 수 없이 힐끔힐끔 뒤를 돌아보면서 니시마루의 집으로 향했다.

"선생님, 이거 혹시 사건 아닐까요?"

뎃페이가 소곤거리며 물었다.

"그런 것 같은데."

시노부가 대답했다.

"하지만 이대로 돌아가면 우리는 아무 관계 없어요."

"그렇지."

"골치 아픈 일에 휘말리지도 않고요."

"맞아. 귀찮게 조사받지 않아도 되고."

하지만 결국 두 사람은 누가 먼저랄 것도 없이 걸음을 멈추고 얼굴을 마주 보았다.

"선생님."

응, 하면서 시노부가 고개를 끄덕였다. 그리고 다음 순간, 둘은 휙 몸을 돌려 뛰기 시작했다.

"아니, 어디 가십니까. 집에서 기다리시라고 했는데."

경비원 모리타의 말을 무시하고 시노부와 뎃페이는 건물 앞쪽으로 돌아갔다. 입구로 들어섰을 때는 마침 후쿠코가 경비실 앞에서 전화를 끊고 있는 참이었다. 그녀는 두 사람을 보자 놀라며 시노부의 팔을 붙들었다.

"잠깐만요. 회장님께서 외부인은 절대 들여보내지 말라고 하셨어요."

"나는 외부인이 아니죠. 사건에 함께 휘말렸는데."

"그러니까 더욱더 폐를 끼치고 싶지 않으실 거예요."

시노부와 후쿠코가 옥신각신하는 사이에 뎃페이는 엘리베이터 버튼을 눌렀다. 잠시 후 엘리베이터가 내려와 문이 열리는데 센베가 안에서 나왔다.

"웬 소란이지?"

"회장님, 다케우치 씨가 상황을 보러 가겠다고 고집을 부리시네요."

"흐음."

센베는 잠시 시노부의 얼굴을 보다가 "그래, 괜찮으니까 놓아드리게. 그보다, 보조 열쇠를 좀 가져와. 방문이 잠겨 있어서 들어갈 수가 없군." 하고 말했다.

"보조 열쇠요? 아, 네."

후쿠코는 경비실로 들어가 열쇠 꾸러미를 들고 나왔다.

"그럼 가실까요?"

열쇠 꾸러미를 손에 든 센베를 따라 시노부와 뎃페이도 엘리베이터를 탔다.

4층에 도착해 엘리베이터 문이 열리자 바로 앞에 방문이 하나 있었다. 센베는 노안이라 잘 보이지 않는지 눈을 찡그리고서 열쇠를 하나하나 살피며 맞는 열쇠를 골랐다.

문을 열고 안으로 들어가니 넓은 홀에 형광등이 단 세 개밖에 없었다. 그리고 그 형광등 바로 아래 있는 책상 위가 어지럽게 흐트러져 있었다. 분명 일하던 중이라는 느낌이었다.

그 책상에 판매부장이라는 명패가 놓여 있는 걸 보면 야근 중에 추락한 게 틀림없다고 시노부는 추측했다.

"꽤 세련된 회사네요. 이것 좀 보세요."

뎃페이가 관심을 나타낸 것은 책상에 놓인 컴퓨터였다. 몇 사람에 한 대씩 배치되어 있는데, 컴퓨터 옆에 '종이를 줄이자, 자료는 종이가 아닌 디스크에'라고 쓰인 쪽지가 붙어 있었다.

그중 한 대의 컴퓨터에 전원이 켜져 있었다. 요네오카가 사용하던 것인 듯했다.

"그런데 제대로 사용한 것 같지는 않네요. 스프레드시트가 있긴 한데 사용한 흔적이 없어요."

뎃페이가 의기양양한 표정으로 아는 체를 했다. 뎃페이는 컴퓨터에 관해서는 일가견이 있다.

"너, 절대 손대면 안 돼."

뎃페이에게 주의를 주고서 시노부는 창 쪽으로 다가갔다. 창문 옆에 커다란 책꽂이가 놓여 있었다.

그 창문으로 아래를 내려다보고 있던 센베가 "요네오카가 어리석은 짓을 했군."이라고 혼잣말처럼 중얼거렸다.

"어리석은 짓이라니요?"

"이걸 좀 봐요."

그가 손가락으로 사무실 바닥을 가리켰다. 거기에는 검은 가죽 구두 두 짝이 나란히 놓여 있었다. 시노부는 헉, 하고 소리를 질렀다.

"무슨 어려움이 있었는지는 모르겠지만 목숨을 버릴 것까지야."

센베가 힘없이 고개를 두세 번 흔들었다.

몇 분 후 구급차가 도착했다.

"더는 다케우치 선생께 폐를 끼칠 수 없어요. 오늘은 이만 돌아가세요."

센베의 말에 시노부와 뎃페이는 건물에서 나왔다. 하지만 두 사람 다 이대로 돌아갈 성격이 아니다. 그들은 여러 대의 경찰차에 나뉘어 타고 출동한 경찰들이 수사를 시작하는 상황을 주차장 철망 너머로 살펴보았다. 다행히 이때쯤에는 동네 구경꾼들도 꽤 모여 있었다.

"왠지 이상한데."

경찰들을 바라보던 시노부가 뎃페이의 귀에 대고 속삭였다.

"단순 자살치고는 경찰이 너무 많지 않니?"

"맞아요, 선생님."

뎃페이도 동의했다.

"그래, 이거 어쩌면 사건인지도 모르겠다."

그리고 시노부가 혀로 입술을 핥는데 "어." 하며 뎃페이가 머리를 숙였다.

"왜 그래?"

"만년 말단 형사 아저씨예요. 들키면 안 되잖아요."

뭐, 하며 그녀도 뎃페이가 가리키는 쪽을 보았다. 낯익은 땅딸막한 체형이 눈에 들어왔다. 오사카 부경 본부 수사 1과의 우루시자키 형사다.

"안 되지. 여기서 들키면 여태까지의 고생이 물거품이 된다고."

시노부는 뎃페이의 손을 잡고 고개를 푹 숙인 채 구경꾼들 사이를 헤치며 빠져나왔다. 우루시자키와는 잘 아는 사이지만 지금은 사정이 있어 그와 마주치면 안 된다.

도중에 누군가와 부딪쳤지만 시노부는 고개를 들지 않은 채 "죄송합니다."라고만 말하고 그대로 역을 향해 내뺐다.

4

고개를 숙이고 멍하니 걷고 있는데 갑자기 어깨에 충격이 느껴졌다. 이어 "죄송합니다." 하는 젊은 여자의 목소리가 들렸다. "아니, 괜찮습니다."라고 대답하며 고개를 들었지만 상대의 모습은 이미 보이지 않았다. 돌아보니 남매로 보이는 두 사람이 다급히 걸어가고 있었다.

"오사카 사람들은 연말이 다가오면 걸음이 빨라진다더니."

이상한 이유를 붙여 납득하고서 신도는 다시 걷기 시작했다.

현장에 도착해 보니 선배 형사 우루시자키는 벌써 와 있었다. 집에서 편안히 쉬고 있다가 불려 나왔는지 언짢은 표정으로 캔 커피를 마시고 있다.

"선배, 일찍 오셨네요."

신도는 키가 180센티미터나 되다 보니 본의 아니게 선배를 내려다볼 수밖에 없다. 겨우 160센티미터가 될까 말까 한 우루시자키는 눈으로만 힐끔 후배를 올려다보며 "한창 비디오를 보고 있던 참이었단 말이야. 막 좋은 장면이 시작되려는데 전화가 왔다고. 으, 싫다. 이럴 줄 알았으면 빨리 돌려서 좋은 장면만 골라 보는 건데."라고 분하다는 듯이 말한 후 코털을 뽑았다.

"좋은 장면은 아껴 두는 게 좋죠. 그보다 추락한 남자는요?"

"병원에 실려 갔지. 숨은 끊어지지 않았지만, 힘들 거야."

주차장에 가 보니 감식 담당자와 관할 서 수사 요원들이 현장 검증을 하고 있었다. 남자가 떨어진 위치가 표시되어 있는데 피는 그다지 많이 흘린 것 같지 않았다.

"요네오카 신지. 니시마루 상점의 판매부장이라는군."

우루시자키가 추락한 남자의 이름을 알려 주었다.

"저 창문에서 떨어졌나 보군요."

불이 켜져 있는 4층 창문을 올려다보며 신도가 중얼거렸다.

"그런데 왜 타살 의혹이 있다는 거죠?"

"그건 위에 가 보면 알아."

우루시자키가 대답했다.

건물에는 엘리베이터가 있고 그 문 옆에 '고객 전용'이라고 적힌 종이가 붙어 있었다. 또 그 옆에는 빨간 글씨로 '건강과 전기료 절약을 위해 계단을 이용합시다'라고 쓰여 있었다.

"니시마루 상점은 오사카를 중심으로 업무용 의류를 제조 판매하는 회사라는군. 지금은 회장이 된 전 사장 니시마루 센베의 집이 요 뒤에 있는 모양이야. 동거인은 없고, 가정부 오모토 후쿠코만 늘 드나드나 봐."

엘리베이터 안에서 우루시자키가 알려 주었다.

"혼자서 적적하겠는데요."

"겉보기에는 그래도 본인을 만나 보면 이미지가 달라질걸. 적적할 틈이나 있을까 몰라. 그렇게 골치 아픈 할아버지는 처음이야."

우루시자키가 얼굴을 찡그리는데 엘리베이터가 4층에 도착했다.

"왜들 이렇게 야단법석인지 모르겠군. 요네오카는 자살했어. 뻔하잖나."

두 형사가 방에 들어서는 것과 동시에 쩌렁거리는 고함 소리가 울렸다. 목소리의 주인은 창문 바로 옆 의자에 턱하니 버티고 앉아 있었다. 몸집은 작지만 기모노가 잘 어울리는 노인이다. 그가 니시마루 센베인 듯했다.

"하지만 말이죠, 여러 가지로 미심쩍은 점도 있습니다."

그의 앞에서 등을 구부리고 있는 사람은 형사들의 우두머리인 무라이 반장이었다. 그는 창 쪽을 향해 있었다.

"우선 이 블라인드 말인데요, 보시다시피 망가져 있습니다. 이 망가진 부분을 잘 보면 요네오카 씨가 블라인드를 향해 몸을 날렸다는 걸 알 수 있죠. 다시 말해, 창문은 열려 있고 블라인드는 내려진 채 뛰어내린 겁니다. 자살이라면 보통은 그렇게 하지 않죠."

"하지만 실제로 그렇게 했지 않은가."

"해서, 아직은 알 수 없다는 겁니다. 지금까지는 없었으니까요. 적어도 제 기억에는 말입니다."

"그거야 자네들의 경험이 부족해서 그런 거지."

과연, 하고 신도는 생각했다. 우루시자키 말대로 골치 아픈 할아버지다.

"의문점은 또 있습니다."

무라이는 인내심을 가지고 계속했다.

"요네오카 씨는 떨어지기 직전에 블라인드를 붙잡고 있었습니다. 블라인드가 걸려 있던 두 개의 단단한 금속 중 한쪽이 완전히 뒤틀려 있었으니까요. 마음먹고 자살한 거라면 그러지 않았을 겁니다."

그러자 센베는 대답 없이 느린 동작으로 품속에서 하이라이트 담뱃갑을 꺼내 백 엔짜리 라이터로 불을 붙인 후 깊이 한 모금 빨아들였다. 회백색 연기가 천장으로 피어올랐다.

"……그러니까."

그가 천천히 입을 열었다.

"인간이란 슬픈 존재라는 것이지. 죽을 각오를 하고 뛰어내리기로 했지만, 역시 이 세상에 미련이 남았던 거야. 그래서 순간적으로 지푸라기라도 잡는 심정으로 손에 잡히는 걸 붙들지 않았겠나. 충분히 알 것 같네, 그 심정."

그러자 무라이는 짜증 난다는 듯 대머리를 벅벅 긁더니 한숨을 쉬며 말했다.

"그런 해석도 가능할지 모르겠습니다만, 저희로서는 부자연스럽다고 봅니다. 다시 말해, 자살로 위장한 타살의 가능성이 있다는 거죠. 조금이라도 그런 가능성이 있으면 철저하게 조사하는 것이 저희의 임무입니다."

흥, 센베는 콧방귀를 뀌었다.

"세금으로 먹고사니까 당연하지."

무라이는 일순 불끈하는 표정을 지었지만 가까스로 참아 냈다.

"그렇습니다. 그러니 모쪼록 협조를 부탁드립니다. 그 자리에 있었던 손님의 이름을 알려주십시오."

그러자 센베는 두 눈을 꼭 감고 아랫입술을 내밀며 고개를 저었다.

"그럴 수는 없네. 아무 관계 없는 사람들을 이런 귀찮은 일에 휘말리게 할 수는 없어. 당신네들이 타살 운운하는 이상 더욱이 그럴 수는 없지."

"그분들에게는 절대로 폐를 끼치지 않겠습니다."

"그런 말을 어떻게 믿나."

센베는 입술을 여덟팔자로 꾹 다물었다.

"대체 뭡니까, 손님의 이름이란 게?"

신도가 창 옆에 선 채 무라이와 센베의 모습을 살피며 조그만 소리로 물었다.

"오늘 저녁, 니시마루가에 손님이 왔었나 봐. 젊은 여자와 중학생 정도 되는 남자아이라는데, 저 노인네가 그 두 사람의 이름을 안 대는 거야. 아까부터 내내 저러고 있어."

우루시자키가 넌더리 난다는 표정으로 센베를 보았다.

"가정부에게 물어보면 되잖아요."

"물어봤지. 그런데 센베를 찾아온 손님이란 것밖에 모르더라고."

"그렇군요."

신도는 다시 무라이 쪽으로 시선을 돌렸다. 마침 센베가 쾅, 소리를 내며 의자에서 일어서는 참이었다.

"납득이 안 가면 얼마든지 조사해. 단, 니시마루 상점의 이름을 더럽히는 일에 협력할 수는 없네."

알겠습니다, 라며 무라이가 고개를 숙였다. 센베가 출구를 향해 가다가 다시 뒤돌아보며 "오늘 밤만은 회사에서 돌아다녀도 묵인하겠지만, 내일부터는 사양하겠네. 그리고 거기 두 사람."

센베가 우루시자키와 신도에게 눈길을 돌렸다.

"발로 수사하는 게 형사 아닌가. 다음부터는 계단을 이용하게. 엘리베이터를 움직이는 데도 돈이 드니까."

5

"시끄러운 할아버지군."

무라이 반장이 신도와 우루시자키 곁으로 와서 입을 비죽거렸다.

"자신의 회사에서 살인 사건이 일어났을 리 없다는 투네요."

우루시자키의 말에 무라이가 고개를 끄덕였다.

"할아버지가 여기 왔을 때 방문이 잠겨 있었나 봐. 열쇠는 요네오카의 책상 위에 있었고. 그러니까 자살로밖에 생각할 수 없다, 그게 할아버지 얘기야."

"네에? 그럼 밀실이네요."

신도의 말에 무라이는 지겹다는 표정을 지으며 손을 휘저었다.

"미리 보조 열쇠를 만들어 놓으면 그만이잖아. 그보다, 자살을 하는데 굳이 방문을 잠그는 게 더 부자연스럽지 않아?"

듣고 보니 그렇다며 신도는 고개를 끄덕였다.

"그리고 말이야, 신경 쓰이는 일이 하나 더 있어."

무라이가 바로 옆 책상 위에 놓여 있던 두툼한 파일 두 권을 집어 우루시자키와 신도에게 건넸다.

"저 위에 있던 거야."

그는 창가에 있는 책꽂이를 가리켰다. 꽤 큰 책꽂이로, 맨 위 칸은 천장에 거의 닿아 있었다.

"같은 종류의 파일들이 전부 두 번째 단에 꽂혀 있는데 이 두 권만 세 번째 단에 꽂혀 있었어. 그리고 이 두 권이 꽂혀 있었던 것으로 짐작되는 틈이 두 번째 단에 있었고."

무라이의 설명에 신도와 우루시자키는 책꽂이를 올려다보았다. 과연 두 번째 단에 파일이 두 권 꽂힐 만한 틈이 벌어져 있었다.

"게다가 묘하게도 그 두 권을 펼쳐 보니 비슷한 정도로 더럽혀져 있더라고."

두 사람은 파일을 펼쳤다. 무라이가 말한 대로 가는 모래 같은 것이 묻어 있고, 이상한 모양으로 접혀 있는 페이지가 있었다.

"바닥에 떨어뜨렸나 본데요."

우루시자키가 말했다.

"그래. 그리고 흥미로운 점이 하나 더 있는데."

무라이가 책상 뒤에서 무언가를 꺼냈다. 1미터 정도 길이의 사다리였다.

"이게 책꽂이 옆에 세워져 있었어. 위쪽에 있는 걸 꺼낼 때 사용한 거겠지. 어때, 이 파일과 사다리, 뭐 떠오르는 거 없어?"

무라이가 묻는 것과 동시에 우루시자키가 "그렇군요!" 하며 눈을 크게 떴다.

"요네오카가 이 파일 두 권을 꺼내려고 사다리에 올라갔을 때 누군가 살금살금 다가와 요네오카의 몸을 창 쪽으로 있는 힘껏 밀었다. 그거로군요."

"역시 우루시자키야."

무라이가 말했다.

"몸을 쭉 뻗고 있을 때 밀면 버틸 재간이 없지. 요네오카는 들고 있던 파일을 떨어뜨리고 블라인드에 부딪친 후 창밖으로 다이빙한 거야. 성인 남자를 창밖으로 내던지기는 어렵지만, 그렇게 하면 여자라도 가능해. 그러고 나서 범인은 사다리를 치우고 파일을 도로 꽂은 후 도주했지. 그런데 너무 서두른 나머지 파일을 제자리에 돌려놓지 못한 거야."

우루시자키가 감탄했다는 듯이 크게 고개를 끄덕거리자 무라이는 만족스러운 표정으로 코를 벌름거렸다. 그때 신도가 뭔가 생각났다는 표정을 지으며 갑자기 쪼그려 앉더니 사다리를 조사하기 시작했다.

"역시 그랬군요. 발을 걸친 자리에 흙이 묻어 있지 않아요. 즉, 이 사다리에 올라설 때 구두를 벗은 겁니다. 가죽 구두는 바닥이 미끄러우니까요."

신도가 한 말의 의미를 무라이와 우루시자키도 이해한 듯했다.

"그럼 구두가 이렇게 가지런히 놓여 있는 것도 범인이 자살로 위장하기 위해 한 짓이겠군. 좋아, 이제 사건의 윤곽이 보이는 것 같아."

무라이가 몇 번이나 고개를 끄덕거렸다.

"그런데 이 끈은 뭐죠?"

신도가 가리킨 것은 사다리에 걸려 있는 비닐 끈이었다. 일반적으로 짐 따위를 묶을 때 사용하는 끈으로, 1미터 남짓한 길이에 고리가 지어져 있었다.

"모르겠어."

무라이가 대뜸 그렇게 대답했다.

"사건과 별 관계 없을 것 같은데."

"그럼 뭘까요? 사다리를 고정하기 위한 것 같지도 않은데."

우루시자키도 고개를 갸웃거렸다.

세 형사가 잠시 침묵에 잠겨 있는데 관할 서 형사가 들어와서 니시마루 상점의 사장인 니시마루 쇼이치가 왔다고 알렸다.

응접실은 2층에 있었다. 신도와 우루시자키가 들어가 보니 몸이 야윈 사십 대 초반 정도의 남자가 소파에 앉아 담배를 피우고 있었다. 이 사람이 젊은 사장 니시마루 쇼이치인 듯했다. 그 옆에 앉아 있는 센베를 본 신도는 그대로 도망치고 싶은 마음이 들었다.

우루시자키가 자신을 소개한 후 사건의 개요를 쇼이치에게 전했다. 이미 어느 정도 듣고 왔는지 그의 얼굴에 놀라는 기색은 없었다. 센베는 내내 눈을 감고 있었다.

"그래서 아직 몇 가지 의문점이 있기 때문에 저희로서는 어떻게든 납득할 수 있는 해답을 찾고 싶은 겁니다. 부디 협력해 주시면 감사하겠습니다."

"좋습니다. 제가 할 수 있는 일이 있다면 그렇게 하죠."

쇼이치의 대답을 들으면서 신도는 '어?' 하고 생각했다. 센베와는 달리 쇼이치가 표준어를 구사하고 있었기 때문이다.

"어리석기는."

옆에 앉은 센베가 드디어 말문을 열었다.

"해답은 이미 나와 있어. 요네오카는 자살한 거야. 남은 건 그 이유를 찾는 것뿐이라고."

"아버지!"

쇼이치가 나무라듯 부르자 센베는 입을 다물었다. 우루시자키는 섣불리 센베에게 주의를 주었다가는 뒷일이 귀찮아진다고 생각했는지 그쪽은 쳐다보지도 않고 질문에 들어갔다.

"요네오카 씨는 야근을 자주 했습니까?"

"아니요. 요네오카 씨뿐 아니라 우리 회사에는 야근이 거의 없습니다. 오늘도 야근자가 있다는 보고는 없었습니다."

"그렇다면 요네오카 씨가 자의로 남았다는 건가요?"

"그런 거죠."

"왜 그랬을까요. 짐작 가는 일이 없으십니까? 가령 급한 업무가 있다든가……."

그러자 쇼이치는 미간을 찡그리며 고개를 살짝 기울였다.

"나중에 요네오카 씨의 책상을 살펴보겠습니다만, 딱히 짐작 가는 일은 없습니다."

그가 고개를 저으며 말했다. 그러다 갑자기 무언가 생각난 듯한 표정을 짓더니 "요네오카 씨는 이번 주 내내 업무가 끝나면 곧장 퇴근했습니다. 무슨 볼일이 있다나…… 그러면서요. 그러니까 오늘도 야근을 했다고는 생각하기는 어렵죠. 게다가 토요일인데."

"호오."

우루시자키가 자세를 바꾸며 다리를 꼬았다.

"그 볼일이란 게 과연 무엇이었을까요?"

"글쎄요. 일찍 퇴근하기 위한 구실이라고 생각했습니다만."

그는 특별히 신경 쓰지 않았다는 듯 손바닥을 살랑살랑 흔들었다.

우루시자키는 헛기침을 한 번 한 후 "그 밖에 이상한 점은 없었습니까?"라며 질문의 방향을 바꿨다. 하지만 쇼이치의 대답은 마찬가지였다.

"딱히 생각나는 게 없어요. 평소와 다름없었습니다."

"일은 잘돼 가는 편이었습니까?"

우루시자키의 이 질문에는 쇼이치가 몇 초간 뜸을 들였다.

"그럭저럭이었다고 할까요. 아버지 대부터 일해 온 사람이고 고참인 만큼 그런대로요."

그리고 쇼이치는 담배 연기를 뿜어냈다. 신경이 좀 쓰이는 반응이라고 생각한 신도는 센베 쪽을 흘끗 보았다. 백발의 노인은 팔짱을 끼고 두 눈을 감은 채 꼼짝하지 않았다.

"혹시 요네오카 씨에게 원한을 품을 만한 사람은 없습니까?"

우루시자키가 다시 질문의 화살을 다른 방향으로 돌렸다.

"요네오카 씨에게요? 설마요."

쇼이치의 한쪽 볼이 살짝 일그러졌다.

"마음씨 좋은 아저씨 같은 분위기를 풍기는 사람이었습니다. 누구한테 원한을 사거나 적을 만들 만한 타입이 아니에요."

칭찬이라기보다는 사람 좋은 것을 빈정거리는 듯한 말투였다. 그러더니 쇼이치는 등을 쭉 펴고서 형사들의 얼굴을 똑바로 보았다.

"미리 말씀드리지만, 저는 이번 사건을 요네오카 씨 개인의 문제라고 해석합니다. 경찰로서야 여러 가지로 조사할 게 있으시겠지만, 우리 회사의 평판을 떨어뜨리는 일만은 삼가 주시기 바랍니다."

역시 그 아버지에 그 아들이라고 신도는 생각했다.

응접실에서 나온 우루시자키와 신도가 계단을 올라가는데

마침 위에서 무라이가 내려왔다. 무라이는 두 사람을 보고는 "어땠어?"라고 목소리를 낮춰 물었다. 우루시자키가 소득이 없었다고 대답하자 무라이는 얼굴을 찡그렸다.

"다만 좀 마음에 걸리는 점은 있습니다."

우루시자키는 요네오카가 이번 주 내내 볼일이 있다면서 일찍 퇴근했다는 내용을 보고했다. 무라이도 관심이 가는 듯했다.

"그래? 조사해 볼 필요가 있겠군."

"우선 생각해 볼 수 있는 건 여자입니다."

"그렇지. 한데 말이야, 오늘 저녁 센베 할아버지네 집에 온 손님의 신원을 알아낼 수 있을 것 같아. 할아버지를 그림자처럼 따라다니는 도모이라는 남자가 있는데, 그자에게 물어봤더니 오늘 그 손님을 집까지 태워 왔다는군."

"그거 잘됐군요. 일 관계로 온 손님인가요?"

"아니, 일과는 전혀 무관해. 여대생인가 보던데."

무라이가 의미심장한 미소를 띠며 말했다. 그 얘기를 들은 우루시자키 역시 입가에 미소를 머금었다.

"니시마루 할아버지도 그 연세에 참 대단하네요."

"그러게 말이야. 그러니까 우루시자키와 신도는 미안하지만 지금 당장 도모이라는 사람에게 가 줘야겠어."

6

사건 다음 날인 일요일. 시노부는 초인종 소리에 잠을 깼다.

"대체 누구야, 이른 아침부터?"

투덜거리면서 이불에서 나와 급히 옷을 갈아입는데, 그러는 동안에도 초인종은 시끄럽게 계속 울렸다. 거, 되게 시끄럽네, 하면서 현관 렌즈로 밖을 내다보니 손으로 입과 눈을 양쪽으로 잡아당긴 이상한 얼굴 두 개가 나란히 보였다.

"어유, 요 녀석들이."

시노부가 문을 열자 아이들이 얼굴에서 손을 떼고 "선생님, 안녕하세요."라고 인사했다. 한 명은 다나카 뎃페이, 또 한 명 역시 제자였던 하라다 이쿠오다.

"아침부터 무슨 일이야?"

화난 표정으로 말했지만 이 둘에게는 통하지 않는다.

"으윽, 못 참겠다."

하라다가 신발을 아무렇게나 벗어 던지고 제멋대로 부엌을 지나 화장실로 뛰어갔다.

"오늘 아침은 꽤 쌀쌀한데요."

노인네 같은 소리를 하면서 뎃페이도 안으로 들어와 테이블 앞에 앉더니 곧바로 쿠키 통으로 손을 뻗는다. 시노부가 그 손을 찰싹 때렸다.

"무슨 일이냐고 묻잖아."

"아야! 아파요. 협조해 드리려고 애써 왔는데."

"협조?"

"그래요. 어제 일 말이에요. 어차피 경찰이 여기로 찾아올 거 아니에요. 그때 저도 같이 있는 게 좋지 않겠어요? 선생님 기억을 어떻게 믿어요."

"흥, 별 주제넘은 소리를 다 듣겠네. 내 기억력을 우습게 보면 안 되지. 네 통지표에 뭐라고 썼는지도 아직까지 기억하는데."

"그런 건 안 떠올려도 되는데."

뎃페이가 지겹다는 표정을 지으며 쿠키 하나를 입에 쏙 집어넣었다.

'하긴 뎃페이 말마따나 형사가 오늘 찾아오겠네.'

시노부는 어젯밤에 본 우루시자키를 떠올렸다. 그가 있었다는 것은 콤비인 신도도 있었다는 얘기다. 그 젊은 형사는 과거 그녀에게 프러포즈한 적이 있다. 그러나 결국 그녀는 교사로서 공부를 다시 시작하는 길을 선택했다. 그리고 지금 이 아파트로 이사 온 후로는 그에게 일절 연락하지 않았다. 여기 주소는 비밀로 하라고 가족에게도 일렀다. 일단 지금은 공부에만 집중하고 싶었기 때문이다.

'이번 일로 내 은둔 생활도 종을 칠지 모르겠네.'

그래도 상관없지, 뭐, 하고 시노부는 생각했다. 신도 등등이 슬슬 그립기도 했다.

"그러고 보니 아직 신문을 안 읽었네."

그녀는 신문 투입구에서 조간을 뽑아 들고 곧장 사회면을 펼쳤다. 기사가 어떻게 실렸을까 기대했는데 맨 아래 귀퉁이에 '4층에서 추락사, 다니마치 4가 의류 회사 직원'이라는 조그만 제목이 있고 그 아래 사건의 개요가 간략히 적혀 있을 뿐이었다.

"뭘 이렇게 조그맣게 다뤘어!"

시노부가 불만스럽게 말하자 뎃페이는 "그야 어쩔 수 없죠. 그 정도밖에 안 되는 일인걸요. 세상에는 더 큰 사건이 많으니까요."라며 아는 체를 했다.

그러자 옆에서 하라다가 팔꿈치로 뎃페이를 쿡쿡 찔렀다.

"야, 오랜만에 사건에 얽혀서 엄청 기뻐하고 계신데 그렇게 재수 없는 소리를 하면 안 되지."

"어, 그런가."라며 뎃페이는 머리를 긁적거리고는 "죄송합니다."라고 말했다.

시노부가 그런 둘을 노려보고 있는데 초인종이 울렸다. 하라다가 "네." 하고 대답한 뒤 현관으로 달려가 허리를 쭉 펴며 렌즈 구멍을 들여다보더니 시노부를 돌아다봤다.

"선생님, 왔는데요. 말단이랑 만년 말단 아저씨, 둘요."

"뭐?"

시노부가 벌떡 일어섰다. 하라다가 잠금장치를 풀고 현관문을 빠끔 열자 "누가 만년 말단이라는 거야."하며 열린 문틈으로 우루시자키가 얼굴을 들이밀었다.

"엽서 한 장 없다니, 선생님도 참 너무했습니다. 주소는 안 밝히더라도 '건강하게 잘 있다', 한 줄만 있었으면 안심했을 텐데."

신도가 원망스럽다는 듯이 말하자 "정말입니다. 이 녀석, 선생님이 행방을 감춘 후로 반년 동안 일도 하는 둥 마는 둥이었어요."라며 우루시자키가 히죽거렸다.

"죄송해요. 여러 가지로 바빴어요."

시노부가 머리를 숙였다.

"그야 알지만……."

그렇게 말하고 찻잔을 들어 입으로 가져가려던 신도는 두 아이의 시선을 느끼고 움직임을 멈췄다. 뎃페이와 하라다는 쿠키 통이 비자 따분하다는 듯이 신도와 우루시자키, 시노부의 얼굴을 번갈아 보았다.

"너희들도 그래. 선생님이 어디 계신지 슬쩍 알려 줄 수도 있었잖아."

"그랬다가 나중에 무슨 봉변을 당하게요."

뎃페이의 말에 하라다도 동의한다는 듯 힘차게 고개를 끄덕거렸다.

"맞아요. 흠씬 두들겨 맞기 십상이라고요. 이렇게 자연스럽게 들통 났으니 천만다행이죠. 이제 숨기지 않아도 되잖아요."

"허풍도 참. 내가 너희들을 흠씬 두들겨 팬다고?"

시노부의 말에 둘은 얼굴을 마주 보며 고개를 절레절레 흔들었다.

"자, 시노부 선생님, 이 일은 잠시 접어 두고 일단 사건 얘기로 들어갑시다."

우루시자키의 말에 시노부는 "네."라고 기운차게 대답했다.

시노부는 자신과 센베의 관계와 사건 발생 당시의 상황을 자세하게 설명했다. 대략의 내용은 두 형사도 이미 아는 듯, 확인하는 모양새가 되었다.

"관계자의 진술이 대체로 일치하는군요."

그렇게 말하면서 우루시자키는 수염이 텁수룩한 턱을 쓰다듬었다.

"경찰 쪽에서는 어떻게 보고 있나요. 역시 자살인가요?"

"네, 뭐, 그렇죠……."

우루시자키가 얼버무리는데 옆에서 신도가 "살인이에요. 살인이 틀림없습니다."라며 끼어들었다.

"내 참, 지금 무슨 소리를 하는 거야?"

우루시자키가 당황스러운 듯 말했다.

"선생님께는 말씀드려도 괜찮아요. 오랜만에 만났는데 선물 하나쯤은 있어야죠."

그래요, 맞아요, 하면서 뎃페이와 하라다도 응원하고 나섰다. 그 소리에 힘입어 신도는 타살설의 근거를 시노부에게 털어놓았다. 우루시자키는 포기했는지 마뜩잖은 표정으로 다른 곳을 보고 있었다.

신도의 설명을 들으며 시노부는 설레는 마음으로 두 손을 가슴 앞에 모으고 있었다. 이렇게 자극적인 일과 맞닥뜨리는 건 정말이지 오랜만의 일이다.

"그럼 범인은 요네오카 씨를 밀어서 떨어뜨린 후 우리가 그곳으로 가는 동안 도주했다는 거네요. 아무도 목격한 사람이 없었을까요?"

시노부는 생각에 잠겼다.

"실은 그게 어렵습니다."

우루시자키가 말했다.

"비상구를 통과한 흔적이 없으니 도망쳤다면 정면 현관밖에 없어요. 그런데 거긴 경비가 지키고 있거든요. 따라서 타살설도 강력하게 주장하기는……."

거기까지 말했을 때 신도가 다시 끼어들었다.

"하지만 그 문제는 해결된 거나 마찬가지죠. 경비를 추궁해 보니 그는 대개 경비실 안쪽 방에서 텔레비전을 보는 모양이더라고요. 즉 범인이 도주하기는 식은 죽 먹기였다는 거죠."

그렇군요, 하면서 시노부는 이해가 간다는 표정을 지었다. 반대로 우루시자키는 열이 오르는 모양이었다.

그런데 시노부가 다시 의문을 제기했다.

"우리가 4층에 올라갔을 때는 방문이 잠겨 있었어요. 물론 보조 열쇠를 만들어 놓았을 수도 있겠지만, 그게 그렇게 간단히 만들 수 있는 건가요?"

"그건 상당히 어려운……."

우루시자키가 대답하는데 신도가 또 "간단할걸요?"라며 끼어들었다.

"방 열쇠는 사원이라면 누구나 가져갈 수 있으니까 근처 열쇠 가게에 부탁만 하면 바로예요. 문제는 그걸 과연 사원 아닌 사람이 꺼내 갈 수 있었을까 하는 거죠."

"흐음, 그렇다면 사원이 의심스럽다는 얘기네요."

시노부의 말에 우루시자키는 머리를 벅벅 긁으며 한숨을 크게 쉬었다.

"얘기는 그렇게 되지만, 솔직히 말하면 아직 잘 모르겠습니다. 만일 타살이라고 한다면 당연히 동기가 있어야 하는데, 지금으로서는 전혀 짚이는 데가 없어요."

"음, 동기라고요……."

"일단은 회사 사람들을 취조하는 게 순서겠지요. 그건 그렇고……."

신도가 히죽거리며 그녀를 보았다.

"역시 선생님은 인기가 참 많으신가 봅니다. 중학생부터 칠십 먹은 노인네까지요."

"요전번에는 앞집 강아지까지 선생님을 보고 꼬리를 흔들더라고요."

그렇게 말하는 뎃페이의 밤송이 같은 머리에 꿀밤이 '딱' 하고 날아들었다.

7

시노부의 아파트에서 나온 신도와 우루시자키는 요네오카의 집으로 향했다. 어젯밤에 다른 수사관이 취조를 했지만 도저히 차분하게 얘기를 나눌 상태가 아니라서 오늘 우루시자키와 신도가 다시 가 보기로 한 것이다.

"도대체 자네는 왜 그렇게 입이 가벼워?"

바지 주머니에 양손을 찔러 넣고 구부정한 자세로 걸으면서 우루시자키가 투덜거렸다. 시노부의 아파트에서 나온 뒤

코 네네 그러고 있다

"뭐, 어때요? 시노부 선생님이야 까딱했으면 제 아내가 됐을 수도 있었던 사람인데요."

신도가 여전히 싱글거리며 대답한다. 오랜만에 시노부를 만나고 보니 몸도 마음도 가벼워진 모양이다.

"뭐가 까딱했으면이야? 결국은 차였으면서."

"타이밍이 나빴던 것뿐이라고요. 지금 서둘러 결혼하는 건 서로에게 좋지 않다고 판단한 거죠."

"흥, 인간이란 뭐든지 자신에게 유리하게 해석하는 법이니까. 오래 살 거야, 자네."

우루시자키가 빈정거렸지만 지금의 신도에게는 전혀 문제가 되지 않았다. 문제는커녕 빙글거리며 콧노래를 흥얼거리기까지 한다.

그런 대화를 나누면서 걷다 보니 어느덧 주택 밀집 지역이 나왔다. 길쭉한 2층집들이 죽 늘어선 동네다. 그중 하나가 요네오카의 집이었다. 조그만 주차장에 장난감 같은 경차가 세워져 있었다. 덧문은 닫힌 상태였다.

"아아, 난 이런 일이 제일 괴로워. 이봐! 그 히죽거리는 표정, 어떻게 좀 할 수 없나?"

우루시자키의 핀잔에 신도는 자신의 뺨을 두세 번 두드렸다.

요네오카의 아내는 작고 마른 여자였다. 나이가 사십 대 중반쯤인 걸로 알고 있는데 쉰도 넘어 보였다. 남편을 잃은 직후라서 그럴 것이다.

"요즘 기운이 좀 없었던 것은 사실이에요."

그녀는 무릎 위에 가지런히 올려놓은 손을 내려다보면서 말했다. 요네오카에게 뭔가 이상한 점이 없었냐는 질문에 대한 대답이었다.

"무슨 고민이라도 있었습니까?"

신도가 묻자 그녀는 고개를 갸웃하더니 "그런 느낌은 있었지만, 무슨 생각을 하고 있는지는 몰랐어요. 집에 와서 회사 일을 얘기하는 법이 없어서. 원래 말이 없는 사람이었거든요."라고 대답했다.

"기운이 없다고 느낀 것은 언제부터였습니까?"

우루시자키가 다시 물었다.

"글쎄요……." 하며 그녀가 뺨에 손을 대는데, 그 손 역시 가늘었다.

"언제부터인지는 잘 모르겠네요. 아무튼 최근에 자기 방에 틀어박혀서 뭔가 생각하는 일이 잦았어요. 혼자 중얼거릴 때도 있었고요."

호오, 하며 신도와 우루시자키가 얼굴을 마주 보았다.

"하지만…… 만약 자살이라고 한다면 한 가지 납득이 안 가는 점이 있어요."

요네오카의 아내는 무심한 듯 툭 내뱉었다.

"뭡니까?"

"4층 창문에서 뛰어내렸다고 했잖아요? 제가 아는 한 그는 절대 그런 방법으로 죽을 사람이 아니에요. 왜냐하면 그 사람, 고소 공포증이 있거든요. 그것도 아주 심해요. 놀이공원에서 관람차 타는 것도 무서워할 정도였어요."

두 형사는 다시 얼굴을 마주 보았다. 자살설을 깨뜨릴 수 있는 재료가 한 가지 더 늘어난 셈이다.

"실례되는 질문입니다만, 인간관계는 어땠습니까? 누군가와 다퉜다거나, 그런 일은 없었나요?"

우루시자키가 질문하는 도중에 요네오카의 아내는 이미 고개를 젓기 시작했다.

"그런 일은 전혀 없었어요. 정말 마음이 약한 사람이었거든요. 하고 싶은 말도 잘 못하고. 하지만 니시마루의 회장님께서는 남편의 그런 점이 오히려 장점이라고 제게 자주 말씀을 하셨죠."

"그렇군요."

다음 질문으로 우루시자키는 이번 주 들어 요네오카가 일찍 퇴근하곤 했다는 얘기를 하면서 그 이유를 물었다. 하지만 그녀는 거기에 대해서 전혀 모르는 듯했다.

"이번 주 들어서는 내내 늦게 들어왔어요. 그래서 저는 야근을 하는 줄만⋯⋯."

그녀의 눈빛에 불안감이 어렸다. 남편에게 뭔가 숨기는 일
이 있었다는 생각이 들었기 때문일 것이다. 그것은 신도와
우루시자키가 염두에 두고 있는 것과도 다르지 않을 터였다.
즉 여자관계다.

"아니, 그게 반드시 사건과 관계가 있다는 얘기는 아닙니
다."

신도가 위로 차원에서 말해 보았지만 분위기는 나아지지
않았다.

그 후 두 형사는 요네오카의 방을 보여 달라고 했다. 2평 정
도 되는 다다미방에 조그만 앉은뱅이 상과 책꽂이가 있었다.
독서 애호가였는지 꽤 많은 책이 어지럽게 널려 있었다.

"책을 좋아하셨나 봅니다."

우루시자키는 앉은뱅이 상 앞에 앉아 책을 하나하나 들춰
보았다. 그러는 동안 신도는 책꽂이 쪽을 보고 있었다. 그런
데 조금 후 우루시자키가 "어!" 하는 소리를 냈다.

"왜요?"

"여기 종이봉투가 있어. 이게 뭐지?"

우루시자키는 앉은뱅이 상 밑에서 흰 봉투를 꺼내 안을 들
여다봤다. 그 안에는 책 여섯 권과 노트가 들어 있었다.

"아니, 이 책은⋯⋯."

신도가 놀란 듯 소리쳤다.

8

센베로부터 연락이 온 것은 수요일 이른 아침이었다. 시노 부가 막 집을 나서려는데 전화벨이 울렸다.

그는 지난번에 하던 얘기를 계속하고 싶으니 오늘 만나자고 했다. 지난번 얘기란 시노부를 니시마루 상점에 영입하고 싶다는 내용일 것이다. 시노부로서는 그 제안을 받아들일 마음이 전혀 없었다. 그러나 만나자는 말은 흔쾌히 받아들였다. 조금이라도 내부 상황을 살펴보고 사건 해결의 실마리를 찾고 싶은 것이 그녀의 속내였다.

이날 대학 수업은 오전밖에 없었다. 점심때쯤 우메다 역 근처에서 기다리고 있자니 도모이가 예의 고물 밴을 끌고 나타났다.

"어제 요네오카 씨의 장례식이 있었다죠?"

차에 올라타자마자 시노부가 물었다.

"네. 요네오카 씨는 두드러지게 눈에 띄는 사람이 아니었는데도 조문객이 아주 많았습니다. 역시 인품이겠죠."

"사건에 대해서는 더 밝혀진 게 있나요?"

"글쎄요, 잘 모르겠어요. 회사와 장례식장에 형사들이 찾아오긴 했습니다만 뭘 조사했는지는……. 자살이 분명한데 말이죠. 니시마루 상점 사원들이 살인에 관계됐을 리 없죠."

"도모이 씨에게는 무슨 질문 안 하던가요? 예를 들면, 자살 동기로 짚이는 게 없냐든지."

"그야 질문은 있었죠. 하지만 제가 남의 고민거리를 이해할 만큼 섬세한 사람이 못 돼 놔서 말이죠."

그리고 도모이는 라디오 스위치를 켰다. 간사이 지방에서는 꽤 유명한 만담가의 목소리가 흘러나왔다. 별 재미없는 이야기인데도 "아하하, 말도 안 돼."라며 웃는 도모이의 표정이 어쩐지 작위적으로 보였다.

니시마루 저택에 도착하자 이번에는 센베가 직접 현관으로 나왔다. 그는 시노부를 보자 반가운 듯 미소 지었지만 눈이 살짝 충혈돼 있었다. 아무래도 빈소를 지키고 장례를 치르느라 피로가 쌓인 모양이었다.

"어서 와요. 자, 그럼 가 볼까."

센베가 신발을 신었다.

"어딜요?"

"그야 물론 회사지. 회사를 봐야 할 것 아닌가."

그리고 센베는 성큼 걸음을 내디뎠다.

시노부는 센베의 뒤를 따라가며 사건에 대해 물어보았다.

"명백한 자살이에요. 물론 그 이유를 알아볼 필요는 있겠지. 하지만 그건 경찰이 할 일이 아니에요. 우리가 해야지."

"여러 가지 의문점이 있다면서요? 타살 가능성도 있다던데……."

그러자 센베가 갑자기 걸음을 멈추고 뒤돌아섰다.

"그걸 누구에게 들었지요?"

시노부는 자신이 형사들과 잘 아는 사이라고 솔직하게 대답했다. 센베는 불쾌하다는 듯 흥, 코웃음을 쳤다.

"사람을 잘 골라 사귀어야지, 안 그러면 성품을 의심받는 법이에요."

"회장님은 요네오카 씨의 자살에 대해 짚이는 점이 있으세요?"

그 순간 센베가 허를 찔린 듯한 표정을 짓더니 고개를 쓱 돌렸다.

"글쎄…… 나는 이미 물러난 몸이라서 말이지."

그러고서 그는 다시 시노부에게 눈길을 돌리며 빙그레 웃었다.

"모처럼 왔는데 그런 불편한 얘기는 하지 말자고. 자, 갑시다."

니시마루 상점 건물은 1층과 2층의 일부가 공장이고 3층과 4층은 사무실이었다. 공장에서는 기계가 여러 대 돌아가고 있었고 그 사이사이에 작업원들이 있었다.

"새로운 기계가 또 들어온 모양이군."

공장 내부를 쓱 훑어보면서 센베가 말했다.

"네. 컴퓨터로 제어하는 최신 기종이라고 사장님이 말씀하셨습니다."

도모이의 말에 센베는 음, 하며 고개를 두세 번 끄덕였다.

"대단하군. 그런데 컴퓨터로 뭘 제어한다는 건가?"

그러자 도모이는 숨을 크게 들이쉰 뒤 "그야 뭐, 여러 가지겠죠. 컴퓨터로 할 정도면……."이라고 애매하게 말끝을 흐렸다.

"그래, 알았네."

센베도 그 이상은 캐묻지 않았다.

"그런데 공장장은 아직도 쉬고 있나?"

"네. 두통이 심하고 위장도 상태가 좋지 않아서 당분간 쉬겠다고 합니다."

"저런. 병원에는 다니고 있겠지?"

"다니고는 있는데 차도가 없는 것 같습니다."

"하긴. 하마 그 사람도 쉰이 넘었으니."

센베가 이야기를 나누는 동안 시노부는 다시 한 번 공장 안을 둘러보았다. 제품이 엄청난 속도로 쏟아져 나오고 있었다. 작업원들이 기계의 속도를 따라가기에도 벅찬 느낌이었다.

4층 사무실로 올라가자 그런 사건이 있은 직후라고 생각하기 어려울 정도로 모두들 차분하게 업무를 보고 있었다. 밤에 왔었던 지난번과 달리 직원들이 자리를 채우고 있으니 확실히 분위기가 살아 있다.

센베의 얼굴을 본 사원들이 미소를 지으며 인사했다. 하지만 시노부를 보자 그들은 이내 의심에 찬 눈초리를 보냈다. 그런 시선을 애써 무시하며 시노부는 사무실 내부를 관찰했다.

그때였다.

"판매 실적 추이를 정리한 자료가 실수투성이야. 대체 누구 담당이지?"

성난 목소리로 고함을 지르는 남자가 있었다. 고개를 돌려보니 창가에 앉은 남자가 매서운 눈초리로 주위를 쏘아보고 있다. 그가 사장 쇼이치임에 틀림없다고 시노부는 직감했다. 그 남자 바로 옆에 있는 창문이 요네오카가 추락한 곳이다.

남자의 옆에 있던 사원이 조그만 소리로 "요네오카 씨입니다."라고 대답했다.

"그것참, 죽은 사람을 질책할 수도 없고……."

서류를 책상에 내던지며 쇼이치가 혀를 찼다. 그리고 그제야 센베 일행이 들어온 것을 알아챘는지 이쪽으로 성큼성큼 다가오더니 "무슨 일이십니까?"라고 퉁명스럽게 물었다.

"일이 없으면 오지도 못하나, 내 회사인데?"

센베는 쇼이치와 눈을 마주치지 않고 대답했다.

"그야 그렇지 않지만, 바쁜 시기라서요. 특별한 일이 없으시면 다음에 다시 오시는 게 어떻겠습니까?"

"일을 방해할 생각은 없네. 이 사람에게 회사를 안내해 주고 있는 것뿐이야."

'이 사람'이라고 지목받은 시노부가 꾸벅 머리를 숙였다. 쇼이치는 안경을 살짝 밀어 올리는 시늉을 하며 그녀를 보더니 "누구시죠?"라고 물었다.

"비서 후보야."

센베의 대답에 쇼이치도 놀라는 듯했지만 시노부 역시 깜짝 놀랐다. 처음 듣는 소리였다.

"아직은 설득하는 중이지만."

"아버지, 이제 와서…… 비서……라니요?"

쇼이치가 더듬거리며 묻더니 아버지와 낯선 여자의 얼굴을 번갈아 보았다.

"넘겨짚지 마라. 내 비서가 아니라 네 비서야."

"네에?"

시노부도 화들짝 놀라 소리를 질렀다.

"말도 안 돼. 지금 무슨 말씀을 하시는 겁니까?"

쇼이치가 내뱉듯 말하고서 금테 안경을 벗어 렌즈를 닦았다.

"헛소리가 아니야. 지금 우리 회사에는 이런 사람이 필요해."

그러면서 센베는 시노부의 어깨에 손을 얹었다. 쇼이치가 고개를 저었다.

"이분과 무슨 관계가 있는지는 모르겠지만, 직원으로 채용해 달라면 한번 생각해 보겠습니다. 하지만 그런 얼토당토않은 말씀은 마세요. 아버지께도 회사가 중요하잖습니까?"

그러자 센베의 눈썹이 씰룩 움직였다. 그가 아들의 얼굴을 힐끔 보았다.

"네 앞가림이나 잘하거라. 사원의 자살 문제 하나 깔끔하게 해결하지 못하는 주제에."

"하고 싶으신 말씀이 뭡니까? 그 일과 이 문제는 아무 상관 없잖아요. 그리고 보시다시피 회사는 이렇게 잘 돌아가고 있습니다."

"흥, 뭐가 잘 돌아가고 있다는 건지."

센베가 또 고개를 옆으로 휙 돌렸다.

쇼이치가 뭐라고 말하려는데 사원 하나가 그에게 전화가 왔다고 알렸다. 그는 포기했다는 듯 자기 자리로 돌아갔다. 그 등을 바라보며 센베는 천천히 고개를 저었다.

사무실을 나오기 전에 시노부는 다시 한 번 실내를 둘러보았다. 그런데 나이가 꽤 있어 보이는 중년 여성이 컴퓨터를 조작하고 있는 모습이 눈에 들어왔다. 시노부는 그녀의 뒤로 다가가 보았다. 그 무릎에 놓여 있는 것을 보는 순간 자신도 모르게 "아." 하는 소리가 입에서 나오고 말았다.

여자가 흠칫 놀라 뒤를 돌아보았다. 그리고 무릎 위에 놓인 것을 재빨리 책상 밑에 감추며 아무 말 하지 말라는 듯 입술에 집게손가락을 갖다 댔다.

이날 저녁 8시쯤 신도가 시노부의 아파트로 찾아왔다. 근처에 왔다가 들렀다는 것이다. 뻔한 거짓말이지만 시노부는 넘어가기로 했다.

그 시간에 그를 집 안에 들여놓을 수는 없어서 근처에 있는 찻집으로 갔다.

"타살설이 좀 위태로워졌어요."

커피를 블랙으로 마시며 신도가 기운 없는 소리로 말했다.

"그게 무슨 말이에요?"

시노부가 파르페에 스푼을 꽂으며 물었다.

"그날 밤, 니시마루 상점 건물 앞에 트럭이 하나 서 있었어요. 그 운전사가 비명이 들린 후부터 소동이 일어날 때까지 줄곧 건물 현관을 지켜봤나 봐요. 그 남자의 증언을 정리하면, 센베 씨와 시노부 선생 외에는 아무도 드나들지 않았다는 겁니다."

"그렇군요……."

아무도 드나들지 않았다는 것은 현장에 요네오카 외에는 아무도 없었다는 뜻이다. 그렇다면 그가 혼자 실수로 추락했다고 해석할 수밖에 없다.

"하지만 자살로 보기에는 의문점이 너무 많지 않나요?"

"그러게 말입니다. 가장 큰 의문이 블라인드입니다. 왜 온몸으로 부딪친 것처럼 망가졌을까요? 그리고 또 한 가지, 요네오카 씨는 고소 공포증이 심했다고 합니다. 그런 사람이 투신자살을 할 수 있을까요? 어차피 죽기로 했는데 그게 무슨 문제냐고 하는 건 잘못된 생각입니다. 그런 때야말로 사람의 취향이 나오는 법이거든요."

"저도 그 의견에 찬성이에요. 저라면 절대 목매달아 죽지 않을 거예요. 침을 흘린다고 들었거든요. 아, 그리고 달리는 열차에 뛰어드는 것도 싫고요. 시신이 엉망진창이 된다면서요?"

시노부가 파르페 크림을 휘저으면서 말했다. 신도는 넥타이를 느슨하게 하며 침을 삼켰다.

"선생님의 취향을 물은 건 아닙니다."

"말하자면 그렇다는 거죠. 물에 빠져 죽는 것도 싫고, 칼은 아프고…… 고민이네."

"고민 안 하셔도 될 겁니다. 선생님은 아마 이만하면 됐다 싶을 정도로 오래 살 겁니다."

"아니, 그게 무슨 뜻이에요?"

시노부가 신도를 노려보았다.

"그랬으면 좋겠다는 말입니다. 아 참, 수수께끼가 한 가지 더 있습니다."

"어물쩍 넘어가려고 하시네……. 뭐예요, 새로운 수수께끼가?"

"현장에 있던 사다리에 비닐 끈으로 된 고리가 걸려 있었다고 했잖아요? 그런데 그 끈에서 요네오카 씨의 지문이 나왔어요."

"요네오카 씨의 지문이요? 어떻게……."

"모르죠. 수사원 모두가 골머리를 앓고 있습니다."

신도는 뒷목을 몇 번 두드린 후 피로를 풀려는 듯 어깨를 돌렸다. 관절 부근에서 우두둑우두둑 소리가 났다.

"역시 단순한 자살로 보기에는 정말 이상한 점이 많군요."

시노부는 빈 파르페 그릇에 스푼을 넣고 카랑카랑 소리를 내며 휘저었다. 신도는 다 식은 커피를 홀짝 마셔 버린 후 "그런데 말이죠, 요네오카 씨가 자살할 동기가 실은 있었어요."라고 소곤거리듯 말했다. 시노부가 테이블 위로 몸을 쭉 내밀었다.

"그게 정말인가요?"

"정말이죠, 그럼. 지난주 요네오카 씨가 퇴근 후에 어딜 갔었는지 밝혀졌거든요. 그리고 그와 관련해서 여러 가지 사실이 드러났어요."

신도는 자기와 우루시자키가 추리해 구성한 내용을 시노부에게 들려주었다. 자살의 이유로 제법 타당성 있는 얘기였다. 게다가 그것은 오늘 그녀가 니시마루 상점에서 느낀 점과도 밀접한 관련이 있었다.

"직원 몇 명을 취조한 결과 어느 정도 증명도 됐어요. 다만 아직 결정타가 없는 게 문제죠. 요네오카 씨에 대해서 잘 알고 있을 간부 사원들이 도무지 정직하게 얘기해 주질 않으니까요. 애매모호하게 얼버무리기만 하고."

"아! 그러고 보니……."

시노부의 머릿속에 떠오른 것은 도모이가 오늘 보인 태도였다. 자살 동기에 대해 얘기가 나오자 그가 돌연 어색하게 굴었던 것이다.

"그랬군요. 이거, 뭔가 냄새가 나는데요."

신도는 생각하는 표정을 짓더니 과장된 동작으로 팔짱을 꼈다.

9

다음 날 시노부가 학교에서 돌아오는데 아파트 앞에서 뎃페이와 하라다가 공을 주고받으며 놀고 있었다. 그들은 시노부를 보더니 후다닥 달려와 나란히 서서는 "선생님, 어서 오십시오."라며 깍듯이 머리를 숙였다.

시노부는 둘의 얼굴을 찬찬히 관찰하고서 "말해 봐, 뭐야?"라고 약간 억누르는 듯한 목소리로 물었다.

"어차피 속셈이 있어서 왔을 거 아냐."

"그런 거 없어요. 그 사건과 관련해서 저희가 도움 될 일이 있나 해서요."

그리고 뎃페이는 옆에 있는 하라다에게 "그렇지?"라고 물었다. 하라다는 '그럼, 그럼'이라고 하듯이 고개를 크게 끄덕였다.

"도움은 무슨 도움이야. 너희들에게 도움을 청할 정도면 끝난 거지. 딴청 부리지 말고 솔직하게 말해 봐. 사실은 도우려고 온 게 아니라 도움을 받으려고 온 거지?"

시노부의 말에 둘은 그제야 히죽 웃음을 지었다.

"사실은 그래요. 시험 때문에 SOS예요. 수학이랑 영어 좀 부탁드려요."

뎃페이가 말하는 동안 하라다는 얼굴 앞에 두 손을 모으고 있었다.

"도대체가 일본의 영어 교육은 이상하다니까."

뎃페이가 교과서를 든 채 다다미 위에 벌러덩 드러누우며 말했다. 공부를 시작한 지 10분도 채 지나지 않았는데 이 모양이다. 초등학생 때와 조금도 달라진 게 없었다.

"왜 영어를 일본어로 일일이 고쳐야 하냐고요. 무슨 의미인지만 알면 됐지."

"뭘 그렇게 투덜거려."

"뎃페이가 지난번 영어 시험에서 일본어로 번역하면서 한 자를 틀리는 바람에 점수가 형편없었거든요. 그래서 그러는 거예요."

하라다가 설명했다.

"'그것은 나(私)의 책입니다'라고 써야 하는데 '그것은 부처(佛)의 책입니다'라고 썼대요 글쎄."

그 말에 시노부는 하하하, 웃었다.

"그러면 점수가 나쁜 게 당연하지."

"그 정도는 좀 봐줄 수도 있지 않아요? 진짜 고지식한 아저씨라니까."

뎃페이는 부루퉁한 표정을 짓다가 느닷없이 "그런데 그 사건은 어떻게 됐어요?"라고 물었다.

"어떻게 되기는. 내내 그대로야."

"흠, 말단 형사 아저씨들도 이번에는 고전하네요."

그러고서 뎃페이는 다시 몸을 일으켜 방석에 앉았다. 하지만 마음잡고 공부할 생각이 없는지 "우리 아빠가 그러는데 그 할아버지, 구두쇠로 유명하대요."라며 화제를 사건 쪽으로 돌렸다.

"그런가 봐. 신도 씨랑 형사들한테 엘리베이터 타지 말고 계단으로 다니라고 했다더라."

시노부가 신도에게 들은 얘기를 하자 아이들도 놀란 듯 소리를 질렀다.

"대단한 할아버지네! 그럼 그 할아버지도 평소에 계단으로 다니시나 보죠?"

"그럴 거야. 그렇게 기운이 펄펄하시니."

"그렇구나. 그래서 그때도 계단을 이용한 거구나. 이제 알겠네."

뎃페이는 수긍이 간다는 듯 고개를 끄덕였다.

"그때라니, 언제 말이야?"

시노부가 물었다.

"사건이 일어난 날 밤 말이에요. 그 할아버지가 우리보다 앞서서 4층으로 올라갔잖아요. 그때요."

아아, 하고 그때를 떠올리던 시노부는 "설마, 그때는 엘리베이터를 탔겠지. 전기료를 따질 상황이 아니었잖아."라며 웃었다. 하지만 뎃페이는 꽤나 진지한 표정을 지으며 고개를 저었다.

"그렇지 않아요. 그때 계단으로 올라갔어요. 내려올 때는 엘리베이터를 탔지만."

"너, 굉장히 자신만만하다. 직접 보기라도 한 것처럼."

"안 봐도 알죠. 그때 우리, 할아버지보다 상당히 늦게 건물로 들어갔잖아요. 경비 아저씨한테 잡혀서요. 그리고 우리가 경비실 앞에서 가정부 아줌마랑 옥신각신하는데 할아버지가 엘리베이터를 타고 내려왔고요."

"그래. 사무실 문이 잠겨 있다고 하시면서."

"그때 이상하다고 생각했어요. 한참 전에 올라갔는데 이 할아버지가 지금까지 뭘 하고 계셨을까 싶어서요."

시노부가 헉, 숨을 삼켰다. 듣고 보니 그랬다. 여태까지 그 생각은 전혀 못했는데…….

"그래서 전 생각했어요. 할아버지가 계단으로 올라가셨나 보다고요. 그 연세에 계단으로 4층까지 올라가려니 시간이 꽤 걸렸을 거라고요."

그 순간 시노부가 벌떡 일어섰다.

"뎃페이!"

그녀가 소리를 지르자 놀란 뎃페이가 머리를 감쌌다. 그런 뎃페이를 내려다보며 시노부가 다시 말했다.

"신도 아저씨에게 연락해. 수수께끼를 풀었다고!"

10

담배 연기가 자욱한 것이 마치 수사관들의 속마음을 표현하는 듯했다. 다니마치 경찰서의 회의실이다.

"왜 그렇게 골치 아픈 얘기만 자꾸 꺼내는 거야."

내뱉듯이 말하고서 우루시자키는 찻잔을 입으로 가져갔다. 그러나 찻잔이 비었는지 짜증스럽다는 표정으로 그것을 도로 책상에 내려놓았다.

"하지만 감식반에서 나온 얘긴데 전들 어쩌겠습니까. 저도 이런 골치 아픈 얘기는 하고 싶지 않습니다."

신도도 마뜩잖은 목소리로 대꾸했다.

그가 감식반으로부터 입수한 정보란, 블라인드와 그것이 걸려 있던 금속의 강도에 관한 얘기였다. 지금까지는 블라인드가 뒤틀린 모양과 금속이 휘어진 정도로 보아 요네오카가 블라인드에 몸을 부딪친 후 추락하기 직전에 거기 매달렸을 것이라고 추정했다. 그러나 감식반이 조사한 결과 그런 일은 있을 수 없다는 것이 판명됐다. 금속의 강도가 의외로 강해서 만일 요네오카가 블라인드에 매달렸다면 금속이 구부러지기 전에 블라인드가 먼저 망가졌을 것이라고 한다.

"모든 일에는 예외라는 것이 있잖아. 이론적으로는 불가능한 일도 실제로는 일어날 수 있는 것 아닐까."

우루시자키가 쓸쓸한 표정으로 말했다. 그 얼굴을 보면서 신도가 놀리듯이 말했다.

"자칭 이론파인 선배가 그런 말을 하다니, 선배도 다 되셨는데요."

그때 전화벨이 울렸다. 형사 하나가 수화기를 들었다. 그리고 약간 의아한 표정을 지으며 신도에게 말했다.

"전화 받아 보세요. 중학생인데요."

11

평일 낮인데도 니시마루 상점 4층 사무실에는 일반 사원의 모습이 보이지 않았다. 사장인 쇼이치가 모두 자리를 비우라고 지시했기 때문이다. 쇼이치에게 그렇게 하도록 지시를 내린 사람은 센베이고, 센베에게 그렇게 해 달라고 부탁한 사람은 시노부였다.

휑한 사무실에는 쇼이치와 센베, 그리고 시노부와 뎃페이, 하라다뿐이었다.

"뭘 하려는지 모르겠지만 최대한 빨리 끝내 주세요. 저희도 일이 바쁩니다."

쇼이치가 언짢은 표정으로 말했다. 사건의 진상을 얘기하려는 것이라고 시노부가 설명했지만 그는 별 관심이 없는 듯했다.

잠시 후 계단 쪽에서 발소리가 들리더니 신도와 우루시자키가 모습을 나타냈다. 둘 다 숨을 몰아쉬고 있었다.

"늦어서 죄송합니다."

우루시자키가 말했다.

"엘리베이터를 이용하지 말라고 해서요, 회장님."

하지만 센베는 보일 듯 말 듯 희미하게 미소를 지었을 뿐 두 눈을 꾹 감고 있었다.

"그럼 시작할까요."

시노부가 예의 창가로 다가갔다.

"이번 사건에는 여러 가지로 미심쩍은 점이 많았습니다. 자살이라고 하기에도 그렇고 타살이라고 하기에도 그렇고 온통 의문투성이였죠. 그렇다면 답은 하나라는 결론이 나왔습니다."

그리고 일동을 한 번 둘러본 후 말을 이었다.

"사고입니다."

"네에?"

맨 먼저 소리친 사람은 신도였다. 쇼이치는 허, 하며 헛웃음을 지었다.

"머리가 어떻게 된 거 아닙니까? 어디로 봐서 사고라는 겁니까?"

그러나 시노부는 그 말을 무시하고 설명을 계속했다.

"요네오카 씨는 책꽂이에서 파일을 꺼내려고 사다리에 올라갔다가 순간적으로 중심을 잃었습니다. 그래서 창 쪽으로 기대려 했는데 뜻하지 않게 창문이 열려 있었던 거죠. 그날 밤에는 바람이 없었습니다. 그래서 아마도 환기를 한다든가 하는 목적으로 창문을 열어놓았는데 블라인드가 내려져 있어서 깜박한 게 아닐까 싶습니다. 요네오카 씨는 블라인드에 몸을 부딪치면서 그대로 창밖으로 떨어지고 말았습니다."

"그렇군."

신도가 손뼉을 쳤다.

"블라인드에 대해서는 설명이 되는군요."

"하지만 그것 말고도 모순이 있잖습니까. 만약 그런 식의 사고였다면 사다리는 그 자리에 남아 있어야 할 텐데요."

쇼이치가 한쪽 입술 끝을 비틀어 올리며 말했다.

"물론 그렇습니다."

시노부는 고개를 끄덕였다. 그리고 센베를 보면서 말했다.

"그러므로 누군가 사다리를 치웠다고밖에 볼 수 없습니다. 그 사람은 바닥에 떨어진 파일을 책꽂이에 도로 꽂아 놓고, 사무실 문을 잠그고 밖으로 나왔습니다. 그리고 열쇠를 복사한 뒤 다시 가서 원래 열쇠를 요네오카의 책상 위에 슬쩍 두고 온 거죠."

그녀의 시선을 따라 모두가 센베를 보았다. 백발의 자그마한 노인은 여전히 눈을 감은 채 미동도 하지 않았다.

"회장님은 요네오카 씨의 추락사를 어떻게 해서든 자살로 보이게 하려고 했습니다."

"아버지, 정말이에요? 왜 그런 어리석은 짓을……."

쇼이치가 센베에게 다가가 그의 어깨를 잡았다. 그제야 센베가 눈을 떴다. 그리고 아들의 얼굴을 똑바로 보았다.

"왜 그런 짓을 했는지 너는 모르겠지. 너 같은 바보 천치는."

"바보 천치라니, 어쩜 그런 말씀을……."

쇼이치는 덤벼들 듯한 눈빛으로 아버지를 노려보았다. 그런 그의 옆얼굴을 향해 시노부가 말했다.

"회장님이 요네오카 씨의 죽음을 자살로 보이게 한 까닭은 사장님으로 하여금 그 이유를 생각해 보도록 하기 위해서였어요."

"무슨 소리예요, 자살이 아닌데 이유가 있을 리 없잖습니까!"

"아니요, 있습니다."

느닷없이 신도가 끼어들었다. 그는 한 걸음 앞으로 나오더니 쇼이치에게 말했다.

"요네오카 씨에게는 자살할 이유가 있었습니다. 바로 노이로제죠."

"노이로제?"

"구체적으로 말씀드리면, 테크노스트레스라고 할 수 있어요. 요네오카 씨가 지난주에 유독 서둘러 퇴근한 이유가 뭔지 아십니까? 실은 컴퓨터 교실에 다니고 있었습니다. 자택의 책상 밑에서 교재가 발견됐어요."

"컴퓨터……?"

"사장님이 합리화라는 명목으로 사원들에게 OA 기기와 하이테크 기기를 의무화했답니다. 하지만 그건 각자의 개성을 고려해야 할 일이 아니었을까요? 컴퓨터 학원에서 들은 얘기로는 요네오카 씨가 상당히 고심했다고 하더군요. 하루빨리 컴퓨터를 사용할 수 있어야 한다면서요. 히지만 그 나이에 컴퓨터에 익숙해지기란 쉬운 일이 아니죠. 결국 나흘 다니고 포기하고 말았답니다."

"그야 어쩔 수 없는 일이죠."

쇼이치가 금테 안경을 손가락 끝으로 밀어 올렸다. 렌즈가 번쩍 빛났다.

"회사를 성장시키려면 다소의 무리가 따릅니다. 싫으면 그만두면 될 일이지요."

"그러다가 전원이 그만두면 어떻게 하시려고요?"

시노부가 발끈해서 물었다.

"전원이라니요? 그런 일은 없을 겁니다. 대부분의 사원은 제 방침을 잘 따라오고 있어요."

쇼이치가 사무적인 말투로 대답했다.

"잘 따라오고 있다고요?"

시노부가 목소리를 한층 높였다.

"내 참, 어이가 없네. 그건 자기만족일 뿐이에요. 사장님은 눈치 못 채셨나 본데요, 저는 제 두 눈으로 똑똑히 봤다고요. 책상 밑에다 주판을 숨기고 마치 컴퓨터로 계산하는 척하는 사람도 있었어요. 사장님께 혼나지 않으려고요."

어제의 일이다. 시노부에게 들킨 중년 여사원의 얼굴은 울기 직전이었다.

"사무직뿐 아니에요. 공장 사람들도 기계에 쫓기느라 즐거움이라고는 전혀 못 느끼는 표정이었어요. 그런 상태라는 것도 모르면서 뭐가 합리화인가요? 이러다간 정말로 스트레스 때문에 자살하는 사람이 나올 거예요."

그러나 쇼이치는 고개를 옆으로 돌린 채 아무 대답도 하려 하지 않았다. 외부인이 뭘 안다고 끼어드느냐는 태도였다.

"그만하게. 무슨 말을 해도 쇠귀에 경 읽기야."

센베가 입을 열었다.

"나는 어떻게든 이 녀석의 눈을 뜨게 해 주고 싶었네. 사업에 대해 잘못된 생각을 가진 이 녀석의 눈을 말이야. 회사의 실정에 맞지 않는 합리화와 기계화는 사원들에게 불행일 뿐이라네. 공장장인 하마가 몸이 아파 쉬고 있는 것도 스트레스가 원인인 것 같아. 그래서 나는 요네오카가 자살했다고 하면 이 머저리 같은 녀석도 자신이 한 짓을 되돌아보지 않을까 기대했지. 요네오카가 고민하고 있다는 것은 나도 눈치채고 있었으니까 말이야. 그런데 이 멍청한 녀석은 눈곱만큼도 마음을 쓰지 않았어. 요네오카가 무슨 고민을 했는지 알려고도 하지 않았지. 경력이 웬만한 사원이라면 누구나 요네오카의 고민을 알고 있었을 정도인데 말이야. 그래도 나는 그 사람들에게 사정을 설명하고 입단속을 시켰어. 쇼이치가 스스로 깨닫기를 바라면서 말일세."

시노부는 그제야 도모이를 비롯한 사원들의 당황스러워하던 태도가 납득이 되었다. 신도와 우루시자키도 고개를 끄덕였다.

당사자인 쇼이치가 안경을 벗더니 눈머리 쪽을 손가락으로 비비고 나서 다시 안경을 꼈다.

"뭐…… 이런저런 불평이 있다는 것은 알겠습니다. 요네오카 씨가 저의 합리화 방침을 따라오지 못해서 힘들어했다는 것도요. 하지만 어쨌든 이번 사건은 자살이 아니지 않습니까. 그건 즉, 고민의 정도가 아버지가 걱정하시는 것만큼은 아니었다는 뜻 아니겠습니까?"

"그 사람이 죽고 싶어 할 만큼 고민했다는 건 친한 사람이라면 누구나 아는 일이야."

"그건 단지 추측일 뿐이죠. 제게는 그렇게 보이지 않았습니다."

그는 신도와 우루시자키 쪽을 보았다.

"나머지는 경찰의 일입니다. 뭐, 사고라니 제게는 더 볼일이 없으시겠군요."

그리고 그는 먼저 실례하겠다며 코트를 걸친 뒤 엘리베이터 쪽으로 향했다. 시노부가 그의 등에 대고 한마디 하려는 것을 센베가 제지했다.

"그만두게. 내가 저놈을 잘못 키웠네. 단념하는 수밖에."

"하지만……."

"그렇게까지 말했는데도 깨닫지 못하다니, 내 자식이지만 정말 한심하다네."

그리고 센베는 시노부의 얼굴을 바라보며 쓸쓸한 미소를 지었다.

"그건 그렇고, 내가 시노부 선생을 제대로 봤어. 역시 정을 아는 사람이군. 선생을 회사에 들이려고 한 것도 실은 저 바보 녀석의 마음을 조금이라도 바꿀 수 있지 않을까 싶어서였거든."

"아아, 그래서……."

시노부는 이 자그마한 노인이 더욱 작아진 듯한 느낌이 들었다.

셴베가 이번에는 우루시자키와 신도 쪽으로 몸을 돌렸다. 그리고 깊이 머리를 숙였다.

"이렇게 된 일이외다. 전부 내가 꾸민 일이에요. 사과합니다."

"참 고민되더군요."

우루시자키가 씁쓸하게 웃었다.

"완벽하게 자살로 위장했다면 그나마 나았을 텐데 여러 가지로 허점이 있었어요."

"그렇게 말하니 더욱 미안하군요."

셴베는 하얗게 센 머리를 만지작거렸다.

"너무 당황해서 말이지. 블라인드는 어떻게 할 수가 없더군요. 그보다 더 서툴렀던 건 죽는 방법이었어요. 요네오카의 고소 공포증은 원체 유명해서 목을 맸으면 맸지 뛰어내려 자살할 사람이 아니었거든. 하지만 그 상황에서는 다른 선택을 할 수 없었어요."

"그건 그렇죠."

우루시자키가 소리 내어 웃었다. 신도도 덩달아 하얀 이를 드러내며 웃었다. 그런데 다음 순간, 두 형사의 얼굴에서 동시에 웃음이 싹 가셨다. 둘은 서로를 마주 보았다.

"목을 맸으면 맸지……."

우루시자키가 중얼거렸다.

"그래, 이제 알겠어요."

신도가 큰 소리로 외쳤다.

"사장을 다시 불러와."

신도가 계단을 향해 뛰어갔다.

우루시자키는 블라인드와 금속에 관해 얘기를 시작했다. 블라인드가 망가지지 않았는데 금속이 뒤틀린 것은 이해할 수 없는 일이라는 것이다.

"그 의문을 해결하는 것은 간단한 일이었습니다. 즉 금속이 휘어진 것은 요네오카 씨가 블라인드에 매달린 것이 아니라 뭔가 다른 것을 걸어 체중을 실었기 때문이라고 생각하는 게 타당합니다."

"다른 것이라니요?"

시노부가 물었다. 그 옆에서 쇼이치가 떨떠름한 표정을 짓고 있었다.

"끈입니다. 고리가 지어진 1미터 정도의 끈이 현장에서 발견됐죠."

"그 끈에서 요네오카 씨의 지문이 나왔어요."

신도가 덧붙였다.

"비닐 끈…… 밀 히려고…… "

중얼거리는 센베를 보며 우루시자키가 설명을 이어 갔다.

"사다리에 올라서서 높은 곳에 있는 금속에 끈을 걸려고 했다면 생각할 수 있는 건 한 가지뿐입니다. 요네오카 씨는 목을 매려고 했던 겁니다."

네에? 하고 시노부가 소리를 질렀다. 쇼이치는 휘청하며 손으로 책상을 짚었다.

"그런데 금속이 그 정도로 튼튼하지 않았던 거죠. 시험 삼아 체중을 실으려 한 순간 휘어지고 만 겁니다. 그 바람에 요네오카 씨는 균형을 잃고 창밖으로 떨어졌고요. 그 결과 자살은 자살이되 투신자살이 되고 말았습니다."

"그런 어처구니없는 일이…… ."

쇼이치가 신음하듯이 내뱉었다.

"그렇게 된 거로군."

센베도 중얼거렸다.

"역시 내 추측이 맞았어. 요네오카의 고민이 이만저만이 아니었던 거야. 이봐 쇼이치, 이제 알겠나?"

그는 아들의 얼굴을 보았다.

"상상을 해 보거라, 아침에 출근했는데 요네오카의 시신이 매달려 있는 모습을. 네 자리 바로 뒤에서 말이다. 그 사람이 그런 생각을 하면서 여기에 목을 매려 했는지도 모르지."

쇼이치가 창문을 바라보며 침을 삼키는 소리가 시노부에게
도 들렸다.

12

방망이가 휙 돌고, 이어서 공이 포수의 장갑 속으로 쏙 들
어갔다. 니시마루 상점의 응원석에서 커다란 한숨 소리가 흘
러나왔다. 역전할 수 있는 절호의 기회였는데 연속 삼진으로
타자가 둘이나 물러나고 말았다.

이때 벤치에서 니시마루 센베가 일어섰다. 그리고 대타자
를 알리는 소리가 들렸다. 이어서 방망이 두 개를 빙빙 돌리
면서 나타난 사람은 니시마루 팀의 유일한 여자 선수인 다케
우치 시노부였다.

"와, 선생님이다. 선생님, 힘내세요!"

신도 옆에 앉은 뎃페이가 큰 소리로 응원했다. 시노부가 손
을 살짝 들어 보이고는 타석으로 들어서더니 거기서 다시 두
세 번 방망이를 휘둘렀다.

"그래서 오늘은 용병으로 나선 거야?"

신도가 물었다.

"네. 그런데 저 할아버지는 앞으로도 계속 선생님에게 용병

을 부탁할 건가 봐요."

"그러다가 전속으로 만들 작정이겠지."

"그렇겠죠. 아, 이런. 파울이잖아."

"우선은 소프트볼 선수로 스카우트한 다음 언젠가 회사로 불러들일 생각일 거야."

"그럴지도 모르죠. 아무튼 저 할아버지, 우리 선생님이 상당히 마음에 들었나 봐요."

"쳇."

신도는 혀를 찼다.

지난번 사건을 계기로 니시마루 쇼이치도 각성을 했는지 회사가 예전의 화기애애한 분위기로 돌아가고 있다고 했다. 쓸모가 없어진 컴퓨터 몇 대는 센베가 아는 중고상에 팔았다고.

그리고 들리는 바로는 센베가 회사를 다시 일으켜 세우기 위해 시노부를 끌어들이려고 호시탐탐 기회를 노리고 있다는 것이다.

신도로서는 또다시 골치 아픈 라이벌이 등장한 셈이었다.

"참 끈질긴 할아버지네. 노인네면 노인네답게 물러나 있을 일이지."

신도가 말하는 순간 시노부의 방망이에 불이 붙었다. 관중의 함성 속에 하얀 공이 좌중간으로 쭉쭉 뻗어 나간다. 신도와 뎃페이가 벌떡 일어섰다.

"뛰어요. 선생님, 뛰어요!"

뎃페이의 응원에 화답하듯 시노부가 베이스를 밟고 계속

뛴다.

시노부 선생님은 폭주족

1

몇 미터만 천천히 앞으로 가면 좌회전이다. 방향 지시등을 켜려고 했다. 그런데 방향 지시등이 깜박거리는 대신 와이퍼가 눈앞을 가로질렀다.

"뭡니까, 비라도 내리나요?"

조수석에 앉은 교관이 빈정거리듯 말하며 하늘을 올려다본다.

"착각했어요. 죄송합니다."

시노부는 큰 소리로 퉁명스럽게 말하고서 다시 방향 지시등을 켠 다음 핸들을 획 돌렸다. 비스듬히 앉아 있던 대머리 교관이 균형을 잃으며 등받이에 몸을 바짝 붙였다.

"이봐요, 무슨 운전을 이렇게 합니까. 핸들을 좀 더 조심스럽게 꺾어야죠."

"네, 네."

"정말 알아듣고 대답하는 거예요? 아니, 이번에는 후방 확인을 안 했잖아요!"

"했어요."

"했다고요? 고개를 확실하게 돌려야죠!"

시노부는 그 말을 들은 척 만 척 하고 직선 코스로 들어섰다. 교습소 내에서 유일하게 속도를 낼 수 있는 곳이다. 액셀을 힘껏 밟고 기어를 맨 위 단까지 넣는다. 속도계가 쭉 올라갔다. 이 쾌감이 유일한 즐거움이다.

정면으로 보이는 벽에 가까워지는 지점에서 브레이크를 밟을 작정이었는데 그러기 전에 속도가 뚝 떨어졌다. 시노부가 입술을 깨문다.

교습용 차는 조수석에도 브레이크가 있다. 대머리 교관이 그녀가 브레이크를 밟기 전에 먼저 밟은 것이다.

"뭐하는 겁니까, 브레이크 안 밟아요?"

교관이 말했다.

"밟으려고 발을 올려놓았단 말이에요."

"늦었어요, 늦었어. 그러다 벽에 부딪친다고요."

"늦긴 뭐가 늦어요? 벽까지 아직 한참이나 남았는데."

"그렇지 않아요. 차는 생각보다 빨라요. 아아, 또, 또! 빨리 기어 바꿔요. 엔진이 꺼진단 말입니다!"

속도를 늦추고, 클러치를 밟고, 기어를 바꾸고, 클러치에서 천천히 발을 뗀다…….

입속으로 중얼거리면서 실행해 보지만 몸이 생각대로 움직여 주지 않는다, 라고 생각하고 있는데 또 옆에서 브레이크를 밟았다.

"어딜 보고 있어요? 맞은편에서 차가 오잖아요. 발에만 신경을 쓰면 안 된다니까요. 정말이지 이렇게 둔해서야."

"에이, 시끄러워서 운전을 못하겠네."

시노부는 길 중간에 차를 세운 후 몸을 틀어 교관 쪽을 본다.

"그렇게 잔소리만 해 대면 어떻게 해요? 초보가 잘 못하는 게 당연하지. 그런 사람을 가르치는 게 그쪽 일 아니에요? 친절하게 대하면 어디가 덧나나. 아니, 그리고 공짜로 배우는 것도 아니고 비싼 돈 주고 배우는 거잖아요. 즉, 나는 손님이다 이거예요. 그런데도 시시콜콜 잔소리만 하고 둔하다고 핀잔이나 주고. 내 참."

사나운 표정으로 성을 내자 마침내 대머리 교관도 멈칫한다. 지금까지 학생이 이렇게 호통을 친 적은 한 번도 없었을 것이다.

"아니, 저, 그게 아니라⋯⋯."

"뭐가 그게 아니에요? 으스대기나 하고. 교습소가 여기뿐인 줄 알아요?"

"나는 운전을 잘 가르치려고⋯⋯."

"옆에서 그렇게 모욕을 주는데 잘할 수 있겠어요? 돈 내고 욕 얻어먹고⋯⋯ 이건 아니죠. 이 차, 14번 맞죠? 여기 오는 사람들 전부 불러 놓고 14번 차 보이콧하자고 할 수도 있어요. 그런 ㄱ쪽은 보나 마나 이렇게 될 거고요."

시노부가 손으로 목 자르는 흉내를 내며 말했다.

"알았어요, 알았어. 내가…… 그러니까…… 좀 심했어요."

"좀이 아니죠. 너무, 라고요!"

"아…… 너무 심했습니다. 앞으로 주의할 테니까 그만 화
푸세요."

"화나게 한 건 그쪽이에요!"

"알았어요, 네, 알았습니다. 그러니까 차를 움직이세요. 이
런 데다 세워 두면 사람들이 이상하게 생각합니다."

"정말 알았어요?"

교관을 한 번 째려본 후 시노부는 차를 출발시키려 했다.
그런데 흥분한 탓인지 클러치 조작을 잘못하는 바람에 시동
을 꺼뜨리고 말았다.

"이런 멍청…… 아니, 그…… 액셀을 좀 더 밟는 편이 나
을 것 같은데요."

"네? 아아, 알아요. 액셀을 밟고 클러치를 떼라고요?
자…… 거봐요, 그런 식으로 친절하게 가르쳐 주니까 잘되
잖아요."

교관은 후, 긴 한숨을 내쉬었다.

"대체 무슨 일을 하시는 분입니까?"

"일이오? 지금은 파견 유학 형태로 대학에 다니고 있지만

원래는 선생이에요."

"선생님이라고요?"

"그래요. 초등학교 선생이에요. 아이들 가르치는 거 보통 일 아니에요. 당신처럼 으스대고 잔소리나 해서는 못하는 일이라고요."

"호오…… 초등학교 선생이라."

어쩐지, 하고 교관이 중얼거렸다.

다케우치 시노부가 운전면허를 따기로 결심한 것은 어린이와 노인들의 교통사고사가 급증하고 있다는 뉴스를 본 것이 계기가 되었다. 시노부가 이곳 대학을 다니기 전까지 근무하던 오지 초등학교에서도 학생이 스쿨존에서 차에 치이는 사고가 있었다. 그래서 생각한 것이다. 이래서는 안 되겠다고.

어떻게든 아이들을 교통사고로부터 지켜야 한다. 그러기 위해서는 지금과 같은 교통 지도로는 안 된다. 우선 나 자신이 자동차에 대해 알고 교통 전쟁 속으로 뛰어들어 어떤 원인으로 사고가 발생하는지 파악하지 않으면 안 된다……. 텔레비전 앞에서 시노부는 두 주먹을 불끈 쥐고 마음속으로 굳게 다짐했다.

일단 생각이 떠오르면 곧바로 실행에 옮기는 것이 시노부의 장점 중 하나. 다음 날 그녀는 자신의 아파트에서 자전거로

다닐 만한 거리에 있는 '오사카 그린 자동차 교습소'를 찾아
가 등록했다.

교습 과정에는 이론 강의와 실기 교습이 있고, 실기는 다시
4단계로 나뉘어 있다. 시노부는 현재 3단계에 와 있다.

이날 실기 수업을 마친 시노부는 이론 강의 시간 전까지 휴
게실에서 교통 법규에 대해서 공부하기로 했다. 시각은 저녁
7시. 대학 강의가 끝나야 올 수 있기 때문에 저녁 시간에 교
습을 받는 것이 힘든 점이다.

"어머, 선생님, 아직 강의가 남았나 보군요."

긴 의자에 앉아 책을 읽고 있는데 머리 위에서 소리가 들렸
다. 고개를 들어 보니 하라다 히데코가 미소 짓고 있다.

"아, 안녕하세요?"

시노부도 미소 지으며 머리를 숙였다.

"오늘 실기 수업은 끝난 건가요?"

히데코가 시노부의 두 배쯤 되는 엉덩이를 그녀 옆으로 밀
어 넣으며 물었다. 11월인데 반소매 폴로셔츠 차림이다. 늘
어진 소맷자락에서 빵빵한 두 팔이 뻗어 나와 있다.

"네, 지금 막 끝났어요. 하라다 씨는요?"

"저도 지금 막 끝나서 집에 가려던 참이에요. 빨리 가지 않
으면 이쿠오가 투덜거리거든요. 중학교에 들어가고부터는
어찌나 많이 먹는지 쌀값만 해도 엄청나요."

하라다 이쿠오로 말할 것 같으면 시노부의 옛 제자다. 이제는 중학생이 되었는데도 단짝인 다나카 뎃페이와 함께 종종 시노부의 집에 놀러 온다.

"이쿠오가 중학교 공부가 어렵다고 하던데, 요즘은 어떤가요?"

그러자 히데코는 신 매실장아찌라도 입에 문 듯한 표정을 지었다.

"여전해요. 공부라고는 통 안 하는걸요. 선생님이 한번 따끔하게 혼내 주세요. 저래 가지고서야 고등학교나 가겠어요? 이런 말 하기는 좀 그렇지만, 그 뎃페이라는 아이랑 같이 다니는 게 문제인 것 같아요. 재미있는 아이이기는 하지만 공부에는 전혀 도움이 안 되거든요. 어머, 선생님, 제가 이런 말 했다는 거 뎃페이 엄마에게는 절대 말씀하지 마세요."

"그럼요, 알죠."

시노부는 웃음이 새어 나오려는 것을 간신히 참으면서 고개를 끄덕였다. 그와 비슷한 말을 얼마 전에 뎃페이 엄마에게도 들었기 때문이다.

"이쿠오는 그렇고, 선생님은 몇 단계까지 갔어요?"

히데코가 시노부의 무릎 위에 놓인 교습 진도표를 들여다보았다. 진도표에는 교관의 도장이 찍혀 있어 어느 단계까지 갔는지 명확히 알 수 있다.

"이제 거우 3단계네요. 이쿠오 이미니는요?"

"저보다 한참 후에 시작하셨는데 벌써 3단계예요? 역시 젊으니까 빠르네. 저도 아직 3단계예요. 임시 면허 시험에 떨어져서 보강도 들어야 하고요. 표는 보지 마세요, 창피하니까요."

히데코가 교습 진도표를 숨기는데 교관 확인란이 얼핏 보였다. 빨간 도장이 줄줄이, 최소 서른 개는 찍혀 있다. 3단계를 통과하면 임시 면허 시험을 볼 수 있는데, 거기까지 이르는 데도 그토록 교습을 많이 받은 것이다. 적게는 열 몇 번이면 통과하는 사람도 있으니 히데코의 실력이 어느 정도인지는 익히 짐작이 간다. 물론 시노부도 몇 번 보강을 받기는 했다.

"운전은 정말 어려워요. 도대체 왜 그리 어려운 건지."

"익숙하지 않은 일이니 어쩔 수 없지 않을까요?"

"아무리 익숙하지 않아도 그렇죠. 그만큼 했으면 잘할 만도 하구먼. 도장 개수를 볼 때마다 화가 치민다니까요. 그만큼 돈이 들어갔다는 얘기잖아요."

"돈은 생각하지 않으시는 편이⋯⋯."

"아무리 그래도 주부는 돈에 신경이 쓰이게 마련이죠. 식구들 눈도 있고요. 이쿠오는 글쎄, 엄마가 면허 따는 데 돈을 쓰느니 차라리 택시를 타고 다니는 편이 이득이겠대요. 어찌나 얄밉던지."

시노부는 복잡한 심정으로 웃었다. 맞는 말인지도 모르겠다.

"일단 그 클러치인가 뭔가 하는 게 문제예요. 기어 바꾸기가 싫다니까요."

히데코는 커다란 왼쪽 발을 파닥파닥 움직였다.

"그런 게 있으니까 허둥대게 되는 거예요. 발을 움직이는 동시에 손까지 움직이다니, 어떻게 그런 재주를 부리냐고요. 게다가 회전할 때는 깜박이를 켜면서 안전 확인까지 해야 되잖아요. 발이랑 손, 눈, 목을 따로따로 움직이라는 게 말이 돼요? 꼭두각시 인형도 아니고."

"저도 클러치 조작하기가 힘들어요."

"그렇죠, 그렇죠, 선생님?"

동지를 만나서 반갑다는 듯 히데코는 눈웃음을 쳤다.

"그렇게 복잡한 게 있으니까 걸핏하면 브레이크 대신 액셀을 밟곤 하는 거예요."

"그러면 위험하죠."

시노부가 눈을 동그랗게 떴다.

"그러게 말이에요. 그런 건 없었으면 좋겠어요. 오토매틱이 좋아요. 전부 오토매틱으로 바꾸면 좀 좋아."

"오토매틱만 운전할 수 있는 면허도 있잖아요."

"그렇죠. 하지만 기껏 돈 들여서 배우는데 제대로 된 면허를 따야지, 안 그러면 손해잖아요. 그래서 열심히 하고는 있는데 살 안 빠지네요. 대체 클러치라는 건 왜 있는 거래요?"

그토록 큰 소리로 떠들던 히데코도 이 질문만은 다른 사람에게 안 들렸으면 싶었던지 아주 조그만 소리로 물었다.

"그야 기어 체인지를 하기 위해서겠죠."

"하지만 기어는 손으로 레버를 움직여서 바꾸잖아요. 2단이다 3단이다, 손으로 바꾸는데 왜 또 페달을 밟아야 하난 말이죠."

"그건……."

시노부도 대답할 말이 궁색했다. 솔직히 말해 자동차의 메커니즘은 그녀도 잘 모른다. 클러치를 밟는 것도 교관이 시키니까 할 뿐이다.

두 사람은 침묵했다. 그러다가 잠시 후 히데코가 문득 내뱉듯이 말했다.

"하기야 쓸데없는 것이 붙어 있겠어요? 붙어 있는 걸 보면 이유가 있겠죠."

"네, 그럴 거예요."

그렇게 적당히 대답하면서 시노부는 참 한심한 대화라고 생각했다.

"그런데 아까 저기서 들었는데요."

히데코가 목소리를 한층 낮추고 교습용 차들이 서 있는 주차장을 가리키며 말했다.

"학생 중에 아주 성질이 고약한 사람이 있나 보더라고요."

"네, 그게 무슨 말이죠?"

"글쎄, 교관의 태도가 마음에 안 든다고 치받은 사람이 있다나 봐요. 그 교관의 차를 보이콧하겠다며 협박했다네요."

"……."

"게다가 여자래요. 세상에 참 기가 센 사람도 다 있구나 싶더라니까요."

"그러게…… 말이에요."

그게 바로 자기라고 밝힐 수도 없고 해서 시노부는 가만히 고개를 숙였다.

2

강도 사건이 발생한 것은 11월 7일 수요일이었다. 장소는 이쿠노 구에서도 유명한 호화 저택, 마쓰바라가였다. 주인인 마쓰바라 소이치는 그 일대의 지주로, 최근에는 맨션 등에도 손을 대기 시작한 것으로 알려져 있다.

강도는 새벽 4시가 조금 지나서 들어왔다고 한다. 복면을 쓴 남자 둘이 느닷없이 2층에 있는 부부 침실로 들이닥친 것이다. 마쓰바라 소이치에게는 아들이 둘 있는데, 차남은 이미 결혼해서 독립했고 미혼인 장남은 일 때문에 미국에 가 있었다. 따라서 그날 밤 집에 있었던 사람은 마쓰바라 씨 부부와 가정부뿐이었다.

강도들은 권총과 나이프를 갖고 있었다. 그들은 그것으로 부부를 위협한 후 가정부를 두드려 깨웠다고 한다.

소이치는 돈이라면 원하는 대로 주겠다고 말했다. 그리고 강도의 지시에 따라 금고를 열었다. 금고 속에는 현금 약 2천만 엔과 5천만 엔어치에 달하는 보석류가 들어 있었다. 이어서 강도들은 온 집 안을 샅샅이 뒤져 소이치가 수집해 놓은 그림과 판화, 도자기 등을 한데 모았다. 돈으로 환산하면 수천만 엔 이상의 가치가 있는 물건들이었다. 현금과 보석류를 합하면 도합 1억 엔이 훌쩍 넘었다.

강도들은 마쓰바라 부부와 가정부를 로프로 묶고, 훔친 금품을 나눠 가진 후 도주했다. 그때가 대략 6시를 넘긴 시각이었다.

부부는 이날 낮에 우연히 찾아온 친척에게 발견되어 풀려났다. 곧바로 경찰에 신고했지만, 이미 도주 후 몇 시간이 경과한 터라 '전혀'라고 해도 좋을 만큼 실마리가 없었다.

이상의 내용을 시노부는 신문에서 읽은 것도 아니고 텔레비전 뉴스에서 본 것도 아니고 하라다 이쿠오에게 들었다. 이쿠오의 집은 마쓰바라가와 같은 동네로, 불과 몇십 미터

거리에 있다고 한다.

"1억 몇천만 엔이라니, 우리 같은 서민은 평생 만져 보지도 못할 돈이잖아요. 그런 돈을 부자들은 집 안에 놔두고 있다니, 참……."

이쿠오는 강도 사건 자체보다 훔쳐 간 금액에 더 흥미가 있다는 투였다.

"그럴 만도 하지. 마쓰바라라면 그 부근 땅이란 땅은 죄다 가진 사람이잖아. 우리 아빠가 그러는데 그 땅을 전부 돈으로 환산하면 몇십억 엔은 될 거래. 전쟁 후 어지러웠던 시절에 나쁜 짓을 해서 거저나 다름없이 손에 넣었는데 정치가들이 모른 체하고 그대로 놔둔다고 아빠가 얼마나 난리였는데."

다나카 뎃페이가 케이크를 먹으며 말했다. 이 둘은 학교 수업이 끝난 후 사건에 대해 얘기하려고 시노부의 아파트를 찾아왔다. 시노부가 이런 화제라면 호기심이 발동해서 케이크니 뭐니 사 줘 가며 얘기를 더 들으려 한다는 것을 잘 알고 있기 때문이다.

"강도가 참 좋은 집도 노렸네."

시노부가 혼잣말하듯 중얼거렸다.

"그럼요. 이왕 한탕 하는 거 확실하게 돈이 있는 집에 들어가야죠. 우리 집 같은 곳에 들어오면 가져갈 게 하나도 없잖아요."

이쿠오의 말에 뎃페이도 "그건 우리 집도 마찬가지야. 어쩌면 강도가 우리보다 더 돈이 많을지도 몰라."라고 맞장구쳤다.

"그래서 다친 사람은 없대?"

"없나 봐요. 불행 중 다행이죠."

"흐음, 그렇긴 한데……."

시노부는 자신이 마치 명탐정이라도 되는 양 손에 턱을 괴었다.

"강도들이 나갔다는 시간은 날이 밝을 무렵이잖아. 그렇다면 목격자가 한두 명은 있을 법도 한데……. 이 동네는 그 시간에 개를 데리고 산책하는 사람이 많거든."

"여기랑 우리 동네를 혼동하시면 안 되죠."

뎃페이가 피식거렸다.

"개 같은 걸 어떻게 키우나 몰라. 사료비가 만만치 않을 텐데."

"그러게. 우리 엄마는 우리가 조금만 틈을 보이면 식비를 줄이려 드는데."

"그래? 이쿠오 너네 엄마 체형으로 봐서는 식비에 인색하실 것 같지 않은데."

"질보다 양을 우선하는 거지. 그리고 우리 엄마는 식구들이 남긴 거든 뭐든 순식간에 다 먹어 치운다고. 진공청소기처럼 빨아들인다니까."

"에이, 더럽게. 케이크 먹고 있는데 진공청소기 얘기는 왜
해?"

"카레 먹을 때 하는 것보다는 낫잖아."

둘이 티격태격하는 소리를 듣고 있던 시노부가 갑자기 자
리에서 일어섰다.

"이쿠오 엄마 얘기를 하니까 생각났어. 슬슬 가야 할 시간
이야."

"교습소요?"

뎃페이가 물었다.

"응. 드디어 오늘부터 도로 주행 연습이거든. 열심히 해야
해."

어제 시노부는 임시 면허 시험을 단번에 통과했다.

"아우, 그 생각 하니까 머리가 또 아프다."

이쿠오가 얼굴을 찡그리며 머리를 감싸 안았다.

"우리 엄마같이 둔하디둔한 뚱보가 어떻게 운전을 한다고.
끈질기게 다니고는 있지만 보강을 듣느라 돈을 아주 쏟아붓
고 있다니까요."

"그래도 열심히 하시던데, 뭐. 엄마도 어제 임시 면허 시험
통과하셨어."

"세 번 만에 겨우요."

"그래도 합격하셨으니 대단한 거야."

합격자 중에 자신의 이름이 있다는 것을 안 히데코가 어찌나 기뻐서 날뛰는지 옆에 있던 시노부가 다 창피할 정도였다. 심지어 엉엉 울기까지 했다.

"돈을 남들의 배는 들였잖아요. 그걸 나한테 줬으면 새 CD랑 게임을 샀을 텐데. 그리고 사실 엄마가 면허를 딴다 해도 우리한테는 별 도움도 안 될걸요. 아빠랑 나는 엄마가 운전하는 차에는 절대 안 탄다고 이미 선언했거든요."

"그러면 엄마가 너무 불쌍하잖아."

"불쌍한 건 저라고요."

이쿠오는 답답하다는 듯이 말했다.

"선생님은 면허 따면 차 사실 거예요?"

뎃페이가 조심스러운 표정으로 물었다. 시노부는 힘차게 고개를 끄덕였다.

"당연하지. 빨간 차 살 거야. 페어레디나 스카이라인이 좋겠지. 그걸 타고 다니면서, 운전이란 바로 이런 거라고 세상 운전자들에게 모범을 보일 생각이야."

"흐음……."

"너희들도 태워 줄게."

"그만 가자."

뎃페이가 이쿠오에게 눈짓을 하면서 일어섰다. 시노부가

볼이 부은 표정으로 뎃페이를 노려보았다.

3

임시 면허 시험을 본 후로는 한 번도 히데코를 본 적이 없었는데 도로 주행 연습을 시작한 지 사흘째 되는 날 로비에서 마주쳤다.

"어떠세요, 실제로 도로를 달리니까?"

시노부가 인사 대신 묻자 히데코는 얼굴 앞에서 손바닥을 휘휘 저었다.

"지금까지는 주변에 신경을 쓰지 않아도 괜찮았는데 도로에 나갔더니 다른 차들이 신경 쓰여서 못살겠어요. 얼마나 긴장이 되던지."

"저도 그런걸요. 특히 도로가 붐빌 때는 어떻게 해야 좋을지 모르겠어요."

"맞아요, 맞아."

이해한다는 듯이 히데코가 고개를 끄덕였다.

"차가 별로 없는 데서 느긋하게 연습했으면 좋겠어요. 오사카는 차가 너무 많아서 면허 따기에도 불리하다니까요."

그건 흔히들 하는 말이었다. 도로 상황이 좋지 않은 데다 매너노 나빠시 오시키에서 면허를 따면 어디 가서 운전하든 문제없다고들 한다.

"게다가 교관이 옆에서 자꾸 잔소리를 하니까 더더욱 허둥 거리게 되더라고요."

시노부가 그렇게 말하자 갑자기 히데코의 얼굴이 밝아졌다.

"그 점이라면 저는 문제없어요."

"네, 어떻게요?"

히데코가 시노부 쪽으로 엉덩이를 약간 옮기더니 손으로 입을 가리고 말했다.

"아주 친절한 교관을 찾았거든요. 32번 차요. 아무리 실수를 해도 화를 안 낸다니까요. 얼마나 친절한지 몰라요. 게다가……."

히데코가 목소리를 더 낮췄다.

"남자답게 아주 잘생겼어요."

그런 교관이 있었단 말인가. 시노부는 괜히 분한 생각이 들었다. 도로 주행 연습을 두 번 했는데 두 번 다 교관이 무뚝뚝한 중년 남자였다.

"하지만 아무리 마음에 들어도 늘 그 교관이 걸리는 건 아니잖아요."

"그게 말이죠, 우연히 세 번 다 그 사람이었다니까요."

"네? 그런 우연이……."

"사실은 제가 꾀를 좀 부렸죠."

히데코는 장난스러운 눈빛으로 예약 카운터 쪽을 보았다. 그곳에서는 학생들의 교습 시간과 실기 연습 때의 배차를 관리한다.

"배차 관리하는 사람에게 32번을 우선적으로 배당해 달라고 교섭했거든요. 그랬더니 그쪽도 제 부탁이라면 모른 척할 수 없다고 하더라고요."

보강을 그토록 많이 들었으니 담당 직원과 안면을 트기도 했을 것이다. 교습소 입장에서 보면 단골손님 격이다.

"덕분에 아주 기분 좋게 교습을 받고 있어요. 이제 열심히 연습해서 어떻게든 단번에 통과하는 일만 남았지요."

히데코는 두툼한 손가락으로 V자를 만들어 보였다.

다음 날 밤, 히데코로부터 전화가 걸려 왔다.

"좋은 소식이 있어요."

히데코는 수화기를 손바닥으로 가린 채 얘기하는 듯했다. 그건 즉, 가족이 들어서는 안 되는 얘기라는 뜻이리라.

"선생님, 특훈 받을 생각 없으세요?"

"특훈요? 운동 말인가요?"

시노부의 질문에 히데코는 깔깔 웃었다.

"제가 소프트볼 특훈이라도 받자고 할까 봐서요? 운전 특훈 밀이에요. 내일 시킨 일찍, 차가 별로 없을 때 연습할 거예요. 왜, 임시 면허증이 있으면 도로에서 연습해도 괜찮잖아요."

"그건 알지만, 우리 둘이 연습할 수는 없어요."

면허증을 소지한 사람이 동승하지 않으면 운전할 수 없도록 되어 있다.

"그 점이라면 걱정 마세요. 든든한 사람이 있으니까. 전문가가 나올 거예요."

"전문가라면 혹시……."

"32번 교관요. 와카모토라는 사람인데, 그쪽에서 먼저 특훈을 받지 않겠느냐고 제안하더라고요."

"네에?"

그 와카모토라는 남자가 히데코에게 마음이라도 있나 하는 생각이 언뜻 스쳤다.

"차도 준비해 준다니까 얼마나 잘됐어요? 좋은 기회라 선생님도 같이하시면 좋을 것 같아서요."

"그렇군요. 감사합니다. 하지만 생각을 좀……."

전문가에게 부탁하는데 공짜일 리 없다. 그런 그녀의 심중을 헤아리기라도 한 듯 히데코가 말했다.

"출근길에 하는 거니까 돈은 필요 없다고 했어요."

"정말요? 그럼 갈게요."

시노부는 즉시 대답했다.

다음 날 그녀는 새벽 5시 반에 일어나 자전거를 타고 나섰다. 약속 장소는 히데코의 집에서 1킬로미터 정도 떨어진 공원이었다. 가족에게는 비밀이니 그녀의 집 앞에서는 만날 수 없는 것이다.

시노부가 공원에 도착해 보니 히데코가 이미 와 있고 흰색 마크Ⅱ도 옆에 서 있었다. 그 옆에 있는 사람이 와카모토라는 남자일 것이다. 나이는 삼십 대 중반 정도. 아닌 게 아니라 핸섬하다.

"잘 부탁드려요."

남자를 소개받은 시노부가 머리 숙여 인사했다. "저야말로요."라고 와카모토도 답했지만 왠지 딴생각을 하고 있는 듯한 표정이었다.

특훈은 한 시간 정도 계속됐다. 그러나 시노부가 실제로 핸들을 잡은 것은 끝날 무렵의 15분 정도뿐으로, 그 나머지 시간은 히데코가 썼다. 시노부로서는 불만스러웠지만, 뒤 좌석에 앉아 히데코의 운전 솜씨를 보니 그럴 만도 하다는 생각이 들었다. 한마디로 엉망이었다. 일전에 본인 입으로 말했던 것처럼 두 가지를 동시에 하지 못했다. 기어 체인지가 마음대로 안 되면 이내 시선이 손으로 갔다. 즉 전방을 주시하지 않는 것이다. 당연히 핸들 조작에 소홀해지게 되고, 그때

마다 외기모토는 핸드 브레이크를 잡아당길 쥬비를 했다.

그렇긴 해도 특훈은 시노부에게도 의미가 있었다. 이른 아침이고 교통량이 적은 길이라 다른 차들이 거의 다니지 않은 덕에 지금까지 생각대로 되지 않았던 것들을 제대로 해 볼 수 있었다. 시노부는 운전에 자신이 붙는 느낌이었다.

와카모토와 헤어진 후 시노부는 자신을 불러 줘서 고맙다고 다시 한 번 히데코에게 인사했다. 히데코 역시 마음껏 연습했다는 만족감 때문인지 상기된 표정으로 고개를 끄덕거렸다.

"이런 일은 사정을 아는 동지끼리 즐겁게 하는 게 좋죠."

"네, 정말 즐거웠어요."

"그리고 저, 오늘은 조금 안심이 되더라고요."

"안심이라니요?"

히데코는 평소의 장난스러운 눈빛으로 시노부를 보며 의미심장한 미소를 머금었다.

"지금까지 왜 나만 이렇게 운전을 못하나 싶어 속상했거든요. 그런데 오늘 선생님이 운전하시는 모습을 보고 안심했어요. 아아, 선생님 역시 고생이 많으시겠다 싶더라고요."

"……."

시노부가 할 말을 잃고 서 있는데 히데코가 그녀의 손을 꼭 잡았다.

"선생님, 우리 힘내요. 이 특훈을 계속해서 운전 잘하는 사람들한테 보여 주자고요."

시노부는 그 손을 뿌리치고 싶었지만 히데코의 손아귀 힘이 너무 셌다.

4

다음 날도 특훈은 계속되었다. 그리고 전날과 마찬가지로 대부분의 시간이 히데코에게 할애되었다. 시노부로서는 그 점이 탐탁지 않았다. 히데코가 워낙 서투르니 너그럽게 봐주자고 생각했는데 히데코가 자신을 비슷한 수준으로 여긴다는 것을 알고 나니 그렇게 한가한 생각을 하고 있을 여유가 없어진 것이다. 내일은 자신이 먼저 운전석에 앉아야겠다고 시노부는 단단히 별렀다.

히데코와 헤어져 아파트로 돌아왔을 때였다. 시노부는 또다시 마뜩지 않은 일과 맞닥뜨렸다. 그녀의 집은 1층이라 입구가 도로에 면해 있는데 현관문 바로 앞에 개똥이 있었던 것이다.

시노부는 기가 막혀서 그 자리에 우뚝 서고 말았다.

'대체 이런 게 왜 여기 있는 거지?'

다음 순간에는 분노가 끓어올랐다. 이유 따위는 생각해 볼 것도 없었다. 개가 여기다 똥을 눈 것이다. 하지만 최근에는 떠돌이 개를 본 적이 없다. 그러고 보니 개를 산책시키기에 딱 좋은 시간이다. 그렇다면 개 주인이 개가 눈 똥을 처리하지 않은 채 그대로 사라졌다는 얘기다.

'이런 짓을 하는 인간이 대체 누구야.'

시노부는 주위를 둘러보았다. 물론 개를 데리고 산책하는 사람은 보이지 않았다. 가령 있다 해도 그 사람이 범인이라고 단정할 수는 없다.

다음 날 시노부는 집을 나서면서 현관 앞을 꼼꼼히 체크했다. 아직은 이상이 없다. 어제 시노부는 코를 틀어막고 냄새를 참으며 똥을 치웠다. 덕분에 개똥 냄새가 코끝에서 가시질 않아 종일 불쾌했다.

자전거에 올라탄 뒤 몇 번이나 뒤를 돌아보면서 출발했다. 도중에 개를 산책시키는 사람을 두 명 봤지만 둘 다 비닐봉지를 들고 있었다. 그런데도 시노부는 의심의 눈초리로 그들을 보았다. 그러자 상대방은 의아한 표정을 지으며 걸음을 재촉했다.

'설마, 오늘은 없겠지.'

스스로를 다독거리며 페달을 힘껏 밟았다.

그런데 예상이 보기 좋게 빗나갔다. 연습을 마치고 돌아와 보니 어제와 비슷한 위치에 비슷한 개똥이 떡하니 있었던 것이다.

그날 밤 시노부는 히데코에게 전화를 걸었다. 내일 특훈을 쉬겠다고 알리기 위해서였다. 이유를 묻는 히데코에게 "시답잖은 일이 좀 생겨서요."라고만 대답해 두었다.

"정말 시답잖네."

수화기를 내려놓으면서 시노부는 투덜거렸다.

특훈은 쉬기로 했지만 다음 날도 그녀는 일찍 일어났다. 물론 현관 앞을 지켜보기 위해서다. 대체 어떤 인간이 그런 실례되는 짓을 하는 건지, 어떻게든 현장을 덮쳐서 혼내 주기로 마음먹은 것이다.

시노부는 현관문 안쪽에 의자를 갖다 놓고 렌즈 구멍을 통해 바깥 상황을 살폈다. 개와 함께 산책하는 사람들이 차례차례 지나갔다. 그럴 때마다 시노부는 뚫어져라 바라보았지만 다들 무심하게 지나갈 뿐이었다. 딱 한 마리가 건너편 전신주에 오줌을 눴지만 예의 범인은 아닌 듯했다. 전신주야 더럽혀지든 말든 시노부가 알 바 아니다.

1시간 반이나 끈질기게 지켜보았지만 결국 범인을 잡는 데는 실패했다. 아무래도 오늘은 나타나지 않을 모양이다.

'그럼 내일 다시.'

그렇게 마음먹고 아침을 준비하려는데 전화벨이 울렸다. 아직 7시 반이다. 이런 시각에 누구지, 하면서 수화기를 들었다.

"여보세요. 다케우치입니다."

"아, 선생님! 저예요, 이쿠오. 큰일 났어요."

"왜 그렇게 허둥대? 무슨 일인데?"

"사고예요. 우리 엄마가 교통사고를 당했어요."

5

하라다 이쿠오의 연락을 받은 시노부는 즉시 병원으로 달려갔다. 대합실에 이쿠오와 이쿠오의 아버지가 걱정스러운 표정으로 앉아 있었다. 그런데 얘기를 들어 보니 히데코가 엑스레이 검사를 받고 나오면서 자세한 상황은 시노부 선생에게 들으라고 했단다. 그래서 이쿠오가 그녀에게 연락한 것이다. 현재 히데코는 경찰의 조사를 받고 있는 듯했다.

"그럼 크게 다치신 건 아닌가 보구나."

시노부는 일단 안도의 한숨을 내쉬며 이쿠오에게 말했다.

"우리 엄마는 그런데요, 옆에 타고 있던 남자가 중태인가 봐요."

"선생님, 이거 대체 어떻게 된 일입니까?"

이쿠오의 아버지가 난감해하는 표정으로 물었다. 시노부는 사흘 전에 시작된 특훈에 대해 설명했다.

"바보같이."

이쿠오의 아버지가 그렇게 내뱉었다.

"운전이라는 게 특훈을 받는다고 터득되는 건가? 경험으로 익히는 거지."

"죄송합니다."

자신에게도 일말의 책임이 있다는 생각에 시노부는 머리를 숙였다.

"아닙니다. 선생님이 사과하실 일이 아니죠. 그 사람이 잘 못이에요."

이쿠오의 아버지는 씁쓸한 표정으로 고개를 저었다.

잠시 후 히데코가 경찰과 함께 나타났다. 그녀 역시 오늘은 풀이 팍 죽어 있었다.

"당신, 도대체 무슨 짓을……."

이쿠오의 아버지는 너무 흥분해서 말도 잘 안 나오는지 주먹만 부들부들 떨었다.

"미안해요, 여보. 이런 일이 생길 줄은 몰랐어요."

히데코는 얼굴을 가리고 소녀처럼 훌쩍였다.

"그러니까 사고의 발단은 일단정지를 무시한 거였군요."

"뭐, 그런 거죠."

"음……."

신도가 팔짱을 끼었다. 시노부의 아파트 근처에 있는 찻집 안이었다. 신도 옆에는 다나카 뎃페이가 얌전한 표정으로 앉아 있고 시노부 옆에는 하라다 이쿠오가 고개를 숙이고 있었다.

"어려운 문제예요. 역시 하라다 씨의 책임이 아닌가 싶은데요."

"그러니까 어떻게 좀……."

뎃페이의 말에 신도는 고개를 저었다.

"내가 결정하는 거라면 어떻게 해 보겠지만 이건 재판정에서 하는 일이라서 말이지."

이번에는 시노부가 으음, 하고 신음 소리를 냈다.

사고 상황은 얼핏 보면 단순하지만, 또 다른 시각에서 보면 상당히 복잡하다고도 할 수 있었다. 우선 발단은 히데코가 정지선에 차를 세우지 않은 데에 있었다. 그것은 표지판을 보지 못해서가 아니라 브레이크 대신 액셀을 잘못 밟은 탓인 듯했다.

히데코가 운전하던 차는 정지선을 넘어 도로를 스르르 가로지르기 시작했고 때마침 오른쪽에서 승용차가 맹렬한 속도로 달려왔다. 그 차도 미처 브레이크를 밟지 못해 히데코가 운전하는 차의 오른쪽 뒤에 충돌했고 그 충격으로 히데코의 차는 왼쪽으로 튕겨 나가 그곳에 있던 전신주와 충돌했다. 그 결과 조수석이 찌그러지면서 와카모토가 중상을 입은 것이다.

더 골치 아픈 점은 상대 차량이 뺑소니를 치고 말았다는 것이다. 따라서 지금으로서는 정확한 상황을 알 수 없고 책임 소재도 명확히 할 수 없게 된 것이다.

시노부는 이쿠오에게 엄마를 도와 달라는 부탁을 몇 번이나 받았지만 어떻게 하면 좋을지 몰라 궁여지책으로 지인인 신도에게 상담을 청하게 된 것이다. 그런데 신도는 오사카 부경 본부 수사 1과 형사로, 교통과 업무와는 아무 상관도 없었다.

하지만 그런 신도도 지금 히데코의 입장이 상당히 난처하다는 것 정도는 알 수 있었다.

"대체로 운이 나빴네요."

시노부가 한숨 섞인 소리로 말했다.

"본래 사고가 거의 안 나는 곳인데. 그 근처에 있는 것이라고는 인쇄 공장 창고뿐이어서 이른 아침에는 차가 거의 다니지 않거든요."

"뺑소니친 차는 아무 죄도 없는 건가요?"

뎃페이가 불만스러운 표정으로 물었다.

"물론 없지는 않지. 전방 주시 의무라는 것도 있으니까. 이런 경우 양쪽 다 피의자로 보기는 해. 하지만 결국은 하라다 씨의 과실이 더 크다는 결론이 날 거야."

신도의 설명에 이쿠오가 어깨를 축 늘어뜨렸다.

"역시 우리 엄마가 차를 운전한 거 자체가 잘못이었어."

"그렇지는 않지."

"선생님이 사고를 당하지 않은 것만 해도 천만다행이에요. 그날따라 특훈을 쉬셨다면서요?"

신도의 물음에 시노부는 "사정이 있었어요."라며 개똥 얘기를 꺼냈다. 평소 같으면 세 사람이 박장대소를 했겠지만 이번만은 상황이 상황이니만큼 아무도 웃지 않았다.

"그러니까 선생님은 개똥 덕분에 목숨을 건지신 거네요."

뎃페이가 진지한 투로 말했다. 신도와 이쿠오도 덩달아 고개를 끄덕거렸다.

"그 후로는 개똥이 없었으니 확실히 운이 좋긴 좋았네요."

시노부가 그렇게 말하자 히데코의 불운이 더욱 강조되는 것 같아 분위기가 한층 어두워졌다.

잠시 침묵이 이어지다가 마침내 신도가 얼굴을 들었다.

"좀 이상한데요."

"네, 뭐가요?"

"개똥 얘기 말입니다. 정말 우연일까요?"

신도의 질문에 시노부는 신도의 얼굴을 빤히 바라보며 "무슨 말이 하고 싶은 건데요?"라고 되물었다.

"뭔가 지나치게 착착 들어맞는다는 생각이 들어요. 하라다 히데코 씨와 선생님이 운전 특훈을 받기로 했다. 그런데 이틀째와 사흘째 되는 날 현관에 개똥이 있었다. 그래서 시노부 선생님이 특훈을 쉬고 지켜보기로 했다. 그랬더니 기다렸다는 듯이 사고가 일어났다……, 이거 혹시 '기다렸다는 듯이'가 아니라 진짜 기다렸던 거 아닐까요? 다시 말해 선생님을 붙들어 두기 위해서 일부러……."

"말도 안 돼요. 그럼 그 사고를 누군가 의도적으로 계획했다는 건가요?"

"그렇게 생각할 수도 있다는 거죠. 그러면 평소에 차가 별로 다니지 않는 길에 그날따라 속력을 내며 달리는 차가 있었다는 점도 설명이 되고요. 일부러 부딪친 거 아닐까요?"

"하지만, 그렇다면 살인이라는……."

"그렇죠."

신도가 아주 시원스럽게 대답했다.

"그렇죠라니……."

"이거 조사 좀 해 볼까요? 생각나는 대로 말하다 보니 점점 의문이 생기네요."

"잠깐만요. 정리 좀 해 보죠. 그렇다면 범인은 누구를 죽이려 한 거죠? 하라다 씨? 아니면 와카모토 씨?"

"그건 지금으로서는 알 수 없어요. 둘 다일지도 모르죠. 다만 범인은 선생님까지 끌어들이고 싶지는 않았다. 그래서 개똥 작전을 생각해 냈다, 이렇게 되는 거죠."

"만약 그런 거라면 이쿠오네 아줌마는 무죄가 되나요?"

이번에는 뎃페이가 물었다.

"무죄까지는 모르겠지만 죄가 경감되는 것만은 틀림없겠지."

"앗싸!"

뎃페이가 손뼉을 치고는 신도의 팔을 붙들었다.

"아저씨, 부탁드려요. 어떻게든 그쪽으로 몰고 가서 범인을 잡아 주세요."

"아니, 이건 아직 공상에 불과한 단계야. 일단은 뺑소니친 차를 찾아내는 게 급선무라고."

"개똥부터 조사하면 어떨까요?"

이쿠오가 툭 던지듯 말했다.

"그런 방법도 있긴 하지만…… 어떻게 조사하지?"

신도가 되묻자 이쿠오는 고개를 떨어뜨리고 말았다. 그의 이런 모습은 시노부도 처음 보는 것이었다. 어떻게든 이쿠오에게 힘이 돼 주고 싶었다.

"제가 교습소에 가서 와카모토라는 사람에 대해 슬쩍 물어볼게요. 하라다 씨를 노린 것 같지는 않으니까요."

시노부의 말에 신도는 고개를 끄덕였다.

"어디까지 할 수 있을지는 모르겠지만 저도 정보를 수집해 보겠습니다. 우루시자키 선배와도 의논해 보고요."

그의 선배 형사인 우루시자키가 도와준다면 큰 힘이 될 것이다.

"저희가 할 수 있는 일은 없을까요? 아무것도 안 하고 있으면 너무 답답할 것 같아요."

뎃페이가 묻자 신도는 잠시 천장을 올려다보더니 이렇게 말했다.

"그렇게까지 말하니 찾아 달라고 해야겠는걸."

"찾다니, 뭘요?"

"그야 뻔하지."

신도가 히죽 웃었다.

"너희들은 개똥을 찾는다."

6

수십 미터 앞에 있는 신호등은 아직 초록불이다. 슬슬 노란색으로 바뀔 때가 된 것 같다. 이럴 때는 타이밍을 맞추기가 어렵다. 노란색이 되면 멈추는 것이 기본이라고는 하지만 타이밍에 따라서는 그대로 가야 하는 경우도 있다.

그런 생각을 하고 있는데 신호가 노란색으로 바뀌었다. 시노부는 천천히 브레이크를 밟고 정확하게 정지선에 멈춰 섰다.

"좋아요. 많이 익숙해지셨군요. 좌회전할 때 차를 붙이는 게 아직 미숙하니까 그 점에는 조금 더 신경을 써 주세요."

시노부의 운전 실력이 향상되었기 때문인지, 아니면 지난번에 버럭 화를 냈던 게 효과가 있었는지 요즘은 대머리 교관의 말투가 사뭇 정중하다.

"그런데 저……, 운전과는 관계없는 얘기지만 궁금한 게 하나 있는데요."

"뭐죠?"

시노부는 와카모토에 대해 물어보았다. 교관은 사고에 대해 알고 있기 때문인지 시노부가 하라다 히데코와 아는 사이라고 하자 다소 꺼리는 기색을 보였다.

"말도 안 되는 짓을 했죠. 교관이 서비스로 운전을 가르쳐 줬다는 얘기는 처음 듣습니다."

"와카모토 씨는 어떤 사람인가요?"

"별로 눈에 띄지 않는 사람이에요. 레이서가 되려다가 좌절한 후 이 일을 시작했다고 하더군요. 가족은 없고, 친하게 지내는 사람이 있는지도 잘 모르겠어요."

"최근 들어 이상한 점은 없었나요?"

"글쎄요, 잘 모르겠는데요."

교관은 고개를 갸웃거리더니 "왜 그런 걸 묻죠?"라며 의아하다는 표정을 지었다.

"그분, 워낙 잘생겨서 신경이 쓰여요."

시노부가 대답하자 교관은 머리에 손을 얹으며 "흠, 저는 대머리라 유감이군요."라고 했다.

교습을 마친 시노부는 다음 실기 시간을 예약하러 카운터로 갔다. 안경을 끼고 빼빼 마른 중년 남자가 배차를 담당하고 있었다. 시노부는 예약을 한 후 그 남자에게도 와카모토에 대해 넌지시 물었다.

"저는 그분과 마주칠 일이 별로 없어서 아는 게 없는데요."

남자는 미안하다는 표정을 지었다.

"하지만 하라다 씨가 우선적으로 32번 차를 배당받도록 해 주셨잖아요?"

"그거야 하라다 씨의 부탁 때문이었지요. 그리고 그 얘기, 다른 사람에게는 하지 마세요. 너도나도 그렇게 해 달라면 곤란하니까요."

남자는 두 손으로 X표를 만들어 보였다.

집으로 돌아온 시노부는 신도에게 전화를 걸어 보았다.

"아쉽지만 수확이 없습니다."

그것이 그의 첫마디였다.

"뺑소니차에 관한 단서가 전혀 잡히질 않아요. 와카모토는 니진이 의식이 없고요. 우루시자키 선배에게도 의논해 봤지만 현재 상황에서는 살인과 연관 짓기 어렵다고 하네요."

"그렇군요."

자신의 목소리가 가라앉아 있다는 것을 그녀 스스로도 느낄 수 있었다.

"왜 그렇게 풀이 죽었습니까, 시노부 선생님답지 않게? 너무 걱정 마세요. 와카모토가 의식만 찾으면 다 밝혀질 겁니다. 믿고 기다리자고요."

기운을 북돋우는 신도의 말에 시노부는 "네." 하고 힘차게 대답했다.

7

뎃페이와 이쿠오는 새벽 6시에 공원에서 만났다. 오늘도 둘 다 자전거를 타고 왔다. 공원에 자전거를 세워 놓은 그들은 걸어서 시노부의 아파트까지 갔다. 오늘로 사흘째 이러고 있다.

"이런 게 정말 도움이 될까?"

고개를 숙이고 걸으면서 하라다가 물었다. 하지만 그냥 고개를 숙이고 있는 것이 아니다. 뎃페이도 똑같은 자세로 걷고 있는 것이 그 증거다.

"그거야 모르지. 하지만 아무것도 안 하고 가만히 있는 것보다는 낫잖아. 그러다 만약 발견하게 되면 그야말로 큰 단서가 될 테고."

"그래도 중학생이 돼서 개똥이나 찾아다니게 될 줄은 몰랐다."

"동감이야."

"미안하다, 덴페이. 이런 일에 끌어들여서."

"무슨 소리야. 그보다 아줌마는 어떠셔? 좀 괜찮아지셨어?"

"우리 엄마 성격에 마냥 끙끙대고 있지는 않지. 대신 아빠가 머리를 싸매고 계셔. 그 와카모토라는 사람 치료비를 우리가 내고 있거든."

"우와, 어떻게 하냐."

"그래도 그 사람, 가족이 없어서 그나마 다행이야. 이런저런 일로 옥신각신하지 않아도 되니까 말이지."

"그렇겠다. 그건 운이 좋았네."

두 사람은 길을 샅샅이 살피며 걸었다. 찾고 있는 것은 이쿠오가 말한 대로 개똥이다. 신도 아저씨 말에 따르면, 범인이 자신이 키우고 있는 개에게 시노부의 집 앞에 똥을 누게했다고 생각하기는 어렵고, 어디선가 똥을 갖다 놨다고 보는게 타당할 것이라고 한다. 그러니까 시노부의 집 근처 어딘가에 분명 개똥이 떨어져 있는 장소가 있을 거라는 얘기다.

"그런데 막상 찾으려니 오히려 개똥이 안 보이는 것 같아."

뎃페이의 말에 이쿠오는 "맞아. 다른 때는 그렇게 눈에 잘 띄더니 말이야."라고 맞장구쳤다.

"그래서 모르고 밟기도 하고."

"너 옛날에는 운동화 바닥에 개똥 잘 묻히고 다녔어."

"그런 날은 하루 종일 애들한테 따돌림당했지. 야, 오늘은 이쪽으로 가 볼까?"

어제까지와는 다른 길을 따라 둘은 계속 걸었다. 이른 아침이지만 간간이 차가 옆을 스치고 지나간다.

"교통사고가 무섭다는 거, 이제야 알겠어."

이쿠오가 침울한 목소리로 말했다.

"너까지 그렇게 풀이 죽어 있으면 안 되지."

"응, 알아. 기운을 내야 한다고 생각은 해. 뎃페이, 재밌는 얘기 좀 해 봐."

"갑자기 그러면 어떡해. 음…… 이런 얘기는 어때? 오사카에 사는 어떤 남자가 시골에서 온 친구와 함께 카페에 들어갔대. 오사카 남자가 종업원에게 레스카를 주문했어."

"그래서?"

"친구가 레스카가 뭐냐고 물었지. 오사카 사람이 '레스카는 레몬 스카시다, 오사카 사람들은 뭐든지 줄여서 말한다.'

라고 가르쳐 줬어. 크림소다가 마시고 싶었던 친구는 자기도 줄여서 말해야겠다고 생각하고 '크소('똥'이라는 뜻의 일본 말과 발음이 같다-옮긴이) 주세요.' 했대. 그랬더니 종업원이 태연하게 카레라이스를 들고 나오더라는 거야. 어때, 재밌지?"

이쿠오가 웃는 것도 아니고 찡그리는 것도 아닌 복잡한 표정을 지었다.

"보통 때 같으면 엄청 웃었을 텐데 지금은 똥이라는 말을 들어도 별로 웃기지가 않아."

"아……, 내가 얘기를 잘못 골랐구나."

뎃페이가 웃기는 얘기가 없을까 생각에 잠겨 있는데 갑자기 이쿠오가 "어, 저거 뭐지?" 하고 소리쳤다. 몇 미터 앞에 있는 플라스틱 양동이 옆에 개똥이 소복이 쌓여 있었다. 두 사람은 잠시 그것을 관찰하다가 거기서 가장 가까운 집의 초인종을 눌렀다. 마흔이 약간 넘어 보이는 아줌마가 나왔다.

"저, 기타이쿠노 중학교 학생들인데 조사 활동 나왔거든요. 몇 가지 질문에 답해 주시면 감사하겠습니다."

뎃페이가 미리 준비한 거짓말을 늘어놓았다. 다행히 아줌마는 "뭔데?" 하고 응해 주었다.

"'동네를 깨끗하게 하는 방법'이 주제거든요. 지금 개똥…… 아니, 변의 피해에 대해서 조사하고 있어요. 그런데 길을 지나다가 보니 양동이 옆에 이게 있어서……."

"아니, 오늘도 있어?"

아줌마가 집 밖으로 나와 개똥을 보더니 얼굴을 찡그렸다.

"또야? 어떻게 하루도 안 빼놓고……. 내가 시간 날 때마다 지켜보고 있는데도 잠깐 한눈만 팔았다 하면 이렇게 해놓고 간다니까. 아유, 내가 못살아."

"매일 이래요?"

이쿠오가 물었다.

"거의 매일이야. 무슨 수를 쓰든지 해야지. 얼마 전엔 한 이틀 없어서 좋아했더니만."

"네, 이틀이라고요? 그게 언젠데요?"

이쿠오가 달려들 듯한 기세로 물었다. 아줌마는 잠시 고개를 갸우뚱하고 생각하다가 대답했다. 틀림없었다. 시노부 선생님 집 앞에 개똥이 있던 날과 일치했다.

"앗싸!"

뎃페이가 큰 소리로 외치자 놀란 아줌마가 눈을 동그랗게 떴다.

8

"개똥이 실마리라 이거지. 어쩐지 이번 사건에서는 냄새가 나더라."

짧은 다리를 꼬고 앉은 우루시자키가 의자 등받이에 몸을 기대며 말했다.

"말장난할 때가 아니라고요. 좋은 방법이 없을까요?"

"아직 살인이라고 결론이 난 것도 아닌데 우리가 무작정 움직일 수는 없잖아."

"그런가요……."

신도가 머리를 북북 긁었다. 뎃페이와 이쿠오가 수고한 덕분에 그 사고가 계획된 것일 수도 있다는 단서는 찾았지만 그 이후로 한 발짝도 진전이 없었다.

"사고 당시의 정황에 부자연스러운 점은 없어?"

우루시자키가 물었다.

"이쿠노 서 교통과에 지인이 있어서 물어봤는데 별다른 문제는 없답니다. 현장에 남아 있는 타이어 자국도 하라다 히데코 씨의 진술과 일치한다고 하고요."

"그렇다면 그쪽으로 파고들기는 힘들겠군."

텁수룩한 수염이 신경 쓰이는지 우루시자키는 몇 번이나 턱을 쓰다듬었다.

"다만 한 가지 이상한 점이 있습니다. 현장에 해머가 떨어져 있었다는군요."

"해머?"

"쇠망치 말입니다."

"현장 어디에 있었다는 거지?"

"찌그러진 차의 문 근처에요. 더 이상한 건 해머가 하나가 아니었다는 겁니다. 조사 결과 좌석 밑에도 하나 있었답니다."

우루시자키가 눈을 몇 번 깜박거리더니 고개를 좌우로 갸웃거렸다.

"차를 운전하는데 해머가 왜 필요하지?"

"그 점에 대해서도 교통과에 물어봤는데, 차에 해머를 싣고 다니는 것 자체는 이상할 게 없답니다. 가령 강이나 바다로 차가 추락할 경우 유리창을 깨기 위해 필요하기 때문에 하나 정도는 가지고 다니는 편이 좋다는군요. 하지만 그게 두 개 나 있었다니 좀 이상하다는 거죠."

"해머가 두 개라……."

우루시자키는 고개를 한껏 옆으로 기울인 자세로 잠시 있다가 갑자기 윗도리를 집어 들고 일어섰다.

"그럼 가 봐야겠군."

"어디를요?"

"몰라서 물어? 와카모토의 집이지. 뭔가 나올지도 모르잖아."

와카모토는 2층짜리 목조 아파트의 방 하나를 빌려 살고 있었다. 우루시자키는 아파트를 관리하는 부동산업자에게 연락해 열쇠를 가져오라고 했다.

"그 사람, 교통사고를 당했다면서요? 가족도 없는데 큰일입니다."

콧수염을 기른 부동산업자가 말했다.

"내내 혼자였습니까?"

"아니요. 처음 들어올 때는 부인이 있었어요. 5, 6년 전쯤일 거예요. 그런데 1년쯤 있다가 부인이 암으로 세상을 떠났어요. 참 딱한 사람이죠."

부동산업자는 두 형사를 2층으로 안내했다. 맨 끝이 와카모토의 방이었다.

"형사님들도 참 난감하겠습니다. 본인이 의식 불명이니 뭘조사하려고 해도 이렇게 일일이 찾아다녀야 하고."

"그렇죠, 뭐."

우루시자키가 애매하게 대답했다. 이렇게 마음대로 수사하고 다니다가 탄로 나면 성가시겠지만, 그런 경우라도 적당히 둘러대는 것이 우루시자키에게는 그리 어려운 일이 아니었다.

부동산업자가 열쇠를 꽂아 문을 열었다. 그런데 안으로 들어가려던 신도가 방 안의 모습을 보고는 자신도 모르게 멈칫했다. 누군가 방을 마구 뒤진 흔적이 역력했던 것이다.

"우루시자키 선배, 이거 어떻게 된 일이죠?"

"흐음."

안으로 들어간 우루시자키는 실내를 이리저리 살폈다. 벽장과 서랍장 등이 모두 활짝 열려 있고 잡다한 물건들이 발디딜 틈도 없을 정도로 방 안 가득 널려 있었다.

"누가 한 짓일까요?"

"그걸 내가 어떻게 알아? 아무튼 이걸로 그게 단순한 사고가 아니라는 것만은 분명해졌군."

허리에 손을 얹고 고개를 끄덕이던 우루시자키가 벽 근처 다다미 표면의 한 지점에 시선을 고정했다.

"왜 그러세요?"

"이봐, 이게 뭐라고 생각하나?"

우루시자키가 손가락으로 가리킨 것은 검붉은 쌀알 크기의 덩어리였다. 점토처럼 보이기도 했다.

"글쎄요, 뭘까요……."

신도가 고개를 갸웃했다.

"감식 담당을 오라고 해야 할 것 같은데…… 멋대로 들어왔으니 아무래도 절차가 좀 피곤할 거야. 하는 수 없지, 뭐. 반장한테 솔직하게 털어놓고 우리 둘이 혼나는 수밖에."

그렇게 말하고 우루시자키가 전화기로 손을 뻗는데 때마침 전화벨이 울렸다. 깜짝 놀란 그는 순간적으로 손을 움츠렸다가 조심스럽게 수화기를 집어 들었다.

"네, 와카모토의 집입니다. ……네? 아니, 저는 경찰인데
요. 병원이라고요? 아니요, 여기에는 와카모토 씨의 친인척
이 아무도 없습니다. ……네에? 그게 정말입니까?"

우루시자키가 송화구를 막더니 신도 쪽으로 고개를 돌렸다.

"와카모토가 죽은 모양이야."

9

"강도라고요, 와카모토가?"

시노부가 눈을 휘둥그렇게 떴다.

"그렇습니다. 일이 참 황당하게 됐어요. 덕분에 저랑 우루
시자키 선배가 멋대로 움직인 점에 대해서는 질책을 면하게
됐지만."

신도는 신이 나 있었다. 뜻하지 않게 공을 세우게 되었던 것
이다. 그래서 오늘 밤 그가 스테이크로 한턱내고 있었다.

신도에 의하면 와카모토의 방에서 우루시자키가 발견한 점
토 같은 덩어리는 유화용 물감이었다고 한다. 그것도 상당히
오래된 것이라는 게 전문가의 견해였다. 아무리 뒤져도 와카
모토의 방에서는 그런 종류의 물건이 나오지 않았으므로 훔

친 물건이 아닐까 하는 의혹이 제기됐다. 그러자 얼마 전 이쿠노 구에서 발생한 강도 사건이 떠올랐다. 경찰은 서둘러 감정을 의뢰했고 마침내 도난당한 그림에서 떨어진 것이라는 결론이 나왔다.

"그런데 문제는 이제부터입니다."

스테이크 한 조각을 입으로 가져가다 말고 신도가 말했다.

"강도는 이인조였어요. 즉, 공범이 있다는 거죠. 그 공범이 이번 교통사고 위장에 가담했고, 와카모토의 방을 뒤져 돈과 보석, 그림을 훔쳐 갔다고 봐도 틀림없을 겁니다. 그놈을 잡아야 해요."

"단서는 있나요?"

"물론 있죠."

신도는 자신만만한 표정으로 고개를 끄덕였다.

"그런데 선생님은 그 위장 사고에서 범인이 어느 쪽을 노렸다고 생각합니까? 와카모토? 아니면 하라다 부인?"

"와카모토 아닐까요?"

"범인이 노린 사람은 와카모토가 아니라 하라다 부인 쪽이라는 게 우리의 견해예요."

"네에?"

"선생님도 아시다시피 하라다 부인은 강도 사건이 발생한 마쓰바라가 바로 근처에 살고 있잖아요. 혹시 사건 당일, 하라다 부인이 우연히 와카모토 일당의 도주 장면을 목격한 거 아닐까요?"

"하라다 씨는 그런 말을 한 적이 없는데요."

시노부는 놀라서 눈을 껌뻑거렸다.

"정작 하라다 씨 본인은 그 사실을 모르고 있는데 범인 쪽에서는 그녀가 자신들의 얼굴을 봤다고 생각하는 거죠. 도주할 때는 복면을 벗었을 테니까요. 하지만 그 당시에는 와카모토 일당도 그리 걱정하지 않았을 겁니다. 몽타주 같은 걸 그려 봐야 자신들을 잡는 데는 별 도움이 되지 않을 거라고 생각했을 거예요."

그리고 신도는 잠시 쓴웃음을 지었다.

"그랬는데 뜻밖에도 그 목격한 여자가 자신이 근무하는 운전면허 학원의 교습생이었던 겁니다. 게다가 자꾸 자신의 차를 타는 거예요. 와카모토로서는 이 여자가 자신의 얼굴을 기억하고 일부러 타는 것인지, 혹은 모르면서 그러는 것인지 판단하기 어려웠을 겁니다. 설사 모르고 탔더라도 어떤 계기로 생각이 떠오를 수도 있고요. 그래서 없애 버리기로 한 거죠."

"특훈인지 뭔지를 하자고 한 것도 그 이유란 말이군요?"

"그럴 겁니다. 그리고 정지선에서 다시 출발하는 순간 공범이 차를 몰고 와서 일부러 충돌한다는 계획이었죠. 원래는 운전석 쪽에 충돌해서 하라다 부인을 죽일 작정이었습니다.

물론 그렇게 되면 범인들도 다소 부상을 입겠지만 계획적인 사고이니만큼 어느 정도는 대처할 수 있다고 여긴 거죠. 그런데 하라다 부인의 운전 솜씨가 와카모토가 생각한 것 이상으로 형편없어서 브레이크와 액셀을 혼동하고 말았어요. 그 결과 사고가 예상치 못한 방향으로 전개되었고 와카모토 쪽이 목숨을 잃게 된 거죠."

운전을 못해서 목숨을 건지는 경우도 있구나 싶어 시노부는 감탄스러웠다.

"와카모토로서는 천벌을 받은 거네요. 하지만 살인 수단으로는 그다지 확실한 방법이 아닌 것 같아요. 하라다 씨가 죽는다는 보장이 없잖아요."

"물론 그럴 경우의 대비책도 준비돼 있었습니다. 와카모토의 차에 해머가 실려 있었어요. 만약 하라다 씨가 교통사고로 죽지 않을 경우에는 그것으로 최후의 일격을 가할 생각이었던 거죠."

"우와, 정말 잔인하네요."

시노부는 입술을 일그러뜨리며 콧잔등에 주름을 잡았다.

"그런데 알 수 없는 건, 해머가 두 개라는 점이에요. 무슨 이유가 있는지 현재 조사 중입니다."

"아무튼 그 교통사고는 일단 그렇게 설명이 되는 거네요."

"그렇죠. 그래서 우리는 하라다 부인이 강도에 대해 뭔가 기억나는 게 있는지, 거기에 기대를 걸고 있습니다."

"어떻게든 힘을 내서 범인을 잡아 주세요. 배후에 살인 사건이 숨겨져 있었다는 게 판명되면 하라다 씨의 과실에도 정상참작의 여지가 생길 테니까요."

"그건 제게 맡기십시오. 시간문젭니다."

신도는 자기 가슴을 툭툭 쳤다.

하지만 그리 간단치가 않았다. 다음 날 우루시자키와 함께 하라다 히데코를 찾아간 신도는 그녀에게서 강도에 관한 기억이 전혀 없다는 대답을 들었던 것이다.

"강도를 봤느냐 못 봤느냐를 묻는 게 아닙니다. 그날 아침에 뭘 하셨는지만 알려 주시면 됩니다. 그때 하라다 씨는 어디선가 강도에게 근접해 있었을 거예요."

우루시자키가 침까지 튀겨 가며 말했지만 히데코는 고개를 저었다.

"아 글쎄, 그럴 리 없다니까요. 그날 아침에는 컨디션이 안 좋아서 내내 누워 있었어요."

"네에?"

우루시자키는 할 말이 없어 신도와 얼굴만 마주 보았다.

"그렇다면…… 어떻게 된 거야, 이거!"

10

"하라다 씨는 아무것도 보지 못했다고요? 그럼 대체 어떻게 된 일이죠?"

"모르겠어요."

"그렇다면 범인이 하라다 씨를 노릴 이유가 없는 거잖아요."

"그렇습니다."

"그럼 결론이 뭐죠?"

"현 단계에서는 단순한 사고인 거죠."

"그럴 리가……, 말도 안 돼요."

시노부가 테이블을 쾅쾅 두드렸다. 여기는 그녀의 방이니 마음껏 분통을 터뜨릴 수 있었다. 그리고 그걸 고스란히 뒤집어쓰고 있는 사람은 우루시자키와 신도다. 조금 전부터 두 사람은 번갈아 고개를 숙이고 있었다.

"개똥 사건도 있잖아요. 이건 틀림없이 고의로 일으킨 사고라고요."

"하지만 말이죠."

신도가 조심스럽게 입을 열었을 때 우루시자키가 기다렸다는 듯 그의 말을 이었다.

"딱 한 가지, 가능성이 남아 있기는 합니다."

"뭐죠, 그게?"

"두 강도 중 한쪽이 다른 쪽을 살해하기 위해 하라다 부인을 이용했을 가능성입니다. 범인은 하라다 씨의 주소지가 마쓰바라 씨 댁 근처라는 사실을 알고, 하라다 부인이 자신들의 얼굴을 봤을 가능성이 있다며 다른 한쪽에게 살인 계획을 제의한 겁니다. 하지만 실은 공범을 죽일 생각이었던 거죠."

"그럼 와카모토가 속았다는 건가요?"

"얘기가 그렇게 되는 거죠."

신도가 고개를 끄덕였다. 그러나 우루시자키는 여전히 알 수 없는 표정을 지은 채 팔짱을 끼고 있다가 불쑥 이렇게 내뱉었다.

"와카모토를 노렸다면 조수석 쪽으로 충돌하는 편이 확실하지 않았을까?"

"네? 아아, 듣고 보니……."

그제야 깨달았다는 듯이 신도는 고개를 끄덕거렸다.

"그럼…… 그 반대인가요?"

"그래, 나는 반대가 아닐까 싶어. 와카모토가 상대를 죽이려 한 게 아닐까 하고 말이야."

"그렇군요. 그럴 가능성도 있겠어요."

"하지만 결정적인 단서가 없어. 모든 게 추측에 불과할 뿐이지."

우루시자키는 두 손으로 얼굴을 비비고 나서 탁탁 볼을 두드렸다.

"우루시자키 선배 말대로 하라다 부인이 이용당했다면 왜 하필 하라다 부인을 선택했을까요?"

"그러니까 그건…… 강도 사건이 있었던 마쓰바라가와 하라다 부인의 집이 가까웠기 때문이겠지."

"그야 그렇겠지만, 어떻게 그렇게 잘 접근했는지 모르겠네요. 새벽에 특훈을 할 정도로 친해지는 것도 간단한 일은 아닐 텐데."

"아, 그건 하라다 씨가 와카모토를 지목했기 때문이에요. 세 번 연속으로 와카모토의 차가 배정됐는데 그때 마음에 들었다면서……"

그렇게 말하면서 시노부는 뭔가 위화감을 느꼈다. 교관이 여러 명 있는데 연달아 세 번이나 같은 차였다는 점이 부자연스러웠던 것이다.

"혹시……"

그리고 잠시 후 시노부가 두 손으로 테이블을 쾅 내리치는 바람에 우루시자키는 깜짝 놀라 뒤로 나자빠졌다.

11

새벽 6시. 역시나 교습소에는 인기척이 없었다.

시노부는 건물로 들어가지 않고 곧장 교습 차량이 서 있는 주차장으로 향했다. 똑같이 생긴 차들이 주욱 늘어서 있었다.

그때 맨 끝에 서 있는 차 뒤에서 한 남자가 슬그머니 나타났다.

"무슨 일이죠?"

남자의 눈에 경계의 빛이 어려 있었다. 그 눈을 똑바로 보면서 시노부가 말했다.

"하라다 씨 대신 왔어요. 그분은 지금 자유롭게 행동할 수 없으니까요."

어젯밤, 히데코를 시켜 이 남자에게 전화를 걸었다. 그리고 거래하고 싶은 게 있으니 내일 새벽 6시에 만나자고 했다. 그 정도면 이 남자가 무슨 말인지 이해했을 것이다. 강도질을 한 후 히데코에게 목격되었다고 믿고 있을 터이니.

"흠…… 그래, 용건이 뭡니까? 이렇게 아침 일찍 사람을 불러내다니."

"굳이 말 안 해도 알 텐데요. 하라다 히데코 씨가 당신을 어디서 봤는지 생각해 냈다는군요."

시노부의 말에 남자가 휙 돌아섰다가 다시 천천히 돌아서면서 말했다.

"얼마야?"

"네?"

"얼마면 되는지 묻는 거야. 용건이란 게 그거 아냐?"

그 말만으로도 충분했다. 시노부는 한 손을 살짝 들었다. 그러자 입구로 파란 차가 들어오더니 어리둥절해하는 남자 앞에서 멈춰 섰다. 그리고 차 안에서 우루시자키와 신도가 나왔다. 차 뒤 좌석에는 어찌 된 일인지 뎃페이와 이쿠오도 타고 있었다.

"뭐, 뭐야, 당신들?"

남자가 더듬거렸다. 신도가 경찰수첩을 펼쳐 보이며 그에게 다가갔다.

"포기하시지."

그러자 남자는 시노부를 보면서 악을 썼다.

"이런 씨, 속았잖아."

"얌전하게 굴어."

신도가 그렇게 말했지만 남자는 옆에 있는 렌치를 집어 들더니 신도를 향해 던졌다. 렌치에 맞은 신도의 이마에서 새빨간 피가 흘렀다.

"꺄악, 신도 씨!"

시노부가 신도에게 달려가는 것과 동시에 남자는 가까이

있는 차를 집어타더니 시동을 걸었다.

"어, 도망친다! 신도, 정신 차려. 빨리 쫓아가야지."

우루시자키가 외쳤다.

"피, 피가 눈에 들어가서……."

"이런 상태로는 운전하기 힘들겠어요. 우루시자키 씨가 운전해 주세요."

"안 돼요."

"왜요?"

"면허가 없어요."

"뭐라고요?"

"아니, 괜찮습니다. 제가 운전할게요."

그러면서 신도가 일어서는데 다리가 후들거렸다. 시노부는 마음을 굳혔다. 그녀는 핸드백에서 빨간색 립스틱을 꺼내 신도의 차 보닛에 '임시 면허 연습 중'이라고 커다랗게 썼다.

"으악, 선생님, 뭐하시는 겁니까?"

"제가 운전할 거예요. 빨리 타세요."

"아니, 그런 무모한……."

"신도, 잔소리 말고 타. 지금은 선생님을 믿는 도리밖에 없다고."

마침내 세 사람이 올라타자 뎃페이와 이쿠오가 손뼉을 쳤다.

"앗싸. 선생님, 힘내세요."

"그래. 모두들 안전벨트 매세요. 그럼, 출발!"

하지만 시노부가 액셀을 밟는 순간 시동이 꺼지고 말았다.

"아아…… 선생님, 역시 제가……."

"시끄러워요. 제가 할 거예요."

시노부는 다시 시동을 걸더니 이번에는 타이어에서 끼익 소리가 날 정도로 급발진을 했다. 악동 둘이서 환성을 질렀다.

마침내 차가 도로로 나섰다. 하지만 이미 상대의 차는 보이지 않았다. 시노부는 힘껏 액셀을 밟았다. 다행히 이른 아침이라 교통량은 적었다. 속도계의 바늘이 순식간에 70킬로미터를 가리켰다.

"우아, 제트코스터 탄 것 같다!"

"으아악, 나무아미타불, 나무아미타불……."

이윽고 저 앞에 상대의 차가 보였다. 시노부는 더욱더 속도를 올렸다. 그리고 마침내 따라잡는가 싶은 순간 상대가 왼쪽으로 차를 꺾어 골목길로 들어가 버렸다. 시노부는 급히 브레이크를 밟았다. 타이어가 비명을 지르는 동시에 차체가 옆으로 휙 돌았다.

"으악, 제트코스터보다 더 무서워!"

"나 살려!"

시노부는 얼른 태세를 가다듬고 다시 범인을 뒤쫓기 시작했다. 구불구불한 길을 속도도 줄이지 않고 달리는 바람에 차에 탄 사람들의 몸이 좌우로 심하게 요동쳤다. 그러는 사이 차는 공사 현장 같은 곳에 이르렀다.

"어, 선생님, 저기요, 저기."

뎃페이의 말에 앞을 보니 공사 현장 너머로 상대가 달리고 있다.

"좋아."

시노부가 기어를 내리고 공사 현장 한가운데를 단숨에 통과했다. 쌓여 있는 자갈과 목재, 철골 등을 피하면서 달려야 한다.

"선생님, 무리하지 마십쇼오ー."

신도가 외치는 찰나 차가 부르릉거리며 폐자재 더미 위로 올라가기 시작했다.

"으아악, 뒤집히겠어!"

"죽는다!"

일행의 비명이 최고조에 달했을 때 쿵, 하는 소리와 함께 차가 어딘가로 떨어졌다. 시노부는 자신도 모르게 눈을 질끈 감았다가 잠시 후 조심스럽게 떠 보았다. 눈앞에 그 차가 있었다. 그리고 그 운전석에서 예의 남자가 얼빠진 표정으로 입을 벌리고 있다.

"예스! 잡았다."

시노부가 외쳤지만 다들 넋이 나간 듯 아무 말이 없었다.

12

"그러니까 어떻게 됐다는 거죠?"

초콜릿 파르페를 먹으면서 시노부가 물었다. 물론 우루시자키와 신도가 사는 것이다. 옆에서는 뎃페이와 이쿠오가 푸딩 알라모드를 먹고 있었다.

"역시 와카모토가 그 고바야시라는 사람을 꼬드겼더군요."

우루시자키가 설명을 시작했다. 고바야시는 예약 카운터에서 배차를 담당하는 남자다. 그가 와카모토의 공범이었던 것이다.

"강도질도 와카모토의 제안으로 하게 됐고요. 하기야 와카모토가 죽은 마당이니 고바야시가 자신에게 유리하게 진술한 건지도 모르지만."

"하라다 씨의 목숨을 노렸다는 사실도 자백했나요?"

"네. 우리가 추리한 내용과 거의 비슷하더군요. 하라다라는 여자가 범행 당일 현장 근처에서 네 얼굴을 봤다고 한다, 와카모토가 고바야시에게 그렇게 말했답니다. 물론 와카모토가 지어낸 얘깁니다. 하라다 씨의 주소를 보고 아이디어가 떠올랐겠죠. 고바야시가 소스라치게 놀라 겁을 잔뜩 집어먹자 와카모토는 그에게 하라다 씨를 죽이자고 했고요. 우선 자신이 그녀와 친해져서 단둘이 있을 기회를 만들 테니까 그때 죽이자고 했답니다. 고바야시는 그 계획에 동의하고 하라다 씨가 매번 와카모토의 차를 탈 수 있도록 배차했다고 해요."

시노부는 몇 번이나 고개를 끄덕였다. 바로 그 점이 부자연스러워 고바야시에게 의심의 눈길을 돌렸던 것이다.

"그렇게 친해진 후에 특훈을 가장해 사고를 일으키려 한 거군요."

"그렇죠. 그런데 예기치 않게 특훈에 하라다 씨와 함께 선생님이 나타난 겁니다. 놈들은 당황했죠. 그래서 선생님의 발을 묶으려고 개똥을 갖다 놓은 거였어요."

"그 남자 짓이란 말이죠."

시노부는 입술을 깨물었다. 범행도 범행이지만 시노부는 개똥에 대해서도 화가 나 있었다.

"선생님이 오지 않자 그들은 계획대로 범행에 착수했습니다. 그런데 와카모토는 고바야시와는 다른 작전을 세워 두고 있었어요. 즉, 하라다 씨뿐 아니라 틈을 보아 고바야시까지 죽이려 한 거죠. 아니, 어쩌면 고바야시를 죽이는 것이야말로 본래의 목적이었는지도 모릅니다. 훔친 금품을 독차지할 수 있으니까요. 만약 하라다 씨가 정신을 잃거나 하면 그녀의 목숨까지 빼앗을 생각은 없었을 겁니다. 다만 그녀의 의식이 분명한 경우에는 범행을 목격하게 될 테니 그녀를 죽일 계획이었고요. 그러기 위해 와카모토가 해머를 두 개나 준비한 거였습니다. 해머 하나로 두 사람을 죽이면 한쪽 사체에 다른 사체의 흔적이 남을지도 모른다고 여긴 거죠."

"정말 용의주도하군요."

"아니요, 실제로는 용의주도한 게 아니었습니다. 감식 전문의에게 확인해 봤더니 해머로 때려죽인 경우와 교통사고로 머리를 부딪쳐 죽은 경우를 혼동하는 일은 절대 없다고 합니다."

"그렇게 된 일이로군요. 와카모토는 죽어 마땅한 인간이네요."

"그렇다고 할 수 있죠. 나쁜 짓을 해서는 안 된다는 걸 보여주는 표본과 같은 사건이었어요."

"그럼 하라다 씨는 어떻게 되는 거죠?"

시노부가 이번에는 신도에게 물었다. 그의 이마에 커다란 반창고가 붙어 있었다.

"처벌을 완전히 면하기는 어렵겠지만 아마도 임시정지 위반 정도에 지나지 않을 겁니다. 상대가 고의로 와서 부딪친 거니까요."

"휴우, 다행이다. 엄마 대신 제가 감사드립니다."

이쿠오가 꾸벅, 고개를 숙였다.

"벌점은 어떻게 되죠? 하라다 씨는 아직 정식 면허가 없잖아요."

"하라다 씨가 정식 면허를 얻는 순간 그 위반에 대한 벌칙이 부과될 겁니다. 극단적인 예로, 정식 면허 교부 전에 면허 정지 처분을 받을 만한 위반을 하게 되면 그 사람은 면허를 얻는 순간에 정지, 즉 당분간은 면허를 받을 수 없게 되죠."

"허, 그렇군요. 몰랐네요."

"아슬아슬했어요. 임시 면허로 그런 운전을 하다가 단속에 걸렸다면 속도위반에 위험 행위 등으로 면허를 받는 동시에 벌점이 잔뜩 쌓였을 겁니다."

신도가 히죽거렸다.

"큰일 날 뻔했군요. 면허를 따면 반드시 안전 운전 해야겠네요. 여러분은 그때 다시 태워 드릴게요."

시노부의 말이 떨어지기가 무섭게 "자, 슬슬 돌아가 볼까."라며 뎃페이와 이쿠오는 물론 신도와 우루시자키까지 엉덩이를 들었다.

시노부 선생님의 상경

1

"일단은 도쿄 돔이죠. 공식전은 만석이라지만 시범 경기니까 그 정도는 아닐 거예요."

가이드북을 펼쳐 놓은 채 뎃페이가 말했다. 그 옆 차창으로 후지 산이 한가득 들어와 있다. 눈 덮인 정상을 이렇게 볼 수 있는 것은 평소에 선행을 쌓은 덕분이라고 시노부는 마음속으로 중얼거렸다.

"도쿄까지 와서 야구 구경이 다 뭐냐. 하라주쿠에 가자, 하라주쿠에. 젊은이는 젊은이의 거리에 가야지."

하라다 이쿠오가 뎃페이의 의견에 반론을 펼쳤다. 큰 소리로 떠드는 건 귀에 이어폰을 꽂고 있기 때문일 것이다.

"무슨 소리. 하라주쿠는 아메리카 촌이랑 다를 게 없다고. 하지만 돔 구장은 오사카에는 없잖아."

"안에서 하는 건 다 똑같아. 그리고 난 자이언츠가 싫단 말이야."

"그러니까 자이언츠 대 타이거즈 전을 보러 가자는 거잖아."

"내 참, 어이없어서. 신칸센까지 타고 와서 타이거스 깨지는 거 볼 일 있나?"

"꼭 지라는 법 있어? 혹시 이길 수도 있잖아."

"없어, 없어. 그런 일은 절대 없다고."

둘의 대화를 멍하니 듣고 있던 시노부는 조금 전 꺼냈던 시간표를 도로 집어넣으려고 가방을 열었다. 그때 가방 안주머니에 들어 있던 봉투가 눈에 들어왔다. 나카니시 유타가 보낸 편지였다. 내용은 다음과 같다.

선생님, 안녕하세요? 건강하게 잘 계실 거라고 믿어요. 저는 도쿄에 올라온 지 1년이 되었습니다. 이쪽 생활에 익숙하지 않은 점이 많아 여러 가지로 힘들게 지내고 있어요. 말투도 이제는 익숙해졌지만, 처음에는 오사카 말씨와 너무 달라서 무척 당황했죠. 환경도 상당히 다르고요. 오사카가 많이 생각나고 그럽니다. 그쪽 친구들을 전혀 못 만났는데, 다들 즐겁게 중학 생활을 하고 있는지요. 다나카나 하라다 같은 친구들이 하는 재미난 얘기를 듣고 싶어요. 하지만 당분간은 오사카에 갈 예정이 없답니다. 아빠 일이 바빠서 시간을 낼 수 없거든요. 그래서 저 혼자 갈까도 생각해 봤지만 잘 곳도 없고, 친구 집에서 자는 건 부모님이 허락하시질 않아요. 그런 쓸데없는 소리 하지 말고 공부나 하라고 꾸중하십니다. 선생님, 도쿄에 오실 일 있으면 연락 주세요. 제가 안내해 드릴게요. 그럼 몸 건강하시고 공부 열심히 하세요.

도쿄에서 유타 올림

시노부가 이 편지를 받은 것은 지난달이었다. 편지를 읽고 시노부는 '좀 위태로운데……'라고 생각했다.

나카니시 유타는 전에 교편을 잡았던 오지 초등학교의 제자다. 졸업 후 그는 아버지의 일 때문에 도쿄로 이사했다. 시노부는 현재 파견 유학의 형태로 대학에 다니고 있기 때문에 교단에 서지 않는 만큼 옛날 제자들의 일에 계속 신경이 쓰인다.

유타의 편지를 읽고 불안을 느낀 것은 교사로서의 직감이었다. 편지에는 옛날이 좋았다는 얘기뿐, 현재 잘 지내고 있다는 말은 한마디도 쓰여 있지 않았다. 전학 간 학생들에게 종종 생기는 마음의 병이 유타에게도 생긴 건지 몰랐다.

그래서 한번 만나러 가야겠다고 생각하던 차에 마침 기회가 생겼다. 대학 시절 친구가 도쿄에서 결혼식을 올리는데 시노부를 초대한 것이다. 봄 방학이라 시간적 여유도 좀 있었다. 결단이 빠른 것은 그녀의 장점. 간 김에 유타 얼굴도 보고 오기로 결심했다. 그런데 그 얘기를 역시 옛 제자인 다나카 뎃페이와 하라다 이쿠오에게 했더니 자기들도 가겠다고 나선 것이다.

"친구가 보고 싶다는데 모른 척할 순 없죠. 이쿠오랑 둘이 개그라도 해서 기운 차리게 해 줘야죠."

"그럼 너희들은 어디서 잘 건데? 선생님은 친구 집에서 잘 예정이야."

그러자 뎃페이가 태연한 표정으로 "그거야 어떻게든 되겠죠. 여차하면 유타네 집에서 자도 되고요."라고 말했다. 그리고 정말로 유타에게 연락하더니 이쿠오와 둘이 유타네 집에서 자기로 했다고 말했다. 유타의 집은 상당한 호화 주택으로 언제든 손님 두셋쯤 재울 여유는 있다고 한다.

세 사람이 탄 히카리호는 신요코하마를 지나 잠시 후면 도쿄에 도착할 예정이었다. 시노부는 선반에서 짐을 내리고 윗도리를 걸쳤다. 뎃페이와 이쿠오는 아직도 뭔가를 두고 티격태격하고 있었다.

도쿄 역에 도착하니 개찰구에 유타가 마중 나와 있었다. 1년 사이에 이렇게 변할 수 있나 싶을 정도로 유타는 어른스러워져 있었다. 머리 스타일이나 옷차림도 뎃페이나 이쿠오에 비해 세련돼 보였다.

"선생님, 오랜만이에요. 뎃페이와 이쿠오도 잘 왔어."

"그래, 잘 지냈어?"

뎃페이가 물었다.

"응, 그런대로."

"여전하네. 옷도 잘 입고. 하라주쿠에서 샀냐?"

이번에는 이쿠오가 물었다.

"아니, 이건 긴자의 백화점에서 샀어."

"흠, 긴자라……."

자신과 인연이 없는 지명이 나와서인지 이쿠오는 말문이 막혔다.

"자, 자, 서서 이러지 말고 찻집에라도 가자."

시노부가 제안했지만 유타는 손을 내저었다.

"선생님이 도쿄에 오신다고 했더니 엄마가 집으로 꼭 모셔 오라고 했어요. 같이 가요, 선생님. 여기서 한 40분 걸릴 거예요."

"정말? 고맙긴 하지만 너무 폐를 끼치는 거 아닐까?"

"엄마도 오랜만에 선생님께 인사드리고 싶다고 했어요. 뎃페이와 이쿠오는 어차피 우리 집에서 잘 거고요."

"그래, 그럼 그렇게 할까."

유타 엄마라면 시노부도 잘 기억하고 있다. 변두리 분위기를 풍기는 부인네들 틈에서 드물게 상류 계층의 느낌이 나는 여자였다. 아무리 친한 사이라도, 또는 아무리 불쾌한 상대를 대할 때도 깍듯이 예의를 차리는 타입이라, 꾸밈없는 성격의 오사카 사람들 사이에서 아무래도 잘 적응하지 못하는 듯 보였다. 이번에 시노부가 도쿄에 온다는 얘기를 들었을 때도 집으로 초대하는 것이 예의라고 생각했을 것이다.

신주쿠까지 가서 세이부 선으로 갈아타고 가미샤쿠지 역에서 내렸다. 시노부와 두 남학생은 그저 유타의 뒤를 따라가고 있을 뿐이었다. 역 이름이 가미샤쿠지라는 것도 몰랐다.

역에서 5분 정도 걸어가자 유타의 집이 나왔다. 담이 빙 둘러쳐져 있고 그 너머로 넓은 정원과 베이지색 서양식 건물이 보였다. 대지가 백 평은 되어 보인다.

"도서관 같네."

이쿠오가 중얼거렸다.

유타의 안내로 현관에 들어섰지만 아무도 마중 나오는 기색이 없었다. 유타가 큰 소리로 부르자 그제야 나카니시 부인이 나왔다.

"아, 다케우치 선생님! 소식도 못 전하고······."

부인이 마룻바닥에 무릎을 꿇고 공손하게 머리를 숙였다.

"오랜만에 뵙네요. 다들 잘 계시죠?"

"네, 그럼요······."

"아줌마, 안녕하셨어요?"

뎃페이가 인사했다.

"이거 선물요. 신세 지게 되었다고 엄마가 보내셨어요."

"저도요."

이쿠오도 종이 꾸러미를 내밀었다.

"어머나, 이런 거 안 가져와도 되는데……."

그 둘을 보며 뭔가 더 말을 하려던 부인은 그냥 시노부에게 눈길을 돌렸다.

"자, 어서 안으로 들어오세요."

"네, 그럼 실례하겠습니다."

거실로 안내된 시노부 일행은 홍차를 곁들여 케이크를 먹으며 그리운 시절에 관해 이야기꽃을 피웠다. 유타는 생각했던 것보다 한결 기운차 보였다. 말투도 처음에는 표준어에 가깝더니 뎃페이와 이쿠오에게 동화됐는지 점차 예전에 쓰던 오사카 사투리가 나오기 시작했다.

시노부로서는 유타 어머니의 얘기를 듣고 싶었지만 나카니시 부인은 처음에만 얼굴을 내밀었을 뿐 한 번도 거실에 들어오지 않았다. 오랜만에 아이들끼리 마음껏 이야기를 나눌 수 있도록 배려하는 것인지도 몰랐다.

"공부는 어때? 힘드니?"

"힘들긴 하지만 그럭저럭 하고 있어요. 일주일에 네 번씩 학원에도 다니고요."

"학원을? 하긴 도쿄는 공부하기가 힘들다고 하니까."

케이크를 우물거리면서 뎃페이가 놀랍다는 투로 말했다. 요즘은 학원에 다니지 않는 아이들 쪽이 오히려 특이하다는 자각이 뎃페이에게는 없는 것 같다.

"이사한 지 1년 됐지? 그럼 이제 도쿄 지리에도 익숙하겠네. 쉬는 날에는 가족끼리 드라이브도 하고 그러니?"

시노부가 그렇게 물은 건 예전 초등학교에서 학부모 면담을 했을 때 나카니시 부인이 그런 말을 한 적이 있었기 때문이다. 그런데 유타는 고개를 저었다.

"그런 적 한 번도 없었어요. 이쪽으로 온 다음부터는 아빠 일이 바빠서……."

"그래도 쉬는 날은 있을 거 아냐?"

"거의 없어요. 어쩌다 쉴 때도 접대 골프다 뭐다……. 지난 열흘 동안은 아빠랑 얘기도 나눈 적이 없는데요, 뭐."

"그래? 문제네."

시노부가 그렇게 중얼거릴 때였다.

"누가 온 것 같은데."

창밖을 내다보던 이쿠오가 말했다. 유타가 다가오더니 "어?" 하고 놀라는 소리를 냈다.

"아빠야. 이런 낮 시간에는 집에 오신 적이 없는데."

"시노부 선생님이 오셨다고 인사하러 오신 거 아냐?"

이쿠오가 물었다.

"그런가? 어젯밤엔 그런 얘기 없었는데."

잠시 후, 문을 노크하는 소리가 났다. 곧이어 다부진 체구의 남자가 들어왔다. 유타의 아빠일 것이라고 짐작한 시노부는 일어나서 인사를 했다.

"우리 유타가 지금도 종종 다케우치 선생님 얘기를 합니다. 선생님이 오신다고 무척 기뻐하더군요. 아무쪼록 편히 지내십시오."

그렇게 말한 후 나카니시 씨는 곧바로 거실을 나갔다. 고작 그 말을 하기 위해 일부러 회사에서 왔을 리는 없고, 뭔가 다른 볼일이 있는 것 아닐까 싶었다.

"아빠는 늘 듣기 좋은 소리만 한다니까."

유타는 부루퉁한 표정을 지었다.

"내 얘기 같은 거 제대로 들어 준 적도 없으면서 말이지."

시노부는 유타의 말을 들으면서 '증세가 심각하군.' 하고 생각했다.

틈을 엿보던 시노부가 소파에서 일어났다.

"저, 잠깐 화장실 좀 다녀올게."

"그러세요. 나가서 오른쪽으로 가시면 맨 끝에 있어요."

"선생님, 변기 더럽히시면 안 돼요."

버릇없는 농담을 하면서 낄낄거리는 뎃페이와 이쿠오를 노려본 후 시노부는 거실을 나왔다. 하지만 화장실 쪽이 아니라 그 반대편인 부엌 쪽으로 걸음을 옮겼다. 나카니시 부인에게 유타에 대해 묻고 싶은 게 있었던 때문이다. 그런데 도중에 말소리가 들려 걸음을 멈췄다.

"그러니까 조심하라고 내가 늘 말했잖아."

나카니시 씨의 목소리였다. 조금 전과는 달리 말투가 매우 거칠었다.

"나도 할 일이 많다고요."

"일은 무슨 일. 기껏해야 집안일이잖아. 어차피 동네 아줌마들이랑 모여서 쓸데없는 수다나 떨 거면서."

"그렇지 않아요."

부인은 거의 울먹이고 있었다.

"당신이야말로 바쁘다는 핑계로 가족 생각은 조금도 하지 않잖아요."

"뭐야, 지금 내 탓을 하는 거야?"

"그게 아니라 가족에게도 관심을 가져 달라는 거죠."

"남자에게는 바깥일이 있어."

"또 그 소리. 걸핏하면 그런 말로 회피하죠. 정말 일 때문이긴 한 건가요?"

"무슨 뜻이야?"

"엊그제도 그 여자한테서 전화가 왔었어요. 요즘은 거리끼는 기색도 없이 뻔뻔스럽게 당신에 대해 묻는다고요."

잠시 침묵이 흐르더니 나카니시 씨의 한숨 소리가 들렸다.

"그 건에 대해서는 이미 얘기가 끝났잖아. 더는 입씨름해봐야 의미가 없다고."

"역시 피하는군요."

"지금은 그런 일로 옥신각신할 때가 아니라는 뜻이야."

다시 침묵. 그리고 부인이 중얼거리듯 말했다.

"……은행에는 연락했어요?"

"했어. 돈은 어떻게든 될 것 같아."

'대체 무슨 얘기지?'

시노부는 좀 더 듣고 싶었다. 하지만 이때 현관에서 소리가 났다. 엿듣고 있었다는 게 발각되면 유타를 볼 낯이 없다. 조용히 돌아서기로 했다.

교복 차림의 여학생이 현관 쪽에서 들어왔다. 유타 누나일 것이다. 그쪽에서도 시노부를 보고 놀란 듯 걸음을 멈췄다.

"안녕하세요? 저는 유타 군의 초등학교 시절 담임이었던 ……."

그러자 여학생은 아아, 하는 표정을 짓더니 웃으며 고개를 끄덕였다.

"시노부 선생님이시죠? 소문 많이 들었어요. 저는 유타 누나 게이코예요. 그럼 편히 쉬세요."

"네, 고마워요."

무슨 소문을 들었다는 건지 묻고 싶었지만 게이코는 이미 저만치 가고 있었다. 고등학교 1학년쯤 됐을까, 말씨가 꽤 야무지다. 부모가 예의범절을 잘 가르친 듯했다.

거실로 돌아와 보니 세 사람은 프로 야구 얘기를 하고 있었다.

"선생님, 왜 그렇게 오래 걸렸어요?"

뎃페이가 괜한 참견을 한다. 그러자 옆에 있던 이쿠오가 뎃페이의 옆구리를 팔꿈치로 쿡 찔렀다.

"숙녀는 해야 할 일이 많잖아. 그보다 선생님, 유타 녀석은 이제 한신 팬 관두고 세이부 응원하기로 했대요. 아무리 그래도 그건 아니잖아요? 뭐라고 좀 하세요."

"나는 슬슬 가 봐야 할 것 같아. 유타, 전화 좀 쓸 수 있을까? 오늘 밤 묵을 친구 집에 연락해야 하거든."

"네, 전화는 저기…… 어?"

문 옆에 있는 선반을 가리키던 유타가 고개를 갸웃거렸다.

"이상하네. 전화가 늘 여기 있었는데, 어디 갔지?"

잠깐만 기다리라며 유타가 문손잡이를 잡으려는 순간 누군가 밖에서 문을 열었다. 나카니시 부인이 들어왔다.

"엄마, 전화가……."

그러자 부인이 유타의 말을 눈빛으로 제지하더니 시노부에게 눈길을 돌렸다.

"저, 다케우치 선생님은 오늘 밤 친구 집에서 묵으신다고요?"

"네."

"그 일정을 바꿀 수는 없을까요? 꼭 친구 집에서 주무셔야 하나요?"

"왜 그러시는데요?"

그러자 부인은 잠시 고개를 숙였다가 무언가 결심한 듯한 눈빛으로 다시 시노부를 보았다.

"실은 유타 아버지가 일 때문에 자주 이용하는 호텔이 있는데, 그곳에서 주무시면 안 될까 해서요."

"그렇게까지 신경 쓰지 않으셔도 돼요."

시노부는 미소를 지으며 손을 내저었다.

"이렇게 폐를 끼친 것만도 죄송한데 호텔까지 신세 진다는 건 안 될 말이죠."

"아니, 그런 게 아니라……."

부인은 미안해하는 표정으로 아이들을 보았다.

"뎃페이와 이쿠오도 호텔에 묵어야 할 것 같아서요."

"왜요?"

옆에서 유타가 대들듯 물었다.

"모처럼 왔는데 왜 우리 집에서 안 재우는 거야?"

"너는 가만있어."

부인이 자르듯이 말했다. 그 말의 날카로움에 유타는 입을 다물었다.

"미안하다, 얘들아."

부인이 뎃페이 일행을 향해 고개를 숙였다.

"이번에는 사정이 좀 그러네. 다른 때 같으면 이런 일 절대 없었을 텐데."

"우리는 괜찮아요. ……그치?"

뎃페이의 말에 이쿠오도 응, 하며 고개를 끄덕였다.

"선생님, 그렇게 해 주세요. 아이들만 호텔에 재우기도 걱정되고."

시노부는 부인의 부탁을 서절하기가 어려웠다. 평소 같으면 이런 일이 결코 없을 텐데 부득이한 사정이 있음에 틀림없다. 좀 전에 엿들었던 얘기도 마음에 걸렸다.

"알겠습니다. 그럼 그렇게 할게요."

시노부의 대답에 부인은 살았다는 듯이 안도하는 기색을 보였다. 그 반응 또한 어째 좀 이상했다.

2

호텔이 신주쿠에 있다고 해서 시노부와 아이들은 일단 신주쿠로 돌아갔다. 그런데 그다음이 문제였다. 지도를 그려 주기는 했지만 역에서 한 걸음 내딛는 순간 어디가 어딘지 통 갈피를 못 잡게 된 것이다.

"선생님, 대체 어떻게 된 거예요? 이 길은 아까도 왔던 것 같은데."

뎃페이가 투덜거렸다. 벌써 30분 가까이 헤매고 있었다. 이쿠오도 입속으로 뭐라고 투덜거리고 있다.

"지도가 정확하지 않아서 그런 걸 어떡해. 게다가 오사카와 달라서 바둑판처럼 구획이 딱딱 정리돼 있는 것도 아니고."

"지도가 잘못됐다고요? 걸핏하면 남 탓 하는 건 나쁘다고 선생님이 그러시지 않았나요?"

"그야 뭐……."

"휴, 어째 불길한 예감이 들더라니."

이쿠오가 얄밉게도 말한다.

"선생님 길치인 거 세상이 다 아는데, 지도를 맡긴 우리가 바보지. 날 저물기 전에 도착할 수 있을지 모르겠네. 이럴 줄 알았으면 선생님 체면 같은 거 무시하고 내가 앞장서는 건데."

"시끄러워. 사내 녀석이 웬 말이 그렇게 많아. 으음…… 이런 데에 야구 연습장이 있구나. 여긴 처음 지나는 길이네. 태양이 저쪽에 있으니까……."

시노부는 길 한가운데에 서서 마치 교통정리를 하듯이 팔을 이리저리 움직였다.

"야, 너 들었냐? 태양의 위치가 어쩌고 하시는데?"

뎃페이의 말에 이쿠오도 "글쎄 말이야. 도쿄 한복판에서 오리엔티어링 하나?" 하고 대답했다.

"알았다. 이쪽이야."

시노부가 확신에 차서 앞으로 걸어갔다. 뎃페이와 이쿠오도 따라가는데 잠시 후 "어, 이상하네."라며 또다시 걸음을 멈춘다.

"야, 안 되겠다."

"이러다 우리 오늘 밤에 노숙하는 거 아니야? 아, 하라주쿠는커녕 노숙이라니."

"사막을 헤매는 기분이야. '도쿄 사막'이라는 노래 있지 않냐?"

"사막이 아니라 밀림이야, 밀림. 해는 점점 기울고…… 저기 저 전신주에 목을 매다는 것밖에 방법이 없어."

둘이서 제멋대로 떠드는데도 아무 말 못하고 지도만 뚫어져라 보고 있던 시노부는 이윽고 얼굴을 들고 팔짱을 끼더니 "음, 아무래도……."라고 중얼거렸다.

"아무래도 뭐요? 길, 아시겠어요?"

뎃페이가 묻자 시노부는 천천히 고개를 저었다.

"아니, 아무래도 길을 잃었나 봐."

뎃페이와 이쿠오가 몸을 뒤로 휙 젖혔다.

"그야 백만 년 전에 알았죠. 길을 잃었으니까 같은 곳을 빙빙 돌고 있는 거 아니에요. 이제 그만 포기하고 사람들에게 물어보자고요. 묻는 건 잠깐의 창피지만 안 물으면 평생의 창피가 된다고 우리 할머니가 그러셨어요."

"뭐, 그럴 수밖에 없겠네."

시노부는 적당한 사람이 없을까 하고 주위를 둘러보았다.

"그런데 물어본다고 알 수 있을까?"

뎃페이가 불안한 듯 물었다.

"애써 지도까지 그려 줬는데도 이 모양인데, 말로 설명해 준들 알 수 있겠냔 말이야."

뎃페이의 설득력 있는 말에 시노부도 이쿠오도 입을 다물었다.

"택시 타죠."

뎃페이가 말했다.

"택시는 행선지만 말하면 데려다주잖아요."

"그 생각도 해 봤는데, 안 태워 줄 거야."

이쿠오가 말했다.

"그 호텔, 바로 이 근처에 있을 거야. 그렇게 가까운 데는 안 태워 줄걸."

그렇게 가까운 곳도 찾지 못하는 시노부로서는 체면이 말이 아니었다.

"할 수 없어. 마지막 방법이야."

시노부는 공중전화 부스를 찾아 그 안으로 들어가더니 가

방에서 수첩을 꺼내 혼마 요시히코라는 이름을 찾았다. 그리고 오늘이 금요일이라는 사실을 떠올리며 회사로 전화를 걸었다.

다행히 혼마는 회사에 있었다. 시노부에게서 전화가 왔다는 소리에 신이 나서 전화를 받은 그는 그녀가 도쿄에 있다는 사실을 알고 목소리가 한 옥타브 높아졌다.

사정을 설명하자 수화기 저편에서 가슴을 탁탁 두드리는 소리가 났다.

"알겠습니다. 지금 당장 구출하러 달려가죠. 그 주변에 뭔가 눈에 뜨이는 거 없습니까?"

"××야구 연습장이 있는데요."

"아아, 거기 압니다. 거기서 절대 움직이지 마십시오. 30분, 아니 20분 내로 가겠습니다. 그런데…… 묻고 싶은 게 하나 있는데요."

혼마가 다소 정색하며 말했다.

"뭐죠?"

"설마 그 남자…… 그러니까 신도 형사랑 같이 있는 건 아니겠죠?"

"신도 씨요? 아니에요."

대신 뎃페이와 이쿠오가 함께 있다고 말하려 했지만 그러기 전에 혼마의 목소리가 먼저 날아들었다.

"아, 그래요. 혼자라고요. 알겠습니다. 그럼 바로 가겠습니다."

시노부가 대답할 틈도 주지 않고 혼마는 전화를 끊어 버렸다.

혼마 요시히코는 예전에 시노부가 맞선을 봤던 남자다. 그리고 지금도 여전히 그녀와의 결혼을 포기하지 않고 있다. 원래 도쿄 출신으로, 일 때문에 잠시 오사카에 있다가 지난해에 다시 도쿄로 돌아왔다. 이번 도쿄 여행을 계획할 때부터 시노부는 그를 염두에 두었지만, 가능하면 신세를 지지 않을 생각이었다.

한편 신도라는 사람은 오사카 부경 본부 형사로, 그 역시 시노부와 결혼하길 원하고 있다. 즉, 혼마에게는 연적인 셈이다.

일단 수화기를 내려놓았다가 다시 집어 든 시노부는 이번에는 나카니시네 집 번호를 눌렀다. 도착이 예정보다 늦어져 혹시 호텔에서 연락을 했을지 모른다고 생각한 것이다.

벨이 한 번 울리자마자 곧바로 전화를 받았다. 그리고 "네, 나카니시입니다."라는 부인의 대답이 이어졌다. 어딘가 모르게 여유가 없는 목소리였다.

"저, 다케우치입니다. 아까는 실례가 많았습니다."

"아, 네……."

다른 전화를 기다리고 있었는지 부인은 맥 빠진 소리를 냈다.

"지금 신주쿠에 있는데요, 잠시 들렀다 갈 데가 있어서요. 그래서 혹시 호텔에서 그쪽으로 연락하지 않았을까 싶어서……."

시노부가 거기까지 말했을 때였다. 멀리서 다른 목소리가 들렸다.

"누구야, 또 범인이야?"

틀림없는 나카니시 씨의 목소리였다. 시노부는 입을 닫았다. 범인?

"여보세요, 다케우치 선생님."

부인의 목소리에서 낭패한 기색이 느껴졌다.

"아, 네."

"알겠습니다. 호텔에서 연락이 오면 그렇게 전할게요."

"네, 부탁드려요."

그럼 이만, 하면서 부인은 추궁당할까 봐 두려워하는 사람처럼 다급히 전화를 끊었다. 시노부는 잠시 그대로 수화기를 들고 있었다.

'범인? 분명히 범인이라고 했어. 무슨 일이지?'

전화 부스에서 나오니 이쿠오는 가드레일에 걸터앉아 게임을 하고 있었다.

"뎃페이는?"

"오줌 누러요."

이쿠오가 대답하자마자 뎃페이가 모퉁이를 돌아 나타났다.

"늘 데가 없어서 한참 헤맸네. 선생님, 어떻게 됐어요?"

"응, 혼마 씨가 데리러 오기로 했어. 그보다 너희들에게 묻고 싶은 게 있는데, 유타한테 동생이 있니?"

"동생요?"

뎃페이가 이쿠오를 보았다.

"글쎄…… 있었나?"

"난 잘 모르겠는데. 아까 집에는 없었던 것 같아요. 그건 왜요?"

"응, 그냥 궁금해서."

애매하게 얼버무리자 두 녀석이 수상쩍다는 듯 쳐다보았다. 시노부는 헛기침을 하고서 혼마가 오기를 기다리는 척했다.

약 20분 후, 택시 한 대가 눈앞에서 멈췄다. 문이 열리고 양복 차림의 혼마 요시히코가 내렸다.

"시노부 씨, 오랜만입니다."

그는 장미꽃 다발을 높이 쳐들었다.

"네, 오랜만이네요. 이렇게 오시라고 해서 죄송해요."

"무슨 말씀을요. 시노부 씨를 위해서라면……."

"안녕하세요!"

"오시느라고 힘드셨죠? 아, 살았다!"

전화 부스 뒤에 쭈그리고 있던 두 녀석이 일어섰다. 혼마의 눈이 짜부라졌다.

"시노부 씨, 이게 어떻게 된……."

"오사카에서 함께 왔어요. 여러 가지 사정이 있었어요."

"얘기는 나중에 하고 어서 타세요, 어서."

뎃페이가 혼마를 택시에 떠밀어 넣듯 하고서 자신도 올라탔다. 이쿠오도 얼른 뒤따라 탔다. 시노부는 조수석에 앉았다.

"겨우 밀림을 빠져나왔네."

뎃페이가 한숨을 쉬었다.

"밀림이라니, 무슨 말이지?"

"아, 아무것도 아니에요. 뎃페이, 쓸데없는 소리 하지 마."

"왜요, 전 사실을 말했을 뿐이라고요. 그보다 아저씨, 장미꽃이 참 예뻐요."

"그럼. 얼마나 고생해서 고른 건데."

혼마가 자랑스럽게 말했다. 고생해서, 라는 말은 시노부 들으라고 하는 소리일 것이다.

"그거 고를 시간 있으면 좀 더 빨리 오시지. 아무튼 예쁘긴 예쁘네요. 색도 곱고. 꽤 비싸 보이는데, 한 송이에 얼마예요?"

뎃페이가 묻자 혼마는 혀를 찼다.

"이 녀석아, 꼭 그렇게 값을 물어봐야겠니? 그거 오사카 사람들의 나쁜 버릇이야. 예쁘네요, 색이 곱네요, 그걸로 된 거지."

"아, 그렇구나. 예뻐요, 예뻐. 예쁘네요."

"똑같은 말을 몇 번이나 하는 거야."

"예쁘긴 한데, 저쪽으로 들고 계세요. 가시에 찔리는 건 싫으니까요."

자신이 놀림당하고 있다는 사실을 깨달은 혼마가 붉으락푸르락하자 뎃페이와 이쿠오는 그 모습에 또 키득거렸다.

호텔에는 금방 도착했다. 시노부와 아이들이 돌아다니던 지점과는 전혀 다른 곳이었다. 아무래도 역에서 나올 때부터 정반대쪽으로 간 모양이다.

체크인을 마치고 시노부와 아이들은 방으로 올라갔다. 혼마는 저녁 식사 때까지 근처에서 어슬렁거리며 기다리겠다고 했다.

준비되어 있는 방은 같은 층의 싱글 룸과 트윈 룸이었다. 시노부는 싱글 룸에 들어가자마자 수화기부터 들었다.

"네, 나카니시입니다."

부인의 목소리였다. 그렇게 생각해서인지 목소리가 떨리는 것처럼 느껴졌다. 시노부는 호텔에 잘 도착했다고 말한 뒤 대뜸 이렇게 물었다.

"그런데 어머니, 뭔가 숨기는 거 있으세요?"

부인이 헉, 숨을 삼키는 기색이 느껴졌다.

"숨기다니…… 무슨 말씀이죠?"

"솔직히 말씀해 주세요. 유타 군 밑으로 동생이 있죠? 그 아이에게 무슨 일이 있는 거 아닌가요?"

부인이 침묵했다. 시노부는 자신의 직감이 옳다는 확신이 들었다.

낮에 들었던 나카니시 부부의 대화, 그리고 '또 범인이야?'라던 나카니시 씨의 말로 시노부는 그 집에서 무슨 일이 벌어지고 있는지 대충 짐작이 갔다. 가족 중의 누군가, 아마도 유타의 동생이 유괴되었을 것이다. 그렇게 생각하면 거실에 있던 전화기가 사라진 것도 납득이 갔다. 범인의 전화를 유타가 받지 못하도록 하려고 그랬을 것이다. 그 시점까지는 유타도 사건을 몰랐을 테고.

"아니에요."

부인이 간신히 입을 뗐다.

"그런 일 없습니다. 도시히로는 잘 있어요."

유타 동생의 이름이 도시히로인가 보았다.

"어머니, 숨기지 마세요. 저, 아는 경찰관이 있어요. 그 사람과 의논해서……."

"안 돼요. 그건 곤란합니다."

부인이 날카로운 목소리로 말했다. 그러나 그것이 오히려 사실을 인정한 셈이 되고 말았다. 이윽고 그녀는 후, 숨을 토해 냈다.

"선생님, 부탁입니다. 경찰에는 알리지 마세요."

"역시 유괴인가요?"

"네. 아침부터 안 보인다 했는데 낮에 전화가 왔어요. 아이의 목숨이 아까우면 5천만 엔을 준비하라고요."

"처음 듣는 목소리던가요?"

"그걸 판단할 수가 없었어요. 기계 같은 걸 통해서 나오는 이상한 소리였거든요."

목소리를 간단히 변조할 수 있는 기계가 있다고 들은 적이 있다. 아마도 그런 기계를 사용한 모양이다.

"그런데 왜 경찰에 신고하지 않는 거죠? 일본 경찰은 우수해서 유괴가 성공하는 경우가 거의 없는데요."

"그렇긴 하지만 죽는 아이가 많잖아요. 경찰에 신고하는 바람에 죽는…… 그런 케이스는 보도되지 않는다고 들었어요."

"그런 일은……"

없다, 고 말하려다 시노부는 입을 닫았다. 자신이 그렇게 단언할 입장도 아니고, 아이의 생명을 지키는 것이 최우선인 부모의 마음을 탓할 수도 없는 노릇이었다.

"그 후 범인으로부터 또 연락이 있었나요?"

"네. 선생님이 전화하시기 조금 전에요. 내일 정오에 돈을 가지고 헌티드 맨션에 줄을 서라고 하더군요."

"헌…… 뭐라고요?"

"헌티드 맨션요. 도쿄 디즈니랜드에 있는 유령의 집 같은 거
예요."

"아아……."

참 이상한 장소로군, 하고 시노부는 생각했다. 거길 선택한
이유가 뭘까.

"아무튼 그렇게 된 일이니 선생님은 그냥 모른 척해 주세요.
부탁드립니다. 만일 그 아이에게 무슨 일이라도 생기면……."

부인이 우는 듯했다. 시노부는 아무 말도 할 수 없었다.

3

"왜 그래요? 안색이 안 좋아 보이는데, 음식이 마음에 안
들어요?"

나이프를 움직이던 손을 멈추며 혼마가 물었다. 일행은 호
텔 지하에 있는 프렌치 레스토랑에서 저녁을 먹고 있었다.

"아니에요, 아무것도."

그러고서 그녀는 고기 한 조각을 입에 넣었다. 맛이 느껴지
지 않는다. 마음이 다른 곳, 즉 예의 유괴 사건에 가 있는 탓
이다. 혼마가 요리에 관해 해박한 지식을 늘어놓아도 오른쪽
귀로 들어왔다가 왼쪽 귀로 빠져나갈 뿐이었다.

"우리 선생님이 뭘 먹을 때는 아무리 말을 붙여 봤자 헛수고예요."

메인 디시로 나온 스테이크를 순식간에 먹어 치운 뎃페이가 물을 마시며 따분한 듯이 말했다.

"급식을 먹을 때는 스피커에서 호출하는 소리도 못 들을 정도라니까요."

"대신, 맛있는 것을 먹을 수 있다면 무슨 일이라도 하시죠. 혼마 아저씨와 맞선을 본 것도 실은 고급 레스토랑에서 식사할 거라는 얘기를 들었기 때문이거든요."

악동 콤비가 제멋대로 떠들어 대는데도 시노부는 상대할 여력이 없었다. 유괴라는 흉악한 범죄가 벌어지고 있는데 아무것도 할 수 없는 자신이 답답하기 짝이 없었다.

'그렇다고 나카니시 씨 몰래 경찰에 신고할 수도 없고, 어떻게 하면 좋지……'

"선생님. ……선생님!"

연거푸 자신을 부르는 소리에 그녀는 퍼뜩 정신을 차렸다. 혼마가 걱정스러운 듯이 보고 있었다.

"왜 그렇게 멍하니 있어요?"

"먹을 때 멍한 건 늘 있는 일이지만 입까지 안 움직이는 건 선생님답지 않은데요."

객쩍은 소리를 지껄이고는 있지만 뎃페이도 의아해하는 눈치였다. 시노부는 자세를 바로 하며 억지로 웃었다.

"응, 생각할 게 좀 있어서. 그런데 너희들, 내일은 어디 갈 거니?"

"그게요……, 유타를 만나서 정하려고 했는데, 아까 전화 했더니 무슨 일인지 몰라도 내일은 못 나온대요. 그래서 어떻게 할까 이쿠오랑 의논하는 중이에요."

"그렇구나."

유타가 못 나오는 이유는 아마도 부모가 허락하지 않기 때문일 것이다. 내일은 나카니시 가족에게 중대한 날이 될 터이니.

"그럼 할 수 없네. 내일은 호텔에서 공부하고 있어."

"네에?"

둘은 의자에서 떨어질 듯이 펄쩍 뛰었다.

"농담하지 마세요. 도쿄까지 와서 공부는 무슨 공부예요. 이쿠오랑 얘기 다 끝냈단 말이에요."

"어떻게?"

"디즈니랜드에 가기로요."

뎃페이의 대답에 시노부는 의자에서 엉덩이를 번쩍 들었다.

"뭐라고?"

"못 들으셨어요? 도쿄 디즈니랜드에 간다고요. 창피한 얘기지만 저나 이쿠오나 아직 한 번도 못 가 봤거든요."

"안 돼!"

시노부는 세차게 고개를 흔들었다.

"거긴 안 돼. 다른 데 가."

"왜 안 되는데요?"

이쿠오가 물었다.

내일 거기서 유타 동생의 몸값을 건네기로 했으니까, 라는 말은 절대로 할 수 없다.

"그게…… 거기는 놀 게 너무 많잖아. 너무 놀면 바보 된단 말이야."

"헉, 바보……."

이쿠오가 허풍스럽게 몸을 젖히자 뎃페이가 킥킥거렸다.

"저는 바보 돼도 상관없어요. 그러니까 디즈니랜드 가서 놀 거예요."

"하지만 너희들 도쿄 돔에 간다고 했잖아. 그래, 내일은 도쿄 돔에 가라. 와, 재밌겠다. 그쪽이 훨씬 재밌을 거야."

시노부는 손뼉까지 짝짝 쳤다.

하지만 뎃페이는 "내일은 안 돼요."라고 단칼에 잘랐다.

"내일은 오픈 게임이 없거든요. 시합도 없는데 가서 뭐하게요."

'음…….'

시노부는 속으로 신음했다. 이 이상 억지를 부리면 아이들이 수상쩍게 여길 것이다. 그러잖아도 유달리 예리한 아이들이다.

"저, 선생님. 친구 분 결혼식이 모레라고 하셨죠? 그럼 내일은 딱히 할 일이 없으시겠네요?"

잠시 침묵하고 있던 혼마가 대화가 끊어지기를 기다렸다는 듯이 물었다.

"내일은 요코하마 근처로 드라이브를 가시는 게 어떨까요? 베이브리지의 야경이 아주 멋있거든요."

"베이브리지요?"

"네. 아니 물론, 요코하마가 싫으시다면 어디라도 괜찮습니다만."

그 말에 시노부는 마음을 정했다.

"그럼 혼마 씨, 우리도 내일 디즈니랜드 가요."

"네에?"

혼마는 절망적인 표정을 지었다.

"넷이서…… 말입니까?"

아이들도 놀란 듯 입을 쩍 벌렸다. 시노부가 고개를 저었다.

"따로따로 행동하면 되잖아요. 너희들도 그러는 게 좋지?"

"그래요, 선생님도 가끔은 데이트를 하셔야죠. 이 일은 신도 아저씨께는 비밀로 할게요."

뎃페이가 또 주제넘은 소리를 한다.

"힘내세요, 꽃미남 아저씨."

이쿠오는 혼마를 놀렸다.

그러나 시노부의 목적은 물론 데이트 따위에 있는 게 아니었다. 몸값을 건네는 현장을 지켜보려는 것이다. 그렇다고 뭔가를 할 수 있는 건 아니겠지만 고민만 하고 앉아 있는 것보다는 그쪽이 성질에 맞았다. 사실은 혼자서 가고 싶지만, 이미 증명되었듯이 심각한 길치인 이상 시간에 맞추어 도착할 자신이 없었다.

자신은 길 안내자에 불과하다는 것을 모르는 채 혼마는 뎃페이와 이쿠오가 치켜세우는 데 우쭐해서 아이스크림을 주문하고 있었다.

4

다음 날 아침, 혼마는 약속한 시간에 정확하게 나타났다. 뎃페이와 이쿠오는 이미 출발한 뒤였다. 시노부와 혼마는 커피만 한잔하고 곧장 역으로 향했다.

"왜 전철로 가자는 거죠? 차로 가면 훨씬 편할 텐데."

혼마는 불만스럽다는 표정이다. 둘만의 드라이브를 기대하고 있었던 것이다.

"모처럼 왔으니 도쿄 거리를 걸어 다니고 싶어서 그래요. 차로 다니면 그게 안 되잖아요."

"그야 그렇지만, 별로 볼 것도 없을 텐데요."

진짜 이유는 차를 탔다가 교통이 정체되어 꼼짝 못할까 봐서였다. 정오까지는 무슨 일이 있어도 디즈니랜드에, 아니 헌티드 맨션에 도착해야 한다.

하지만 실제로 신주쿠 거리를 걸으면서 도쿄의 분위기를 한껏 느낀 것도 사실이었다. 혼잡한 것은 오사카와 마찬가지였지만 또 다른 박력이 있었다. 오사카의 사람 흐름이 세차게 부딪치며 강인하게 흘러가는 폭포라면, 도쿄의 사람 흐름은 어떤 커다란 힘이 전체에 작용해 거대한 너울을 만들어 가는 해일 같았다. 폭포를 거스르는 재주도 해일 앞에서는 무용지물이다.

시노부는 유타네 집을 떠올렸다. 도쿄로 와서 물질적으로 풍요로워진 가족의 전형이다. 범인들이 요구하는 5천만 엔이라는 몸값을 지불할 정도의 재력이 있었다. 하지만 그 대가로 가족의 유대감이 희생되었다고 한다면 비뚤어진 시각일까.

"선생님은 어제부터 제 얘기를 전혀 안 들으시는군요."

중앙선 플랫폼에 서 있는데 혼마가 씁쓸하게 웃으면서 말했다.

"마치 껍데기와 있는 기분입니다. 혼은 오사카에 두고 온 건가요?"

"아니에요, 그런 거."

시노부는 오늘 아침 일어난 이후 처음으로 웃었다.

"있잖아요, 혼마 씨, 도쿄 사람들은 참 대단해요."

"뭐가요?"

"전철을 기다리는데 모두들 이렇게 반듯하게 줄을 서 있잖아요. 오사카에서는 상상도 못할 일이에요."

"아, 거기에는 저도 질렸습니다."

혼마가 얼굴을 찡그렸다.

"혼자 줄을 서 봤자 전철이 도착하는 순간 입구로 우르르 몰려들더군요. 역시 오사카 사람들은 활력이 대단하다 싶기도 하고 또 한편으로는 진짜 뻔뻔하다 싶기도 하고요."

"부끄러운 일이죠. 생각해 봤는데, 도쿄 사람들은 기껏 전철 타는 정도의 일을 가지고 쓸데없이 남과 경쟁하고 싶지 않은 것 아닐까요? 그런 거 말고도 경쟁할 일이 많으니까요."

"아하, 그런 데에 쓸데없이 힘을 낭비할 필요가 없다 이거로군요. 맞는 얘기일지도 모르겠습니다."

혼마는 수긍이 간다는 듯 몇 번이나 고개를 끄덕거렸다.

도쿄 역에서 게이요 선으로 갈아타고 마이하마에서 내리니 디즈니랜드가 코앞이었다. 매표소 앞에는 사람들이 장사진을 이루고 있었다. 넌더리가 날 만큼 오래 기다려 겨우 창구

앞까지 온 시노부는 비싼 티켓 가격에 깜짝 놀랐다.

"고작 놀이 시설 이용하는 데에 몇천 엔씩 내다니, 일본 사람들은 되게 사치스럽네요."

"그만한 가치가 있다는 거죠. 그래도 비싼 건 사실입니다."

안으로 들어가자 우글거리는 인파에 시노부는 다시 한 번 놀랐다. 하긴 봄 방학인 데다 토요일이니 무리도 아니다 싶었다.

"혼마 씨, 지금 몇 시죠?"

"에, 또…… 11시 40분인데요."

"아이고, 빨리 가요."

시노부가 혼마의 손을 잡아끌었다. 그녀가 손을 잡자 혼마는 신이 나서 물었다.

"어디 가 보고 싶은 데라도 있어요?"

"네, 헌티드 맨션요."

"아……."

혼마가 떨떠름한 표정으로 걸음을 멈췄다.

"선생님, 오늘 같은 날 인기 있는 곳에 줄을 서는 건 바보짓입니다. 줄만 서다 끝난다고요. 좀 더 한가한 곳으로 가시죠."

"그게…… 그럴 수가 없어요. 싫으시다면 저 혼자서 갈게요."

시노부는 성큼성큼 걸음을 내디뎠다.

"기다려요. 갑니다, 가요."

혼마가 허둥지둥 그녀를 따라왔다.

그의 말마따나 헌티드 맨션 앞에 줄을 선 인파가 엄청났다. 굽이굽이 계속되는 줄의 끝이 어디인지 알 수도 없었다. 시노부는 걸음을 멈추고 멀뚱멀뚱 그 줄을 바라보았다.

"대체 웬 줄이 이렇게 길어. 이렇게 줄을 서지 않으면 놀 수도 없다는 건가요."

"거봐요. 그러니까 여긴 패스하고 미키마우스 하우스나 컨트리베어로 가자고요. 거긴 언제나 한산하거든요."

시노부는 혼마의 말을 들은 척도 않고 줄의 맨 끝을 찾은 다음 조금 떨어진 곳에 서서 주위를 살폈다. 줄 옆에는 '현재 대기 시간 1시간 10분'이라고 쓰인 안내판이 세워져 있었다.

"어때요, 들어가기 싫어졌죠?"

혼마가 그렇게 말했을 때 낯익은 여자 하나가 줄 끝에 섰다. 유타의 누나 나카니시 게이코였다. 청바지와 야구 점퍼 차림에 어깨에는 커다란 검은색 가방을 메고 있다.

돈을 전달하는 역할을 게이코가 맡기로 했나 보다고 시노부는 생각했다. 만 엔짜리 지폐 5천 장이 들어 있을 가방이 상당히 빵빵했다.

"줄 서죠, 혼마 씨."

시노부의 말에 혼마가 맥 빠진 표정으로 걸음을 옮겼다. 잠깐 사이에 게이코 뒤에 사람들이 붙어 시노부는 몇 미터 정도 떨어져 미행하는 꼴이 됐다. 아직 범인이 접촉해 오는 기미는 없다.

"지금 몇 시죠?"

"음, 11시 55분이에요. 시간에 왜 그렇게 신경을 쓰는 거죠?"

"아니, 뭐⋯⋯."

시노부가 우물쭈물하고 있는데 옆에서 뜻하지 않은 목소리가 들렸다.

"성질 급한 선생님이 이런 데 줄을 다 서시다니, 의외네요."

깜짝 놀라서 고개를 돌리니 다나카 뎃페이가 히죽거리고 있다. 옆에는 하라다 이쿠오도 있었다.

"어, 너희들 언제⋯⋯."

"지금 막 왔어요. 선생님이 보이기에 사람들을 마구 헤치고 왔죠. 혼마 아저씨, 어제는 잘 먹었습니다."

"어⋯⋯."

혼마는 어리둥절한 표정이었다.

'난처한 녀석들을 난처한 때에 마주쳤네.' 하며 혀라도 차고 싶은 심정이었던 시노부는 문득 떠오르는 생각이 있어 뎃페이에게 말했다.

"너희들, 선생님이 부탁할 게 있는데, 들어줄래?"

"뭔지 들어 보고요."

"어려운 일은 아니야. 저기, 머리를 하나로 묶은 여자 있잖아."

"빨간 야구 점퍼 입은 사람요?"

시노부가 가리키는 쪽을 보면서 뎃페이가 물었다. 게이코인지는 모르는 듯했다.

"그래. 그 여자 옆에 가서, 누가 접근하지 않는지 좀 살펴볼래? 일단 이유는 묻지 말고."

"이상한 부탁이네요. 하여간 알겠어요. 이유는 나중에 가르쳐 주세요."

마지못한 듯 뎃페이는 이쿠오를 데리고 앞으로 나아갔다. 앞쪽에 동행이 있다는 표정으로 당당하게 사람들을 헤치고 가니 아무도 뭐라는 사람이 없었다. 저게 오사카 사람의 뻔뻔스러움인가 싶어 시노부는 새삼 감탄스러웠다.

"선생님, 대체 무슨 일입니까?"

급기야 혼마도 불쾌하다는 표정을 지었다.

"뭔가 숨기는 게 있나 본데 솔직히 말해 줘요, 왜 이러는지."

더는 숨길 수 없었다. 여기서 혼마가 소란을 피웠다가 범인의 눈에 띄기라도 하면 큰일이었다. 시노부는 목소리를 낮추어 "실은……." 하고 사건의 경위를 털어놓았다. 혼마가 숨을 헉, 삼켰다.

"유괴요?"

"쉿."

시노부가 집게손가락을 입술에 댔다.

"그래서 눈에 띄지 않게 지켜보려고요."

"알았어요. 협조하겠습니다."

혼마는 그 큰 키를 구부리며 매서운 눈초리로 전방을 향했다. 그 모습이 오히려 부자연스러워 보여 범인이 수상히 여기지나 않을지 시노부는 불안했다.

하염없이 기다린 끝에 겨우 건물 안으로 들어갔다. 아직 범인의 접촉은 없는 듯했다. 게이코와의 거리는 아까보다 조금 더 벌어져 있었다. 하지만 뎃페이와 이쿠오의 배낭이 가까이에 보여 일단은 안심했다.

"범인은 왜 이런 장소를 선택했을까요?"

혼마가 물었다.

"잘은 모르겠지만, 이 혼잡함을 이용하려는 거 아닐까요? 지켜보는 것만도 이렇게 힘이 드는 곳이잖아요."

"경찰에 알리지 못한 것이 아쉽군요. 우리끼리라도 범인의 실마리를 잡을 수 있으면 좋겠네요."

"하지만 지금은 나카니시 씨의 아들을 무사히 되찾는 게 우선이에요. 섣불리 움직였다가 돌이킬 수 없는 일이 벌어지면……."

"하긴 그렇군요. 신중해야겠어요."

마침내 캡슐같이 생긴 탈것에 오를 순서가 되었다. 이걸 타고 유령의 집을 한 바퀴 돌아보는 모양이다. 한 대당 한 명에서 세 명까지 탈 수 있게 되어 있다.

게이코 혼자서 타는 모습이 보였다. 그 바로 뒤 캡슐에 뎃페이와 이쿠오가 올라탔다. 시노부와 혼마는 그들보다 한참 뒤였다.

"야, 이거 대단한데요."

장치가 움직이기 시작하자 혼마는 본래의 목적을 까맣게 잊은 채 탄성을 질러 댔다. 그저 보잘것없는 인형들이 아니라 입체 영상으로 갖가지 트릭을 구사한 실물 같은 유령이 잇따라 나타났던 것이다. 시노부 역시 저도 모르게 눈길을 빼앗겨 버렸다. 게다가 게이코의 캡슐은 한참 앞에 있어서 잘 보이지도 않았다.

이만하면 충분히 봤다고 느꼈을 즈음 캡슐이 종점에 도착했다. 안내 직원의 유도로 캡슐에서 내렸다.

"어, 선생님. 저기……."

혼마가 가리키는 쪽을 보니 게이코가 멍한 표정으로 서 있고 그 옆에는 뎃페이와 이쿠오가 있었다.

"아앗!"

시노부가 소리를 질렀다. 게이코는 가방을 메고 있지 않았다.

5

시노부는 뎃페이와 이쿠오를 쫓아가서 별다른 일이 없었냐고 물었다. 뎃페이가 고개를 저었다.

"없었던 것 같은데요."

"뭐야, 그 자신 없는 말투는?"

"그럼 어떡해요. 유령 보느라고 정신이 없었단 말이에요. 선생님, 진짜 대단하죠? 역시 외국 사람들은 생각하는 게 달라요."

"허 참, 지금 이럴 때가 아니란 말이야."

그렇게 옥신각신하고 있는데 게이코가 휘청거리며 나가는 모습이 보였다. 출구 조금 앞에서 나카니시 부부가 기다리고 있었다. 유타도 함께였다.

"혼마 씨, 아이들 데리고 어디 좀 가 계시겠어요? 금방 갈게요."

시노부가 부탁하자 혼마는 고개를 끄덕였다.

"그럼 저기 저 레스토랑에 가 있겠습니다."

그들이 멀어져 가는 모습을 잠시 바라보다가 시노부는 나카니시 부부에게 다가갔다. 유타 엄마가 그녀를 먼저 알아보고 깜짝 놀라는 표정을 지었다.

"선생님……"

"죄송해요. 아무래도 걱정이 돼서 상황을 보러 왔어요."

"걱정을 끼쳐 죄송하군요."

나카니시가 형식적으로 인사하고 나서 딸을 보았다.

"가방은? 돈은 어떻게 됐어?"

"그게…… 뭐가 어떻게 된 건지 모르겠어요."

게이코는 꿈이라도 꾸는 듯한 표정이었다.

"그게 무슨 소리야, 제대로 설명해 봐!"

"캡슐을 타자마자 잠이 쏟아지더라고요. 정신을 차려 보니 종점에 도착해 있었어요. 가방도 없고요."

"뭐라고? 그런 바보 같은 말이 어디 있어! 정신 좀 차려 봐. 뭔가 기억나는 거 없어?"

나카니시가 게이코의 어깨를 잡고 마구 흔들었다. 그렇지만 게이코는 고개만 저을 뿐이었다.

"여보, 이러지 말아요. 침착해요."

"침착하라고? 도시히로의 목숨이 달려 있어. 돈만 가져가고 도시히로가 돌아오지 않으면 어떡할 거야?"

그때였다. 유타가 "어?" 하면서 누나의 소매 언저리를 가리켰다.

"이게 뭐지?"

그곳에는 하얀 종이쪽지가 셀로판테이프 같은 것으로 붙여져 있었다.

뭐시, 이 마크는?"

나카니시가 쪽지를 떼어 유타에게 보여 주었다.

"이건 미아보호소 마크인데요."

"미아보호소? ……아!"

나카니시가 신음하듯이 내뱉더니 뛰기 시작했다. 시노부와 나카니시 부인, 게이코도 함께 그 뒤를 쫓았다.

예상대로 미아보호소에서는 나카니시 도시히로를 보호하고 있었다. 유치원생 나이쯤 돼 보이는 도시히로는 멀쩡한 얼굴로 미키마우스 만화 영화를 신나게 보고 있었다.

나카니시 부부는 아들을 끌어안더니 주위도 의식하지 않고 엉엉 울었다. 그 모습을 보며 웃는 사람도 있었다. 피를 말리는 듯했던 그들의 고통을 모르니 그럴 수도 있을 것이다.

담당 직원에게 물어보니 도시히로는 누가 데려온 것이 아니라 제 발로 왔다고 한다. 불안한 기색도 보이지 않고 아주 똑똑하게 굴더라는 것이다.

"도시히로, 대체 어떤 사람이 너를 데리고 갔었니? 아빠한테 말해 봐."

나카니시가 묻자 도시히로는 말없이 반바지 주머니에서 봉투를 꺼냈다. 나카니시가 그것을 받아 안에 든 편지를 꺼냈다. 시노부도 옆에서 들여다보았다. 일부러 삐뚤빼뚤 서툴게 쓴 글씨였다.

그 내용은 다음과 같았다.

　5천만 엔, 잘 받았다. 서민에게는 큰돈이지만 엄청난 재산을 가진 당신 같은 사람이라면 그저 돈을 사회에 조금 환원한 정도라고 생각하면 될 것이다.

　약속대로 아들을 돌려보낸다. 단, 이미 말해 둔 지시 사항은 반드시 지키기 바란다. 확인 차원에서 다시 한 번 반복한다.

- 오후 6시까지 도쿄 디즈니랜드 밖으로 나가서는 안 된다.
- 경찰에 신고하는 것은 물론 외부로 연락을 취하는 것도 금한다.

　우리는 지금도 감시를 계속하고 있다. 이 지시가 지켜지지 않을 경우 즉각 보복에 나설 것이다. 우리의 기대를 저버리지 않도록.

다 읽고 난 나카니시가 주위를 둘러보았다. 어디선가 범인이 지켜보고 있다는 생각 때문일 것이다.

"여보, 어떻게 하면 좋아요?"

겁에 질린 표정으로 부인이 남편을 바라보았다.

"일단은 지시를 따라야지. 지금 서둘러 경찰에 신고해 봐야 범인을 잡을 수 있는 것도 아니잖아."

"하지만 돈이……."

"돈 얘기는 하지 마!"

나카니시는 입술을 깨물며 도시히로의 머리 위에 손을 얹었다.

"돈은 둘째 문제야. 우선은 우리 가족이 무사한 게 중요하지."

"여보……."

남편의 말에 부인의 눈에 눈물이 그렁그렁 맺혔다.

"저…… 범인이 어디선가 보고 있다면 저는 여기 없는 편이 낫겠네요."

시노부의 말에 나카니시의 표정이 어두워졌다.

"하지만 이미 선생님을 봤을 가능성이 큽니다."

"네. 그럴 경우에는 제게도 감시가 붙을 거예요. 걱정 마세요. 저도 6시까지는 여기를 나가지 않고 어딘가에 연락하지도 않겠습니다."

나카니시는 잠시 생각하더니 "그래요. 그럼 여기서 헤어지도록 하죠. 저희도 어떻게든 시간을 보내겠습니다."라고 말했다.

"그게 좋겠어요."

심려를 끼쳐 죄송합니다, 라고 말하는 부부에게 고개를 숙여 인사한 뒤 시노부는 그 자리를 떠났다. 잠시 후 돌아보니 나카니시 가족 다섯 명은 팝콘 가게 앞에 줄을 서 있었다.

6

레스토랑에 들어서자 혼마가 그녀를 보면서 손을 흔들었다. 뎃페이와 이쿠오도 옆에 있었다.

"늦었네요. 어떻게 됐어요?"

시노부가 다가가자 혼마가 대뜸 물었다. 나카니시의 아들이 무사히 돌아왔다고 대답하자 그는 마치 제 일처럼 안도의 한숨을 내쉬었다.

"다행입니다. 정말 다행이에요."

"그래요, 혼마 씨. 저, 목이 마른데 마실 것 좀 갖다 주시겠어요?"

"아, 그러죠. 뭐가 좋을까요?"

"글쎄요…… 혼마 씨가 제일 맛있다고 생각하는 걸로 갖다 주시면 돼요."

"어려운 주문인데요. 시간 좀 걸리겠어요."

"시간은 얼마든지 걸려도 괜찮아요."

"흠, 뭐가 좋을까……."

혼마가 중얼거리면서 자리를 떴다. 시노부는 그 모습을 잠시 지켜보다가 뎃페이와 이쿠오 쪽으로 몸을 기울였다.

"너희들!"

"왜요?"라며 둘이 동시에 고개를 들었다.

"그 배낭, 이리 줘 봐."

그러자 "네?" 하며 둘의 표정이 바뀌었다.

"별것 안 들어 있는데요."

뎃페이가 말한다.

"잡동사니뿐이에요."

이쿠오도 거든다.

"선생님을 속이면 안 돼. 다 알고 있단 말이야. 하마터면 속을 뻔했지만."

시노부의 말에 둘은 얼굴을 마주 보며 히죽 웃었다.

"들켜 버렸네. 역시 명탐정 시노부 선생님이야."

아이들이 배낭을 내밀었다. 시노부가 받아서 열어 보니 예상대로 뎃페이의 배낭에는 게이코의 검은 가방이, 이쿠오의 가방에는 공기를 뺀 비치볼이 들어 있었다.

"생각했던 대로네. 대체 어떻게 된 거지? 어서 설명해 봐."

"그렇게 다그치지 마세요. 저희는 유타의 부탁을 받았을 뿐이라고요. 어제 유타네 집에서 선생님이 화장실에 가셨잖아요. 그사이에……."

"무슨 부탁을 받았는데?"

"그게…… 유괴 놀이를 도와 달라고요. 맨 처음이 협박 전화."

뎃페이는 배낭 속에서 소형 녹음기를 꺼내 스위치를 눌렀다. 그러자 5천만 엔을 요구하는 협박범의 목소리가 흘러나왔다.

"유타가 준 거예요. 어제 선생님이 길을 헤매다 전화하러 가셨을 때 저도 유타네 집에 전화를 걸어서 이 테이프를 틀었어요."

그리고 보니 시노부가 혼마와 통화를 하고 돌아왔을 때 뎃페이는 오줌을 누러 가고 그 자리에 없었다.

"그리고?"

시노부는 다음 말을 재촉했다.

"다음은 도시히로를 하룻밤 맡아 주는 거였어요. 유타 누나의 친구가 저녁이 될 때까지 데리고 있다가 호텔로 데려다줬어요. 그리고 우리가 방에 숨겼죠. 먹는 건 룸서비스로 주문하고요. 게임기도 있고 해서 다행히 유타 동생도 얌전했어요. 오늘 아침에 저희랑 같이 나와서 여기까지 데려온 거예요."

기가 막혀서 시노부는 이를 빠드득 갈았다. 어젯밤에 그녀는 도시히로가 걱정되어서 잠도 못 잤는데, 도시히로는 바로 옆방에 있었던 것이다.

"그리고 마지막은 이거고?"

시노부가 검은색 가방과 비치볼을 집어 들었다.

"이건 제법 스릴 있었지?"

댓페이가 즐겁다는 듯 이쿠오와 마주 보며 고개를 끄덕였다.

"유타 누나가 집을 나서기 직전에 가방에서 현금을 꺼내고 그 대신 빵빵한 비치볼을 집어넣었어요. 캡슐에 탄 다음에는 공기를 빼서 가방이랑 같이 둘둘 말았고요. 캡슐에서 내리자마자 바로 우리에게 넘겼죠. 선생님이 바로 뒤에 계셔서 스릴 만점이었어요."

"그래서 말인데, 내가 유괴 사건을 알고 있다는 거, 너희들도 눈치채고 있었니?"

"당연하죠. 유타에게서 연락이 왔거든요."

그렇다면 어젯밤 시노부가 갑자기 디즈니랜드에 가겠다고 한 이유도 이 둘은 알고 있었다는 얘기다. 생각할수록 약이 올랐다.

"그런데 선생님은 저희 짓인 줄 어떻게 아셨어요?"

이쿠오의 질문에 시노부는 에헴, 하고 헛기침을 하더니 가방 안에서 편지 한 통을 꺼냈다.

"이건 최근에 유타에게서 받은 편지야. 여기 보면 '환경'의 '환'자를 '環'이라고 써야 하는데 '還'으로 잘못 썼지? 그런데 아까 범인이 보낸 편지를 보니 '환원'의 '還'자를 '環'이라고 잘못 썼더라고. 그래서 감이 딱 왔지."

"그렇구나. 한자 공부 열심히 해야겠네."

이쿠오는 그렇게 중얼거리더니 "그렇다 해도 선생님 추리는 굉장해요. 진짜 멋져요."라며 얼렁뚱땅 넘어가려는 듯 박수를 쳤다. 시노부는 그 손을 밀쳐 냈다.

"얘기 아직 안 끝났어. 대체 이유가 뭐야? 뭣 때문에 이런 작당을 한 거냐고?"

그러자 뎃페이가 머리를 긁적거리더니 되물었다.

"선생님, 전혀 짐작이 안 가세요? 실은 선생님도 어렴풋이 알고 계신 거 아니었어요?"

"나는 몰라."

"유타네 집이 도쿄로 올라온 후 문제가 많았대요. 돈은 있지만 아빠랑 엄마랑 사이가 점점 나빠져서 결국은 이혼 얘기가 나왔나 봐요. 급기야 어느 쪽이 어느 자식을 맡을 것인가 하는 문제로 다투기까지 했고요."

"그 정도래?"

"네. 그래서 유타와 누나가 두 분의 마음을 다시 한 번 엮을 방법이 없을까 고민한 끝에 생각해 낸 것이 유괴였던 거죠. 자식들 일이라면 싫어도 마음을 합치지 않을까 하고요. 그걸 계기로 두 분 사이가 다시 좋아지길 기대했었나 봐요."

"그렇구나."

시노부는 다소 허탈한 기분이 들었다. 유타가 고민에 빠진 것 같아 상담해 주려고 도쿄에 올라왔는데, 유타는 자기 나름

내로 해결 방법을 찾기 위해 안간힘을 쏟고 있었던 것이다.

"우리가 온다는 연락을 받고 실행에 옮기기로 결심했나 봐요. 만약 경찰에 알려지는 경우에는 곧바로 중단할 생각이었고요. 아무튼 성공은 했는데, 앞으로가 문제예요. 다 털어놓고 부모님께 된통 혼난 다음 이혼에 대해 다시 한 번 생각해 달라고 설득해야겠죠."

"그래, 잘됐으면 좋겠다."

"유타가 그러는데요."

이쿠오가 평소와 달리 진지한 어조로 말했다.

"끝내 잘 안 돼도 어쩔 수 없는 일이고, 그때는 포기하겠대요. 그렇더라도 마지막으로 한 번 가족 전체가 놀러가고 싶었대요. 그런 추억을 만들기 위해서 디즈니랜드를 선택했고요. 도시히로는 그런 추억이 하나도 없대요."

"아……."

시노부는 조금 전의 광경을 머릿속에 떠올렸다. 누가 봐도 화목한 가족의 모습이었다.

"괜찮아, 괜찮을 거야."

시노부가 다짐하듯 말했다. 그때 혼마가 쟁반에 몇 종류의 음료수를 담아 가지고 왔다.

"자, 오래들 기다렸죠? 결국 거기 있는 거 하나씩 다 가져왔어요. 마음대로 골라요."

잘 마시겠습니다, 라며 뎃페이와 이쿠오가 손을 뻗었다. 시노부는 오렌지 주스를 골랐다.

"그나저나 도쿄까지 와서 큰 사건에 휘말렸네요. 내일은 뭐 할 겁니까?"

혼마가 물었다.

"도쿄 돔요."

"아니야, 하라주쿠 갈 거야."

"너희들한테 물은 거 아니야. 선생님, 내일 밤은 비어 있죠? 식사나 하면서 이번 사건에 대한 해결 방법을 연구해 볼까요?"

"그래요."

시노부는 턱을 괴었다. 그러고 보니 내일이 친구 결혼식 날이다. 그녀는 축사를 해 달라는 부탁을 받았다.

새로이 부부가 되는 두 사람 앞에서 어떤 말을 해야 하나, 시노부는 새로운 고민에 빠졌다.

시노부 선생님은 입원 중

1

하타나카 히로시는 다나카 뎃페이, 하라다 이쿠오와 초등학교 시절부터의 친구다. 하타나카가 토요일 방과 후에 중학교 정문을 나서면서 두 사람을 꼬드겼다.

"우리 오코노미야키 먹으러 갈까?"

그러자 뎃페이와 이쿠오는 마치 약속이라도 한 듯이 주머니에 손을 쑤셔 넣더니 다시 약속이라도 한 듯이 고개를 저었다.

"돈이 없는데."

"나도."

그러자 하타나카가 잠시 망설이는 기색을 보이다가 결심했다는 듯 말했다.

"좋아, 내가 쏜다."

"뭐, 정말?"

둘이 눈을 동그랗게 뜨고서 동시에 외쳤다.

"야, 너 웬일이냐? 열이라도 있는 거 아니야?"

뎃페이가 이마에 손을 대려 하는 것을 하타나카가 밀쳐냈다.

"뜻밖의 수입이 생겼어. 어떻게 할래? 싫으면 관두고."

"싫기는. 가자, 가자."

이쿠오가 손을 비벼 대자 뎃페이는 하타나카의 어깨를 주무르며 "하타나카가 가는 곳이라면 어디라도 갑니다요, 네." 라고 아첨하듯 말했다.

마음껏 주문하라는 하타나카의 말에 이쿠오는 온갖 재료가 들어간 스페셜 오코노미야키를, 뎃페이는 오로지 양으로 승부하는 특대 야키소바를 주문했다.

"야, 그런데 뜻밖의 수입이라는 게 대체 뭐야?"

양이 보통의 두 배 이상 되는 특대 야키소바를 게 눈 감추듯 먹어 치운 뎃페이가 이쑤시개로 이를 쑤시며 물었다.

"응, 별거 아니야."

그러는 하타나카는 식욕이 별로 없어 보였다. 보통 사이즈의 오코노미야키를 상당히 오랫동안 깨작거리고 있었다.

"친척한테 용돈이라도 받은 거야?"

이번에는 이쿠오가 물었다.

"그렇다고 해 두지, 뭐."

"좋겠다. 우리는 친척은 많아도 걸핏하면 돈이나 빌려 달라는 인간들뿐이라고 아빠가 투덜거리는데."

그러고서 이쿠오는 마지막 한 조각을 입에 밀어 넣었다.

다 먹고 나서 하타나카가 계산을 하려고 지갑을 여는데 옆에서 들여다보던 뎃페이가 휙, 휘파람을 분다. 만 엔짜리 지폐가 몇 장이나 들어 있었던 것이다. 하타나카는 몸으로 지갑을 가리고 그 안을 들여다보며 무언가 생각하는 표정을 지었다.

"저기…… 우리는 밖에서 기다릴게."

물주의 마음이 바뀌기라도 하면 큰일이다 싶었는지 이쿠오가 얼른 밖으로 나가려고 했다.

"잠깐만."

하타나카가 그 둘을 불러 세웠다.

"미안하지만 2백 엔씩만 내줄 수 있겠니? 돈이 모자라서 말이야."

"모자란다고? 만 엔짜리가 그렇게 많으면서."

불만스럽다는 듯이 입을 비죽 내미는 이쿠오를 뎃페이가 손으로 제지했다.

"2백 엔 정도는 있잖아. 그냥 내자."

두 사람은 2백 엔씩을 하타나카에게 건넸다.

"내가 쏜다고 했는데, 미안하다."

하타나카는 그 돈에 자기 돈을 보태 계산을 치렀다.

"그 녀석, 왠지 이상하지 않냐?"

오코노미야키 가게 앞에서 하타나카와 헤어진 후 뎃페이가 이쿠오에게 밀렸다.

"이상해."

이쿠오도 동의했다.

"애초에 그 짠돌이 하타나카가 쏘겠다고 하는 것부터 이상했어. 그래도 나중에 2백 엔씩 내라고 하는 건 녀석답더라. 쳇, 이럴 걸 괜히 아부했네."

"그런데 그 돈, 어디서 난 걸까? 정말 친척이 줬을까?"

뎃페이가 중얼거리자 이쿠오는 걸음을 멈추며 눈을 크게 떴다.

"그 녀석이 짠돌이기는 해도 남의 돈을 훔칠 놈은 아니야."

"그건 나도 알아."

뎃페이가 고개를 끄덕이고서 싱긋 웃었다.

"됐다, 그만하자. 친척이 땅이라도 팔았나 보지."

"그러고 보니 친척 중에 농사짓는 사람이 많다고 했어."

두 사람은 표면상으로는 납득한 척하며 화제를 돌렸지만 서로의 얼굴에 찜찜한 구석이 남아 있다는 걸 눈치채고 있었다.

거기서 둘은 다케우치 시노부의 집으로 향했다. 시노부는 그들의 초등학교 시절 선생님인데 지금은 파견 유학 형식으로 대학에서 교육학을 공부하고 있다. 두 사람이 시노부 선생님을 찾아가는 경우는 대개 시험 직전이거나 어려운 숙제가 있을 때다. 그녀의 힘을 빌리려는 것이다.

하지만 시노부는 집에 없었다. 대신 시노부와 꼭 닮은 동그란 얼굴의 중년 아줌마가 있었다.

"아, 너희들이 뎃페이와 이쿠오로구나. 시노부에게 얘기 많이 들었다."

아줌마는 시노부의 어머니라고 했다.

"딱 보니 영락없이 장난꾸러기처럼 생겼구나. 그러니 시노부가 애를 먹지."

하하하, 호쾌하게 웃는 아줌마에게 뎃페이가 물었다.

"저, 선생님은요?"

"시노부? 입원 중이야."

"입원요?"

둘이 놀라 소리쳤다.

"대단한 건 아니고, 배를 좀 갈랐어. 이제 방귀가 나오기만 기다리면 돼."

아줌마는 또 입을 크게 벌리고 웃었다.

2

격심한 통증은 한밤중에 찾아왔다.

잠자리에 든 시노부가 어슴푸레 잠에 빠져드는 참이었다.

처음에는 배꼽 언저리가 아팠다. 이어 속이 메슥거렸다. 이때 시노부 머리를 스친 생각은 '아뿔싸, 역시 상한 거였구나.'라는 것이었다. 저녁때 먹은 햄 맛이 어쩐지 좀 이상했는데 설마 죽지야 않겠지 하며 우걱우걱 먹어 치웠던 것이다.

시노부는 신음하면서 화장실로 갔지만 나오는 것도 없이 땀만 줄줄 흐를 뿐이었다. 그래서 다시 이부자리로 돌아와 누웠다. 어떻게든 잠이 들면 괜찮아질 거라고 생각했다. 예전에도 몇 번 밤중에 복통을 일으킨 적이 있었지만 잠들어 버리면 아침에는 깨끗이 나아 있었기 때문이다. 위와 장에 관한 한 그녀는 절대적인 자신감이 있었다.

그러나 그녀의 하복부에 떡하니 자리 잡은 복통은 쉽사리 물러나려 하지 않았다. 아니, 물러나기는커녕 그 영역을 점점 넓혀 갔다. 어찌나 아픈지 하반신 전체가 마비되는 것 같았다.

아, 윽, 음, 신음하며 시노부는 결국 밤을 꼴딱 새웠다. 그런데도 통증은 가시지 않고 급기야 조금만 움직여도 고통이 밀려왔다. 통증의 진원지를 찾아 오른쪽 하복부를 더듬어 보니 딱딱하게 굳어 있었다. 살짝 눌러 봤다가 그 엄청난 통증에 시노부는 정신을 잃을 뻔했다.

'안 되겠어. 식중독이 아닌가 봐. 더 큰 병이야.'

자신감에 차 있던 어젯밤과는 달리 마음이 약해진 시노부는 얼굴을 찡그리며 전화기 있는 곳까지 기어갔다. 그리고 수화기를 들어 버튼을 눌렀다. 집에 거는 것이었다.

'뭘 꾸물거리고 있는 거야, 빨리 받지 않고. 딸이 다 죽어 가는데.'

전화벨 소리마저 태평스럽게 들리는 것 같아서 화가 치밀었다. 시노부는 다다미 위를 뒹굴었다.

"네, 다케우치입니다."

간신히 전화가 연결되고 엄마인 다에코의 목소리가 들렸다. 하지만 시노부는 말이 나오지 않았다. 그저 으윽, 하고 신음만 할 뿐이었다.

"여보세요, 누구세요? 장난 전화인가……. 바빠 죽겠는데 너 까불래!"

다에코가 소리를 버럭 질렀다.

"으, 어, 엄마, 나야……."

시노부는 신음하면서 도움을 청했다.

"어? 뭐, 뭐, 시노부라고? 너, 목소리가 왜 그래? 오랜만이네. 잘 지내니?"

그렇게 묻는 다에코의 목소리는 태평했다. 시노부는 "지금 내가 잘 지내는 것같이 들려?"라고 쏘아붙이고 싶었지만 그럴 힘조차 없었다.

"엄마, 살려 줘. 배가, 배가 아파."

그렇게 호소했지만 엄마는 조금도 놀라는 기색이 없었다.

"배가 아프다고? 화장실 가."

"갔는데, 아무것도 안 나온단 말이야. 보통 때 아픈 거랑은 달라."

"어떻게 다른데?"

"잘 모르겠어. 그냥 아랫배가 무지 아파. 딱딱하고. 이거 혹시 ……."

시노부의 말이 채 끝나기도 전에 다에코는 저쪽에 있는 누군가에게 말을 건넸다. 그 누군가란 물론 아빠 시게조일 것이다. 아직 출근 전인 듯했다.

"시노부한테 전화가 왔는데…… 아니, 아니, 당신을 바꿔 달라는 게 아니고, 배가 아프대요. 아랫배가 딱딱하다는데. ……응? 화장실? 안 나온대. ……응. 오른쪽? 오른쪽 아랫배야? 여보세요, 시노부, 듣고 있니?"

"으……."

"오른쪽 아랫배가 아파?"

"무지무지 아파."

"무지무지 아프다는데. ……뭐요? 저런, 큰일이네. 여보세요, 시노부. 아빠가 그거 혹시 맹장염 아니냐고 그러는데."

"그건 알아, 안다고. 그러니까 의사 좀 불러 줘."

전화 저편에서 다에코가 뭐라고 외치는 소리를 들으며 시노부는 그 자리에 푹 고꾸라지고 말았다.

'정말 오래도 걸렸지. 그럴 줄 알았으면 내가 직접 병원에 전화하는 건데.'

병실 침대에서 라디오를 들으며 시노부는 어제 일을 떠올렸다. 복통의 원인은 역시 급성 충수염으로, 진단 즉시 수술에 들어갔다. 그리고 그대로 입원하게 된 것이다.

"이봐요."

옆 침대에서 소리가 들렸다. 침대에 누워 있는 사람은 백발을 경단처럼 동그랗게 말아 올린 할머니다. 이곳은 2인실로, 시노부가 들어왔을 때 이미 할머니가 있었다.

"아, 네. 왜 그러시는데요, 할머니?"

어른에게는 공손히 하자는 마음과 병실 선배를 대우하자는 의미로 시노부는 한껏 상냥하게 대답했다.

"그 라디오 소리 좀 줄일 수 없어? 시끄러워서 잠을 잘 수가 있어야지."

"어, 죄송해요."

시노부는 얼른 볼륨을 줄였다.

"아유, 젊은 사람은 좋겠어."

할머니는 짐짓 한숨을 내쉬었다.

"이렇게 병원에 들어와도 즐거운 일이 얼마든지 있으니 말이사. 그런데 누인네들은 언제 죽을지 몰라서 벌벌 떠는 게 일이야."

"그런 말씀 마세요. 할머니, 얼마나 건강해 보이시는데요."

"건강하기는, 픽도."

할머니는 콜록콜록 기침을 해 댔다. 시노부가 보기에는 거의 연기였다.

"일인 실에서 느긋하게 쉬려고 했더니 이렇게 방을 같이 쓰게 하질 않나."

아무래도 시노부가 들어온 것이 탐탁지 않은 모양이었다.

"죄송합니다."

"아, 그리고 말이야, 나를 할머니라고 부르지 마. 난 그쪽 할머니가 아니잖아."

"……알겠습니다. 죄송해요."

이런 심술쟁이 할망구 같으니라고, 속으로 툴툴거리면서도 시노부는 얼른 사과했다.

할머니의 이런 태도는 간호사들에게도 마찬가지였다. 침대가 불편하다느니, 볕이 너무 든다느니 하면서 불평만 늘어놓았다. 그런데 여자 프로 레슬러 같은 체격의 베테랑 간호사는 환자들의 이런 태도에 이골이 났다는 듯 적당히 흘려 넘겼다.

"할머…… 아니, 후지노 씨는 무슨 병으로 입원하셨어요?"

후지노는 할머니의 성씨다.

"포진이야."

"포진요?"

"대장 포진이야. 배에 지독한 습진이 생겼어."

"대상 포진이에요."

옆에 있던 간호사가 웃으면서 정정했다. 그러자 할머니가 발끈했다.

"그게 그거지 뭘 그래!"

거의 이유식 같은 점심을 먹고 났을 무렵 갑자기 문이 벌컥 열리고 한 남자가 뛰어 들어왔다.

"서, 선생님. 시노부 선생님. 괘, 괘. 괜찮아요?"

신도였다. 호리호리한 체격에 삼류 연극배우 같은 풍모지만 실은 오사카 부경의 형사다.

"어머, 신도 씨. 내가 입원해 있다는 거 어떻게 알았어요?"

"나는 선생님 일이라면 뭐든지 안다고요."

신도는 시노부가 어리둥절해하는 틈을 타 그녀의 손을 꼭 잡았다. 시노부는 그 손을 싹 빼서 얼른 이불 속에 밀어 넣었다. 그때 입구에서 또 두 명의 문병객이 나타났다.

"선생님이 병에 걸리는 일도 다 있네요. 물론 맹장염 같은 건 병 축에 끼지도 못하지만."

그렇게 밉살스러운 소리를 하며 들어온 것은 다나카 뎃페이와 하라다 이쿠오였다.

"선생님, 방귀는 나왔어요?"

뎃페이가 묻자 시노부는 그에게 베개를 던졌다.

시노부의 입원 사실은 다에코에게 들은 모양이었다.

"신도 아저씨도 아셔야 할 것 같아서 우리가 연락했어요."

이쿠오는 무슨 대단한 일이라도 한 것처럼 말했지만 실은 정보료라는 명목으로 신도에게 뭔가를 뜯어낼 속셈인 것이다.

"그래서, 상태가 좀 어떻습니까?"

신도가 걱정스러운 듯 물었다.

"수술은 성공적으로 끝난 거죠?"

"요즘 같은 시대에 맹장 수술에 실패하는 일이 있겠어요. 덕분에 무사히 끝났어요. 웃으면 수술한 자리가 좀 아프기는 하지만."

"정말요?"

뎃페이가 눈을 반짝이며 묻는다.

"선생님, 재미있는 얘기 해 드릴까요?"

"하지 마."

"에이, 사양하지 마세요. 엄청 재미난 얘기예요. 있잖아요, 얼마 전에 이쿠오가……."

"으아, 으아, 안 들을 거야."

시노부가 머리에 담요를 뒤집어쓰려고 할 때였다.

"에후…… 하여간 젊은 사람들이란."

옆 침대에서 말소리가 들렸다.

"문병한답시고 몰려와서 쫑알쫑알 떠들어 대기나 하고 말이야."

신도와 아이들이 옆 침대를 보았다. 할머니는 평소와 마찬가지로 심통 난 표정이었다.

"어, 담배 가게 할머니잖아요."

뎃페이가 놀라 소리쳤다. 할머니도 눈을 부릅떴다.

"귀에 익은 목소리다 했더니, 다나카 씨네 아들이구나."

"네. 할머니도 입원하신 거예요? 어디 아프세요?"

"여기저기 안 아픈 데가 없어. 온몸이 덜커덩거리니 이제 죽을 일만 남았지."

그러자 뎃페이가 히히 웃더니 시노부를 돌아보았다.

"이 할머니가 늘 하시는 말씀이에요. 진심으로 받아들이면 안 돼요."

누가 진심으로 받아들인다고 그래, 라고 시노부가 속으로 구시렁거리는데 때 문병객이 또 찾아왔다. 그런데 이번에는 시노부를 찾아온 손님이 아니었다.

"어때요, 몸은 좀?"

회색 카디건을 입은 대머리 노인은 할머니의 남편인 듯했다.

"뭐, 조금씩 나아지고 있어요. 의사 선생도 많이 좋아졌다고 하고."

그래두 남편에게는 제대루 된 막투가 나오는 모양이다.

"그래, 그거 다행이군."

할아버지는 침대 옆 의자에 앉아 시노부 쪽을 보았다.

"오늘은 시끌시끌하네. 어…… 다나카 씨네 아들?"

뎃페이를 알아본 모양이다.

"안녕하세요, 할아버지."

뎃페이는 인사하고 나서 시노부와 나머지 사람들을 소개
했다.

"그래요? 오지 초등학교? 하하, 그렇군."

할아버지는 별 관심 없다는 표정으로 고개를 끄덕였다.

"여보, 갈아입을 옷 가져왔어요?"

할머니가 묻자 할아버지는 검은 비닐 가방을 들어 보였다.

"응, 가져왔어요."

"고마워요. 저쪽에 두세요."

할머니의 말에 할아버지는 가방을 창 옆 선반 위에 올려놓
았다. 그런데 뭔가 하고 싶은 말이 있는 듯 머뭇거리는 기색
이다.

"왜 그래요?"

"아니, 아무것도 아니야."

할아버지는 달걀 같은 민머리를 쓰다듬으며 의자에 도로
앉았다.

"아, 맞아, 오늘 쓰레기 버리는 날인데, 내다 놨어요?"

"어? 아아…… 쓰레기. 응, 내다 놨지."

"왜 그렇게 멍해요. 노망이라도 들었나."

할머니의 말에 뎃페이와 이쿠오는 풋, 웃음을 터뜨릴 뻔했다.

그때 할아버지가 슬그머니 일어섰다.

"나 가요."

"응? 방금 왔는데 벌써 가요?"

"그래요, 힘들게 오셨는데 천천히 계시다 가세요."

시노부도 그렇게 말했지만 노인은 한 손을 살짝 들어 올렸다.

"가게 일도 있고 해서. 자, 그럼 내일 또 오지."

"조심해서 가요."

할머니의 말에 할아버지는 응응, 하며 고개를 끄덕이더니 병실을 나갔다.

그러자 하라다 이쿠오가 시노부 옆에 와서 입을 가리고 속삭였다.

"할아버지 쪽이 오히려 오늘내일하게 생겼는데요."

"조용히 해. 할머니 들으시겠어."

시노부가 미간을 찌푸리며 이쿠오를 나무랐다.

"벌써 다 들었어."

한머니가 이쪽을 힐끔 노려보았다.

이날 저녁 할머니는 할아버지에게 부탁할 일이 있는데 깜박했다며 전화를 걸러 갔다. 대상 포진은 노인들에게 무서운 병임에 틀림없지만 제대로 치료를 받으면 일상적인 활동은 가능하다.

그런데 할머니는 잠시 후 마뜩지 않다는 표정으로 돌아왔다.

"대체 어딜 싸돌아다니는 거야. 벨이 아무리 울려도 전화를 받아야 말이지."

"산책이라도 나가셨겠죠."

"그 사람은 아침에만 산책을 간단 말이야. 나중에 다시 걸어 봐야겠어."

할머니는 한 시간쯤 지나 다시 전화를 걸러 갔다. 그런데 이번에도 역시 할아버지가 전화를 받지 않은 모양이다. 30분 후에 할머니는 다시 한 번 전화를 걸러 갔지만 결과는 마찬가지였다.

"어디를 이렇게 나다니는 건지, 원."

투덜거리면서도 할머니는 역시 걱정이 되는 모양이었다.

"뎃페이에게 가서 살펴보고 오라고 하세요."

시노부는 핸드백에서 수첩을 꺼냈다. 그리고 뎃페이네 전화번호가 적힌 페이지를 펼쳐 할머니에게 내밀었다. 할머니는 그녀에게 신세를 지는 것이 분하다는 눈치였지만 "그래, 정 그렇다면 한번 해 보지, 뭐."라며 수첩을 받아 들었다.

예의 프로 레슬러 같은 간호사가 뛰어 들어온 것은 할머니가 뎃페이에게 전화를 걸러 갔다 온 지 30분쯤 지나서였다. 간호사는 흥분한 나머지 말까지 더듬거렸다.

"후지노 씨, 크, 크, 큰일 났어요. 지금 뎃페이라는 아이한테서 저, 전화가 왔는데 할아버지가 가, 가, 가, 강도를 당했대요."

"뭐요?"

할머니와 시노부가 동시에 소리를 내질렀다. 수술한 자리가 뜨끔 아팠다.

3

후지노 씨의 집은 낡은 목조 단층으로, 가게 안쪽으로 거실이 있고 더 안쪽에 조그만 부엌이 있었다. 다나카 뎃페이의 얘기에 따르면 뒷문이 열려 있어서 그리로 들어가 봤더니 후지노 요헤이 씨가 손발이 묶인 채 부엌에 쓰러져 있었다고 한다. 머리에는 검은 쓰레기 봉지가 씌워져 있고 입에는 재갈까지 물려 있었다는 것이다. 뎃페이는 놀라서 우선 신도에게 전화를 하고 그다음에 병원으로 연락했나.

"뭐가 어떻게 된 건지 전혀 모르겠어요."

관할 경찰서 형사의 질문에 할아버지는 머리를 좌우로 흔들면서 그렇게 대답했다.

"병원에서 돌아와 보니 뒷문이 열려 있지 뭡니까. 이상하다 생각하면서 그 문으로 들어가 부엌으로 갔는데 갑자기 머리에 검은 비닐봉지가 씌워졌어요. 으악, 뭐하는 짓이야, 하고 소리를 질렀지만 상대가 워낙 힘이 세서 꼼짝 못하고 바닥에 무릎을 꿇리는가 싶더니 순식간에 손발을 끈으로 묶였어요. 상당히 능숙한 솜씨다 싶었죠. 그다음에는 비닐봉지에서 입만 나오게 해 수건 같은 걸로 재갈을 물렸어요. 범인의 얼굴은 못 봤습니다. 그럴 여유가 없었어요. 나를 묶은 후에는 곧바로 나가는 것 같았어요. 그러고서 몇 시간 동안 그대로 있었죠. 다나카 씨 아들이 왔을 때는 얼마나 안심이 되던지."

'이런 꼬부랑 할아버지를 묶는 정도야 프로가 아니라도 간단히 할 수 있지.'

신도는 관할 경찰서 형사 옆에 선 채 얘기를 들으면서 생각했다.

범인의 침입 경로는 금세 드러났다. 이 집의 뒷문은 이중으로 되어 있었다. 우선 부엌에서 세탁실로 나가는 문이 있고, 거기에서 바깥으로 나가는 문이 또 있다. 그중 잠금장치가 있는 문은 바깥으로 나가는 문뿐이다. 그런데 이 잠금장치라는 것이 아주 엉성해서 고리에 쇠막대기를 거는 것으로 끝이다. 게다가 문틈이 상당히 벌어져 있어서 못이나 가느다란 막대기만 있으면 밖에서도 얼마든지 여닫을 수 있었다.

"여태껏 도둑이 들지 않은 게 신기하군."

현장을 본 형사들은 입을 모아 말했다. 그러나 신도는 '도둑도 집을 골라서 들어오지.'라고 생각했다.

서랍장과 캐비닛 안을 뒤진 흔적은 있지만 훔쳐 간 물건은 딱히 없는 것 같았다. 귀중품을 집 안에 두지 않은 게 다행인 듯했다.

"이건 프로의 짓이 아닙니다."

너구리 인형 같은 체형의 형사가 말했다.

"프로 빈집 털이범은 더 철저하죠. 그야말로 발 디딜 틈이 없을 정도로 죄다 끄집어내고 엎어 놓습니다."

"그렇다면 아마추어일까요? 혹시 다른 목적이 있어서 이 집에 숨어든 건 아닐까요?"

신도는 후지노 요헤이에게 짐작 가는 점이 없느냐고 물었다.

"없어요."

노인은 시선을 살짝 아래로 향한 채 대답했다.

4

다음 날 오후, 신도가 병원으로 와서 어제 사건에 대해 보고했다. 할머니는 이미 관할 경찰서 형사로부터 할아버지에게 별다른 이상이 없다고 들은 터라 여유롭게 얘기를 듣고 있었다.

"정말 멍청한 도둑놈이네."

얘기를 다 듣고 난 할머니가 콧방귀를 뀌었다.

"주위에 부잣집이 얼마든지 있는데 뭐하러 우리 같은 가난뱅이 집에 들어왔나 몰라."

"들어가기 쉬워서였겠죠."

신도가 딱 잘라 말했다.

"들어가기야 쉽지. 돈 될 것도 없으니 문단속도 허술하고 말이야."

할머니는 마치 가난을 자랑이라도 하듯 가슴을 쫙 폈다.

"그런데 전문 털이범의 짓이 아니라는 게 마음에 걸려요. 후지노 씨의 집에 들어간 건 뭔가 다른 이유가 있었던 것 아닐까요?"

시노부의 말에 할머니는 얼굴을 찡그리고 손사래를 쳤다.

"아마추어니까 우리 집 같은 데에 들어온 거지. 아마 초보일 거야. 흠…… 그런데 내가 셔츠를 어디다 뒀더라."

할머니가 비닐 가방으로 손을 뻗어 그 안을 뒤졌다.

"범인을 찾을 단서는 있나요?"

시노부가 신도에게 물었다.

"관할 서 쪽에서 전과자를 조사해서 지문 등을 대조하고 있는 모양인데, 초보라면 찾을 가망이 거의 없어요."

신도가 이렇게 남의 일처럼 말하는 것은 강도 살인도 아니고 하니 부경 본부 수사 1과와는 관계없는 일이라서 그럴 것이다.

"음⋯⋯."

할머니가 가방을 든 채로 침대에서 내려왔다.

"화장실에 좀 갔다 와야겠어. 젊은 사람들끼리 편히 있어."

할머니가 나간 후 신도는 얼굴을 팍 찡그렸다.

"참 거북스러운 할머니예요. 어쩌다 저런 할머니랑 같은 병실이 된 건지."

"어제부터 내내 들볶였어요."

시노부가 얄밉다는 표정을 지었다.

"재미있는 구석이 없는 건 아니지만."

"힘내서 빨리 나으십시오. 퇴원하면 제가 맛있는 것 많이 사 드리겠습니다. 오코노미야키든 다코야키든."

신도답게 싸구려 먹을거리만 늘어놓는데도 시노부는 코끝이 찡해졌다.

"먹는 얘긴 하지 마세요. 어제부터 이유식 같은 걸 먹고 있딘 말이에요."

"그거참, 안됐군요, 선생님 같은 대식가가."

"아니, 뭐라고요!"

대화가 한창 무르익어 가는데 병실 문이 벌컥 열렸다. 할머니가 벌써 돌아왔나 했는데 그게 아니었다. 새빨간 장미꽃 다발이 들어오고 있었다.

"몸은 좀 어떠세요, 시노부 씨?"

하얀 양복에 빨간 장미꽃 다발, 이라는 좀처럼 보기 힘든 차림으로 나타난 사람은 신도의 연적 혼마 요시히코였다.

"어머나, 어떻게 여길 온 거예요?"

시노부의 눈이 휘둥그레졌다. 혼마는 현재 도쿄에 있는 회사에 근무하고 있다.

"내일부터 일주일 동안 이쪽에 출장인데 오늘이 일요일이라 미리 왔어요. 시노부 선생님의 활기찬 얼굴을 볼 기대로 가득 차 있었는데…… 설마 입원해 계실 줄은 꿈에도 몰랐습니다."

혼마는 허리를 살짝 굽히며 꽃다발을 내밀었다.

"어떻게 내려왔든 상관없지만, 그 연극 같은 말투 좀 어떻게 할 수 없어요?"

"아니, 신도 씨!"

혼마는 머쓱한 얼굴로 신도를 돌아보았다.

"여기 계셨습니까?"

"아까부터 내내 있었는데요. 선생님은 피곤해서 이제 주무셔야 합니다. 방해하면 안 된다고요. 자, 같이 나갑시다."

"그쪽이나 가시죠."

혼마는 태연하게 말한 후 시노부를 보며 방긋 웃었다.

"저는 이제 막 왔으니 시노부 선생님이 잠들 때까지 옆에 있겠습니다."

"그렇다면 저도."

신도가 의자에 앉더니 팔짱을 끼었다.

"아니, 신도 군은 돌아가는 편이 좋지 않을까요? 범죄는 평일과 주말을 가리지 않는다고 하지 않았습니까."

"거, 자꾸 신도 군, 신도 군, 할 겁니까?"

"그럼 명형사 신도 씨, 그만 일터로 돌아가시죠."

"그건 또 뭡니까, 사람을 바보 취급 하는 거예요? 마침 오늘은 비번이라서 하루 종일 여기 있어도 아무 문제 없다고요. 아시겠어요?"

"밤낮을 안 가리고 범죄와 전쟁을 치르는 형사님께 간병까지 시키는 건 무리죠. 여기는 제가 맡겠습니다."

"무슨 말씀을요. 여기는 내게 맡기세요."

"아니요, 내가."

"아니죠, 내가."

도무지 시노부가 참늘 수 있는 상황이 아니었다.

"저기요, 두 분 다 바쁜 모양이니까 저는 내버려 두고 가 주세요."

"거봐요, 선생님도 저렇게 말씀하시잖아요. 자, 같이 갑시다."

신도가 혼마의 팔을 잡아당기는데 혼마가 그 팔을 휙 뿌리쳤다.

"시노부 씨는 의외로 배려심이 깊군요."

'의외로, 라니 그건 또 무슨 소리야.'

시노부가 속으로 발끈하는데 마침 후지노 할머니가 돌아왔다.

"새로운 인물이 등장했군. 오호, 이쪽이 더 잘생겼는데."

할머니의 말에 혼마는 얼굴 가득 기쁜 빛을 띠고는 "보는 눈이 있으시군요. 이거, 제 조그만 성의입니다."라며 꽃다발에서 안개꽃 줄기를 뽑아 할머니에게 내밀었다.

그런데 할머니는 "뭐야, 이게. 주려면 장미를 주든가."라며 안개꽃을 휙 던져 버렸다. 옆에서 신도가 킥킥거리고 웃었다.

혼마는 정신을 가다듬듯이 헛기침을 몇 번 하더니 다시 시노부 쪽을 향했다.

"거참, 아쉽네요. 이번 일주일 동안 적어도 두 번은 데이트할 수 있겠다고 생각했거든요. 토요일에는 뮤지컬을 보러 가려고 이렇게 티켓까지 사 두었는데……."

그는 양복 안주머니에서 티켓 두 장을 꺼내어 신도의 얼굴 앞에서 팔랑팔랑 흔들었다.

"미안해요. 저도 아프고 싶어서 아픈 건 아니에요."

시노부의 말에 신도가 "그럼요, 그럼요. 어쩔 수 없는 일이 죠."라며 몇 번이나 고개를 끄덕거리더니 "뮤지컬은 혼자 가셔야겠군요."라고 말했다.

"난 시노부 씨와 가고 싶었단 말입니다."

그러면서 혼마가 티켓을 주머니에 도로 집어넣는데 후지노 할머니가 뜻밖의 말을 꺼냈다.

"그 표, 내게 넘기면 안 되겠나?"

"네?"

그게 무슨 소리냐는 표정으로 혼마가 할머니를 보았다.

"이거 뮤지컬 티켓이에요. 가요무대가 아니라고요. 이쓰키 히로시도, 스기 료타로도 안 나오는데요?"

"알아, 알아. 날 아주 바보 노인네 취급 하네. 노인네는 뮤지컬 보러 가면 안 되나. 넘길 거야 말 거야?"

"그냥 드리지그래요?"

신도가 무책임하게 말했다.

"어른을 공경할 줄 알아야지."

"하지만 이거 두 장에 3만 엔이나 하는 티켓이라고요."

직의에 찬 눈으로 신도를 노려본 다음 혼마는 할머니에게
말했다.

"거저 드릴 수는 없어요. 가고 싶어 하는 사람이 얼마나 많
은데요."

"나도 오사카 여자라 거저 받을 생각은 없어. 만 엔이면 어
떻겠나?"

"한 장에 만 엔요?"

"두 장에."

혼마가 몸을 뒤로 젖혔다.

"그건 너무 싸요. 3만 엔에 사겠다는 사람도 있는데. 적어도
2만 엔은 주셔야 해요."

"생긴 거에 비해 쩨쩨하네. 1만 2천 엔으로 하지."

"1만 8천 엔."

"좋아, 딱 가운데로 해서 1만 5천 엔. 그럼 체면은 안 구기
겠지?"

혼마가 대답이 없는데도 할머니는 검은 가방 안을 뒤적거
렸다. 그제야 혼마도 포기했다는 듯 티켓을 내밀었다.

"아아, 이거 손해가 막심한데요."

"어른에게 선행을 베풀었다고 생각해."

할머니는 가방 안에서 만 엔짜리 지폐 두 장을 꺼내 혼마에
게 건넸다. 혼마가 5천 엔을 거슬러 주었다.

혼마와 신도가 서로를 견제하며 돌아간 후 시노부가 할머니에게 물었다.

"뮤지컬을 다 보러 다니세요? 할머니 되게 멋쟁이시네요. 그런데 그 전에 퇴원하실 수 있어요?"

"응, 아, 뭐."

할머니는 애매한 반응을 보이더니 빙그르 등을 돌렸다.

그런데 저녁 무렵, 예의 체격 좋은 간호사가 할머니에게 이런 말을 했다.

"후지노 씨, 정말 고마워요. 친구가 무척 기뻐하네요."

"응?"

시노부가 눈을 동그랗게 떴다.

"무슨 일인데요?"

"보고 싶은 뮤지컬이 있었는데 할머니가 그 티켓을 싼값에 주셨어요. 두 장에 3만 엔짜리를 2만 엔에요."

"헐."

시노부는 말문이 막혀 할머니를 보았다. 할머니는 이불을 어깨까지 끌어 올리고 코를 고는 척했다.

잠시 후 할머니가 갈아입을 옷이 든 종이봉투를 들고 할아버지가 왔다. 피해가 없어서인지 빈집 털이를 당한 충격이 전혀 느껴지지 않는다. 할아버지 말에 따르면 경찰도 그리 적극적으로 조사하는 것 같지 않단다.

"그럼 내일 또 올게요."

종이봉투 대신 검은 비닐 가방을 들고 할아버지는 돌아갔다.

그날 밤, 시노부는 오랜만에 고등학교 시절 꿈을 꾸었다. 수학 시험을 보는데 공부를 전혀 하지 않아서 문제를 하나도 풀지 못한 채 시간만 흘러가는, 암울했던 과거 그대로의 꿈이었다. 그런데 엉뚱하게도 옆 자리에 후지노 할머니가 앉아 "1만 5천 엔 하는 슬리퍼를 2만 엔에 팔았으니 5천 엔 벌었지." 어쩌고 하는 것이었다.

끙끙거리며 몸부림치다가 눈을 떴다. 주위가 옅은 어둠에 싸여 있었다. 아아, 다행이다, 라며 그녀는 가슴을 쓸어내렸다. 수학 시험 따위 더는 안 봐도 된다.

그런데 다음 순간, 그녀는 뭔가 이상하다고 느꼈다. 공기가 미세하게 움직였다. 어둠 속에 누군가 있다.

"누구지?"

시노부가 간신히 소리를 내뱉었다. 그 직후 아래쪽에서 바스락, 소리가 났다.

"누구야!"

이번에는 크게 소리를 질렀다. 그러자 출입문이 열리더니 검은 그림자가 후다닥 밖으로 나갔다.

"거기 서!"라고 외치며 침대에서 뛰어내리려던 시노부는 배에 심한 통증을 느껴 으으, 신음을 내뱉고 말았다. 소리를 내기조차 힘들었다. 할머니를 깨우려고 침대를 팡팡 두드렸지만 할머니는 잠에 푹 빠져 일어날 생각을 안 했다.

어둠 속에서 수영하듯 허우적거려 겨우 비상벨을 눌렀다. 그러나 간호사가 나타난 것은 그로부터 몇 분이나 지나서였다.

5

하타나카가 다나카 뎃페이와 하라다 이쿠오의 눈에 띈 것은 월요일의 일이었다.

"야, 저기 하타나카 아니냐?"

학교에서 돌아오는 길이었다. 이쿠오가 가리키는 쪽을 보니 정말 하타나카였다.

"어, 저 녀석 저기서 뭐하는 거지?"

하타나카는 우편함 뒤에 몸을 숨기듯 선 채 언뜻언뜻 얼굴을 내밀었다 뒤로 숨었다 했다.

"대체 뭐하는 짓이야. 뒤로 가서 깜짝 놀래 줄까?"

그런데 뎃페이는 "잠깐 기다려 봐. 아무래도 낌새가 이상해."라며 이쿠오를 말렸다.

둘은 전신주 뒤에 몸을 숨기고 하타나카의 동태를 관찰했다. 누가 보면 중학생씩이나 돼서 숨바꼭질 놀이나 하는 것으로 보일지도 모르겠다고 뎃페이는 생각했다.

"어, 움직인다."

이쿠오가 속삭였다. 하타나카가 우편함 뒤에서 나와 빠른 걸음으로 걷기 시작했다. 뎃페이와 이쿠오는 서둘러 하타나카에게 따라붙었다. 그런데 하타나카는 잠시 후 근처 파출소로 들어가는 것이었다.

"어라, 저 녀석 어디로 들어가는 거야. 무슨 일이지, 뎃페이?"

하지만 뎃페이가 알 까닭이 없었다. 파출소로 들어가는데 왜 사방을 살펴야 하는 것일까.

의아해하고 있는데 하타나카가 나왔다. 둘은 얼른 다시 숨었다.

"저 녀석 뭐하는 거야. 들어가자마자 나오고 말이야."

이쿠오가 부루퉁한 얼굴로 말한다. 그러는 동안 하타나카는 도망치듯 부리나케 걷기 시작했다.

"이쿠오, 우리도 파출소에 가 보자. 그럼 알 수 있을지도 모르잖아."

"오케이."

둘은 파출소로 다가가 내부를 들여다봤다. 그런데 경찰관이 보이지 않는다.

"어, 경찰이 없네. 다들 휴식 중인가……."

이쿠오는 서슴없이 파출소 안으로 들어가 사방을 둘러보았다.

"야, 파출소 안이라는 게 이렇게 지저분하구나."

그때 뎃페이가 "야, 여기 좀 봐."라며 책상 위를 가리켰다. 거기에는 빳빳한 만 엔짜리 지폐가 잔뜩 쌓여 있었다.

"우와, 경찰들도 꽤 부잔가 봐."

"이런 맹추, 자기 돈을 이렇게 아무 데나 놔둘 리 있어? 이거 혹시 하타나카가……."

거기까지 말했을 때 파출소 안쪽에 있는 문이 철커덕 소리를 내며 열렸다.

"뭐야, 너희들!"

얼굴을 내민 사람은 인상이 상당히 무서운 경찰이었다. 그를 본 순간 이쿠오가 먼저 후다닥 도망쳤고 덩달아 뎃페이도 달려 나갔다.

"근데 우리가 왜 도망쳐야 되지?"

모퉁이를 돌 즈음에서야 뎃페이가 물었다. 이쿠오는 숨을 헉헉거리면서 "나도 몰라."라고 했다.

"갑자기 경찰이 나타나니까 나도 모르게 발이 움직였어."

"하지만 신도 아저씨랑은 아무렇지도 않게 얘기하고 그러잖아."

"그 아저씨는 형사라서 괜찮지만 파출소에 있는 경찰들은 어쩐지 기묘하단 말이야."

"그래, 그 심정, 알 것도 같다. 그런데 그 돈, 정말로 하타나카가 두고 간 걸까?"

"그 녀석이 그렇게 큰돈을 파출소에 기부할 이유가 뭐가 있어."

그렇게 말하며 건물 뒤에 숨어 파출소 쪽을 살피던 이쿠오가 갑자기 몸을 움찔했다.

"야, 큰일 났어. 아까 그 경찰이 쫓아오고 있어."

이쿠오는 또 뛰기 시작했다.

"아니 그러니까, 우리가 왜 도망치냐고!"

그러는 뎃페이 역시 뛰고 있었다.

6

뎃페이와 이쿠오가 몹시 숨을 몰아쉬며 병실로 들어왔다. 땀도 뻘뻘 흘리고 있었다.

"얘들 좀 봐. 왜 이렇게 뛰어다녀?"

시노부가 입가에 미소를 띤 채 눈을 찌푸리며 물었다.

"선생님을 빨리 보고 싶어서 그러죠."

뎃페이가 속이 빤히 보이는 인사치레를 하고 나서 "그런데 무슨 일 생겼어요? 밖에 경찰차가 서 있던데요."라고 물었다.

"응, 좀."

시노부는 어젯밤 병실에 침입자가 있었다는 얘기를 두 사람에게 들려 주었다.

"흠…… 밤중에 도둑이 들었나?"

이쿠오가 고개를 갸웃거렸다.

"그런데 병실에 그렇게 쉽게 들어올 수 있어요?"

"그게 바로 이렇게 큰 병원의 한계야. 정면 출입구를 통해 들어오는 사람은 체크하지만 건물 옆쪽에 있는 직원용 출입구는 거의 무방비 상태거든. 그리고 일단 들어오고 나면 환자와 구별이 안 되니까 당당하게 돌아다닐 수 있는 거지."

"네에? 사람의 생명을 책임지는 병원이 그러면 곤란하죠."

겨우 중학교 2학년인 주제에 이쿠오는 마치 아저씨 같은 말투였다.

"그래서, 뭐 도둑맞은 거라도 있어요?"

"나는 없는데, 할…… 아니, 후지노 씨는 종이봉투를……."

"정말요?"

뎃페이가 할머니 쪽을 돌아보았다.

"정신 나간 도둑이야. 노인네 속옷을 훔쳐서 얻다 쓰겠다고."

"히지만 엊그제는 집에 빈집 털이범이 들어왔고 어제는 병실에……, 그러니까 범인은 후지노 씨의 무언가를 노리는 거 아닐까요?"

시노부가 물었다. 경찰 역시 그 점을 이상하게 여기는 듯, 몇 번이나 할머니에게 그 같은 질문을 했다. 그러나 할머니는 아는 게 없다는 대답뿐이었다.

"우연이겠지."

이번에도 할머니는 무심히 대답했다.

시노부도 침대에 누운 채 참고인 조사를 받았지만 범인의 인상착의도 체격도 거의 보지 못했고 남자인지 여자인지조차 모르니 수사에 도움이 될 것 같지 않았다. 목격자도 전혀 없는 터라 형사는 떨떠름한 표정을 지었었다.

혼마 요시히코가 병실에 나타난 것은 시노부가 그런 생각을 떠올리고 있을 때였다.

"그렇게 뛰시면 안 돼요."라고 외치는 간호사의 목소리에 이어 후닥닥 달려오는 발소리가 들리는가 싶더니 그가 문을 부수기라도 할 기세로 열고 들어왔다.

"시노부 씨, 괜찮으세요?"

혼마는 바닥에 무릎을 꿇더니 시노부의 얼굴을 뚫어져라 들여다보았다.

"아아, 다행이다. 도둑이 들었다는 얘기를 아래층에서 들었을 때는 심장이 멎는 줄 알았습니다."

"허풍은……."

하라다 이쿠오가 그런 말을 툭 내뱉었지만 혼마는 전혀 동요하는 기색이 없었다.

"보안이 이렇게 허술해서야 원. 이런 병원에 선생님을 계속 맡겨 둘 수는 없어요."

그는 혀를 끌끌 찼다.

"범인을 검거할 단서는 찾았겠죠? 국민의 세금으로 먹고사는 경찰이니 일을 똑바로 해야지 말이야……."

"네, 뭐…… 형사들이 열심히 조사하고 있겠죠."

단서가 없다는 말은 할 수 없어 시노부는 애매하게 얼버무리고 넘어갔다. 그리고 이럴 때 신도가 오면 괜히 얘기가 더 복잡해지겠다고 생각하는 찰나, 귀에 익은 목소리가 들려왔다.

"아, 다들 계시는군요."

그러면서 태평스럽게 들어온 신도를 혼마는 핏발 선 눈으로 노려보았다.

"아니, 그렇게 빈둥거려도 되는 겁니까? 범인에 관한 단서는 찾았어요?"

느닷없이 욕을 얻어먹자 신도 역시 눈을 부라렸다.

"내 담당이 아닙니다."

"시름 남낭이냐 아니냐를 따질 때예요? 이보다 중요한 일이 어디 있어요!"

"나도 그러고 싶지만 담당 구역이라는 게 있어서 말이죠!"

"그럼 이 사건 담당은 누굽니까? 경찰이라고는 코빼기도 안 보이잖아요."

"거, 왜 그렇게 화를 냅니까?"

"당연하지 않아요? 시노부 씨가 습격을 당했는데, 범인이 괘씸하지도 않습니까?"

시노부는 습격을 당한 건 아니라고 말하고 싶었지만 혼마의 핏발 선 눈을 보자 입이 떨어지질 않았다.

"물론 괘씸하죠. 하지만 그렇게 안달해 봐야 소용없어요. 그리고 경찰이 적은 것은 이유가 있어요. 조금 전 이 관내에서 중대한 사건의 단서가 될 만한 물건이 발견됐단 말입니다. 그래서 다들 탐문 수사에 동원됐어요."

"뭐죠, 그 중대한 사건이라는 게?"

이번에는 시노부가 물었다.

"위조지폐 사건입니다. 최근에 위조지폐가 나돌기 시작해서 본격적으로 수사가 시작된 참인데 그게 생각지 못한 곳에서 나왔어요."

"생각지 못한 곳이라니요?"

"놀랍게도 파출소 책상 위였어요. 경찰이 잠시 자리를 비운 사이에 누군가 두고 갔나 봐요. 그래서 지금 파출소 주변에서 대대적으로 탐문 수사를 하고 있어요."

"어머, 위조지폐라고요?"

시노부는 별 관심 없이 대꾸하다가 왠지 이상한 느낌이 들어 고개를 옆으로 돌렸다. 그러자 다나카 뎃페이와 하라다 이쿠오의 백지장처럼 하얗게 질린 얼굴이 눈에 들어왔다.

"토요일 아침에 학교 가다가 주웠어요. 쓰레기장에 떨어져 있었어요."

하타나카 히로시는 머뭇거리며 이야기를 시작했다. 이곳은 병원 대합실. 질문하고 있는 사람은 관할 서의 형사다. 주위에는 시노부와 두 악동도 있었다. 참고인 조사를 할 때처럼 딱딱한 분위기는 아니다.

"어디 있는 쓰레기장인데?"

형사가 물었다.

"1가에 있는 우체국 뒤요."

"우리 집 근처잖아."

뎃페이가 눈을 둥그렇게 떴다.

"어떻게 떨어져 있었어?"

"어떻게…… 쓰레기봉투 뒤에 뚝…….."

"돈 말고 다른 건 없었니?"

"잃었던 것 같아요."

"진짜 돈인 줄 알았겠구나?"

형사의 질문에 하타나카는 크게 고개를 끄덕였다.

"그렇게 생각했어요."

"그런데도 파출소로 안 가져갔다?"

"죄송해요."

하타나카가 고개를 푹 숙였다.

"신고해야 한다고 생각은 했는데……."

"결국은 가져다 놓았으니까 된 거잖아요."

이쿠오가 옆에서 하타나카를 변호했다.

"그래도 파출소 책상 위에 그냥 놓고 가면 곤란하지."

형사의 눈초리가 살짝 매서워졌다.

"죄송해요, 늦게 신고해서."

하타나카는 불쌍할 정도로 기가 죽어 있었다. 시노부가
그쯤 했으면 된 것 같다고 생각했을 때 형사가 수첩을 탁 덮
었다.

"앞으로는 즉시 신고하도록 해. 진짜 돈이든 가짜 돈이든."

형사가 농담조로 말했지만 웃는 사람은 아무도 없었다.

형사가 돌아간 후 하타나카는 시노부에게 고개를 숙였다.

"오랜만에 선생님 뵙는 건데 너무 부끄러운 짓을 했어요."

"슬쩍하려고 그런 거 아니니까 부끄러울 거 없어."

시노부는 그렇게 하타나카를 위로했다.

"그런데 말이야, 그렇게 잘 만들었어?"

"네, 정말 잘 만들었더라고요."

하타나카는 힘주어 고개를 끄덕였다.

"그게 가짜라니, 지금도 믿기지 않아요. 종이가 좀 얇다 싶기는 했지만."

"오코노미야키 가게에서 사용했는데도 안 들켰어?"

이쿠오의 짓궂은 농담에 하타나카는 얼굴을 찡그렸다.

"그 얘기는 하지 마. 마음이 아리다."

"어머, 그런 멋진 말도 할 줄 알아? 역시 중학교 2학년이 다르네."

시노부의 말에 하타나카는 그제야 평소의 웃는 얼굴로 돌아왔다.

7

다음 날 저녁, 신도와 혼마가 나란히 병실에 나타났다.

"아이고, 공주님이 따로 없네."

옆 침대에서 후지노 할머니가 한마디 한다.

"두 왕자님이 나란히 오셨군. 공주님이 좀 덜렁거려서 문제기는 하지만."

"신사협정을 맺었거든요."

혼마가 할머니와 시노부를 번갈아 보면서 설명했다.

"제가 오사카에 있는 동안은 혼자 몰래 면회 오지 않기로 했습니다."

"그럼 재미없지."

할머니가 말한다.

"자고로 연애에는 밀당이 있어야 하는 거야."

"할아버지도 밀당을 하셨어요?"

신도가 물었다. 할머니는 부끄러운 기색도 없이 당당하게 고개를 끄덕였다.

"했고말고. 내가 이래 봬도 왕년에는 별명이 선녀였을 정도로 한 미모 했거든. 남자들이 벌 떼처럼 달려들어서 일일이 얼굴을 기억하기도 벅찰 정도였으니까. 결혼해 주지 않으면 죽어 버리겠다는 남자가 최소한 스무 명은 됐을걸."

"아아, 그러셨어요. 대단하시네요."

"저도 그렇습니다."

혼마가 시노부에게 미소를 지어 보였다.

"시노부 선생님과 결혼할 수 없다면 차라리 죽는 게 나아요."

"어, 이 사람이! 은근슬쩍 점수를 따려고 수작을……."

"점수를 따려는 게 아니라 진심이야. 시노부 선생님, 내가 죽어도 괜찮습니까?"

"괜찮아, 괜찮아."

"그쪽한테 물은 게 아니잖습니까."

"내가 선생님 대신 대답한 거예요."

"그렇게 나서면 선생님이 싫어해요."

"그렇게 거들먹거리면 더 싫어하죠."

"제발 그만들 해요!"

결국 시노부가 나섰다. 이 두 남자가 입씨름을 시작하면 이만저만 골치 아픈 게 아니다.

"싸울 거면 돌아가요."

그녀에게 야단맞은 두 남자는 금세 풀이 죽었다.

그때 할머니가 침대에서 내려오면서 "저렇게 좋아서 죽는 시늉을 하는 것도 젊을 때 얘기지. 바보 같은 짓을 보고 있으니 산책이라도 가야겠다."라고 말한 후 밖으로 나갔다.

할머니가 나가는 모습을 지켜보던 시노부는 신도에게 물었다.

"위조지폐 사건은 진전이 좀 있었어요?"

"여기 오기 전에 관할 서에 문의해 봤는데 아직 별 진전이 없는 것 같습니다."

"경찰이 너무 태만한 거 아닌가."

흔미기 이죽기티사 신노는 곁분으로 그를 쏘아보았다.

"다시 한 번 말하지만 나는 수사 1과 형사라고요. 위조지폐와는 상관이 없다니까."

"하타나카 군의 증언이 도움이 좀 됐나요?"

두 사람이 또 입씨름을 벌이려 하자 시노부가 서둘러 질문을 던졌다.

"아직까지는 별로요."

신도가 고개를 저었다.

"그곳에 버려졌다고 해서 범인이 그 근처 사람이라고 단정할 수는 없으니까요. 하지만 귀중한 증언인 건 틀림없어요. 그러니까 경찰도 공개하지 않는 거겠죠."

"공개할 경우 그 일대 사람 모두가 만 엔짜리만 보면 의심의 눈초리를 보내겠지. 자기 돈도 위조지폐가 아닐까 하고 말이야."

"하타나카 말로는 진짜와 구별하기 힘들 정도라던데."

시노부의 말에 신도가 고개를 끄덕였다.

"아무래도 컬러복사기를 사용하긴 했겠지만 색감이나 촉감을 진짜와 가깝게 하려고 상당히 손이 많이 가는 과정을 거쳤다고 해요."

"위조지폐에 특징 같은 건 없었어요?"

"숨은 그림이 없답니다. 그리고 하타나카 군도 말했지만 종이가 좀 얇고요. 또 한 가지 큰 특징은 일련번호가 같은 지폐가 여러 장이라는 겁니다. 복사를 했으니 그럴 수밖에 없겠죠."

"지폐의 일련번호 따위를 일일이 본 적이 없어요. 어디에 찍혀 있는지도 잘 모르는걸요."

"초상화 아래쯤 있지 않나요?"

혼마가 윗도리 안주머니에서 지갑을 꺼냈다.

"하지만 위조지폐를 알아보지 못하는 사람에게도 문제가 있다고 봐요. 진짜인지 가짜인지 정도는 직감으로 알아야죠. 어디 보자…… 아! 역시 초상화 밑에 번호가 있어요."

혼마는 시노부가 잘 볼 수 있도록 지폐를 내밀었다.

"신권인 것 같은데요."

신도가 옆에서 말했다.

"그래요. 후지노 씨가 티켓 값으로 준 겁니다. 여기 한 장 더 있어요."

혼마는 지갑에서 지폐 한 장을 더 꺼내 두 장을 나란히 놓았다.

순간, 침묵이 세 사람을 덮쳤다.

두 지폐의 일련번호가 똑같았다.

　위조지폐범은 수요일 낮에 붙잡혔다. 후지노 노인이 가게 문을 닫고 집을 나선 직후 숨어든 범인을 집 안에서 잠복하고 있던 수사관이 체포한 것이다. 범인은 스무 살의 대학생으로 그 근처 아파트에서 혼자 살고 있었다. 위조지폐는 아르바이트하는 곳에 있는 컬러복사기를 사용해서 만들었다고 한다. 아파트에 종이와 염료 등이 어지럽게 널려 있었다.

　"사건이 드러나게 된 계기는 학생의 어머니가 갑자기 시골에서 올라온 것이었어요."

　신도의 설명을 시노부는 침대에 누운 채 마치 자장가처럼 듣고 있었다.

　"범인은 당황했죠. 집 안이 온통 위조지폐로 어지럽혀져 있었으니까요. 그래서 그걸 전부 쓰레기 봉지에 쑤셔 넣어 두었는데, 원래 어머니란 사람들은 쓸데없는 수고를 자처하는 게 일이라 그걸 굳이 내다 버렸던 겁니다. 범인은 안달이 났죠. 허둥지둥 찾아 나섰지만 이미 없어진 후였어요. 그래서 부근을 이리저리 뛰어다니다가 눈에 익은 쓰레기 봉지를 들고 집 안으로 들어가는 담배 가게 할아버지를 목격했던 겁니다."

　후지노 할아버지의 고백에 따르면 살짝 벌어져 있는 쓰레기 봉지의 입구로 돈다발이 보였다고 한다.

노인은 그 돈을 어떻게 처리하면 좋을지 의논하려고 병원에 왔지만 시노부를 비롯해 여러 사람이 있자 아무 얘기도 못하고 그냥 돌아간 것이다.

"범인은 어떻게든 그것을 회수하려고 발버둥을 쳤죠. 후지노 씨 집에 몰래 들어가기도 하고 이 병실에 침입하기도 하고. 덕분에 경찰이 판 함정에 보기 좋게 걸려들었어요."

범인이 반드시 위조지폐를 찾으러 다시 올 것이라고 판단한 경찰은 후지노 씨 집에 형사를 잠복시키고 할아버지를 외출하도록 했다. 잠복 첫날 사냥감이 걸려들었으니 더없이 통쾌한 일이었다.

"그런데 할머니,"

시노부가 후지노 할머니를 보면서 물었다.

"그 돈에 대해 언제 알게 되셨어요?"

할머니는 부루퉁한 표정으로 입을 다물고 눈을 감더니 잠시 후 이야기를 시작했다.

"……우리 그 양반이 가방을 들고 온 다음 날이었어. 갈아입을 옷을 꺼내려고 하는데 돈뭉치가 들어 있는 거야. 꿈이 아닌가 싶었지."

"그리고 할아버지와 의논해서 시치미를 떼기로 하신 거군요."

"시치미를 떼다니, 거 듣기 거북하네."

할머니가 눈을 떴다.

"주운 걸 가졌을 뿐이라고."

"그래도 범인이 몇 번씩이나 돈을 찾으러 왔는데 걱정되지 않으셨어요?"

그러자 할머니는 "쳇." 하고 시노부를 쏘아보았다.

"그런 식으로 찾으러 온다는 건 정상적인 돈이 아니라는 얘기잖아. 그런 돈을 우리가 가진들 누구에게 피해가 가겠어. 오히려 안심이지."

할머니의 대답에 시노부와 신도는 서로를 마주 보며 씁쓸하게 웃었다.

"할머니, 돈이 진짜가 아니라서 많이 서운하셨겠어요."

"그게 지금도 믿기지 않아. 그 혼마인가 뭔가 하는 사람에게 준 돈이 위조지폐라는 말을 들었을 때는 거짓말하는 줄 알았다니까. 내가 시치미 떼고 있다는 걸 털어놓게 하려고 말이야."

역시 할머니 자신도 시치미를 떼었다고 생각하는 모양이었다.

"좋은 일이 어디 그렇게 쉽게 일어나나요."

신도가 껄껄 웃었다.

그때 문이 열리고 혼마가 들어왔다. 신도의 웃음소리가 갑자기 끊겼다.

"아직도 오사카에 있는 겁니까?"

"이제 돌아가려는 참이에요."

혼마는 신도에게 부딪칠 듯한 기세로 시노부 옆까지 왔다.

"금방 다시 올 겁니다. 그때까지 기다려 주세요."

"아, 네……."

혼마의 기세에 압도된 듯 시노부는 눈을 동그랗게 뜨고 고개를 끄덕였다.

"그럼 이만 실례하겠습니다. 그런데 그 전에……."

혼마가 갑자기 몸을 획 돌리더니 후지노 할머니를 보았다.

"할머니, 2만 엔 돌려주세요. 그 가짜 돈은 경찰에 몰수당했단 말이에요. 네? 할머니, 돌려주세요."

할머니는 머리 꼭대기까지 담요를 뒤집어쓰더니 드르렁드르렁 코 고는 시늉을 했다.

시노부 선생님의 이사

1

사건이 발생한 집은 히가시나리 구 오이마자토, 지도로 봐서는 지하철 센니치마에 선 이마자토 역에서 북동쪽으로 불과 몇백 미터 들어간 곳에 있었다. 그런데 복잡하게 뒤얽힌 길이 사방팔방으로 뻗어 있는 데다, 가다 보면 막다른 골목인 경우도 있어 좀처럼 목적지가 나오지 않았다. 간신히 도착해 보니 한밤중임에도 집 앞에 구경꾼이 우글거렸다. 2층짜리 다세대 주택의 맨 끝 집이다.

"아, 높은 분, 이제 출근하십니까."

구경꾼을 헤치고 집 안으로 들어서자마자 들려온 소리였다. 소리 나는 쪽으로 고개를 돌리니 선배 우루시자키가 부엌에서 환풍기에 대고 담배를 피우고 있었다.

"이렇게 밤중에 불러내니까 그렇죠. 택시 잡는 데만도 한참 걸렸다고요. 게다가 이쪽 길은 또 왜 그리 복잡한지."

신도는 안으로 들어가 우루시자키 옆으로 갔다. 한 평 반 정도의 작은 부엌이라 여기서 식사까지 했을 것 같지는 않다. 부엌 옆에는 세 평 크기의 방이 있었다. 욕실은 그 안쪽에 있을 것이다. 바로 앞에 2층으로 올라가는 계단이 있다.

"현장은요?"

신도가 묻자 우루시자키가 엄지손가락으로 위를 가리켰다.

"자, 올라가 보지."

우루시자키의 뒤를 따라 경사가 급한 목제 계단을 오르자 관할 서의 수사원들이 인사를 했다.

2층에는 각각 세 평짜리와 두 평이 약간 넘는 다다미방이 있었다. 큰 방에 이부자리가 한 채 펼쳐져 있고 그 위에 검붉은 피가 얼룩져 있다. 으, 하고 신도는 신음을 삼켰다.

"사체는 조금 전에 실어 갔어. 신도 자네가 납시기 전에 말이지."

"자꾸 그렇게 빈정거리실 겁니까?"

"성별은 남자. 나이는 마흔이 갓 넘었을까. 인상은 그리 좋다고 할 수 없고, 옷차림은 더러운 바지에 그보다 더 더러운 점퍼. 신원은 미상."

"미상?"

신도가 미간을 찌푸렸다.

"왜요, 피해자가 이 집에 사는 사람이 아닌가요?"

"그래, 아니야."

우루시자키는 입이 찢어져라 하품을 하면서 고개를 저었다.

"그럼 이 집 사람은 어디 있나요? 아무도 안 보이는데요."

신도가 사방을 두리번거렸다.

"이 집에 사는 사람은 단 한 명, 1인 가구야. 지금 히가시나리 경찰서에 연행돼 있지. 어쨌든 가해자니까 말이야."

"가해자요?"

의외라는 듯이 되묻고 난 신도는 곧 고개를 크게 끄덕거렸다.

"아아, 그런 거군요. 그럼 피해자의 신원도 금방 밝혀지겠네요. 범인에게 들으면 될 테니까요."

"그게 그렇지가 않아. 살해한 본인이 이 남자를 전혀 모른다고 하니까 말이야."

"네에?"

신도가 입을 쩍 벌렸다.

"알지도 못하는 남자를 죽였다고요? 어떻게 그런 일이……."

"남자가 밤중에 갑자기 침입했대. 모르는 사람이라서 신변에 위협을 느껴 반사적으로 공격했는데 상대가 쓰러지더라는 거야."

"어, 그러면 혹시……."

"그래."

우루시자키가 아랫입술을 쑥 내밀며 고개를 끄덕였다.

"도범 등 방지법을 적용할지 말지가 문제겠지."

'노범 등 빙지법' 제1조에는 정당방위 특별 조항이 있다. 절도를 목적으로 침입한 자를 공포를 느끼거나 놀라서 살상했을 경우 죄를 묻지 않는다는 내용이다.

"이 집 주인은 여자인가요?"

"응."

"그렇다면 꼭 돈이 목적이었다고 볼 수도 없겠군요. 육체를 노렸을 가능성도 있으니 말입니다."

신도는 '육체'라는 단어를 유난히 강조하며 말했다.

"이 건은 정당방위가 성립할 공산이 크겠는데요. 물론 과잉 방어의 가능성도 일단은 생각해 봐야겠지만요."

"당연한 일이지만, 죽일 마음은 없었다고 하는 모양이야. 밤중에 일어나서 화장실에 갔다가 2층 침실로 돌아가려고 계단을 올라가는데 2층에서 뭔가 소리가 나더라는 거야. 그래서 현관에 있는 게이트볼 스틱을 집어서……."

"아니, 잠깐만요."

신도가 손을 들며 우루시자키의 말을 끊었다.

"게이트볼이라고요? 이 집 주인이 대체 몇 살인데요?"

"올해 예순둘의 부인이야. 그러니 육체를 빼앗길 위험성은 없다고 말하면 곤란하지. 여성 단체에서 들고 나설걸?"

"예순둘, 게이트볼 스틱……."

죽은 남자도 참 원통하겠다고 신도는 생각했다.

우루시자키와 신도는 히가시나리 경찰서에서 예의 부인과 마주했다. 이름은 마쓰오카 이네코. 밝은 연두색 카디건을 입은 부인은 야윈 탓에 나이보다 훨씬 늙어 보이고 혈색도 좋지 않았다.

"게이트볼 스틱을 들고 살금살금 계단을 올라가 보니 작은 방 쪽에서 무언가 움직이고 있었어요. 자세히 보니 사람 형체더라고요. 누구냐고 물었더니 남자가 갑자기 일어나서 덤벼드는 거예요. 얼마나 무섭던지. 이부자리가 깔려 있는 방까지 쫓겨 갔을 때는 이제 죽는구나 생각했어요. 그래서 저도 모르게 스틱을 휘둘렀죠. 제정신이 아니어서 그 사람이 거기에 맞았는지 어쨌는지 느낄 겨를이 없었어요. 정신을 차리고 보니 남자가 쓰러져 있더군요. 이불은 피로 얼룩져 있었고요. 그 후로도 10여 분은 그저 멍한 상태였어요. 주저앉은 채 다리가 움직여 주지 않았습니다. 그래도 겨우겨우 기어서 계단을 내려가 전화기 있는 데까지 갔죠. 그런데 참, 사람이라는 게, 급하니까 아무 생각도 안 나더라고요. 경찰에 전화를 해야 하는데 번호가 떠오르질 않는 거예요, 110인지 101인지. 그러다가 간신히 전화가 걸려서 상황을 설명하고 경찰이 출동하게 된 거예요."

마쓰오카 이네코는 담담하게 사건의 전말을 설명했다. 이미 관할 서의 형사들에게 한 번 했던 얘기라 그런지 내용에

보눈이 없고 앞뒤가 정연하게 들어맞았다.

"남자의 얼굴은 봤습니까?"

우루시자키가 묻자 마쓰오카 이네코는 얼굴을 찡그리면서 고개를 끄덕였다.

"내키지는 않았지만 봤습니다. 만에 하나 아는 사람이라면 정말 몹쓸 짓을 한 거라는 생각에."

"아는 사람이던가요?"

이번에는 신도가 물었다. 이네코는 고개를 세게 저었다.

"전혀 본 적 없는 사람이었어요. 그렇다고 죽어도 상관없다고 생각하는 건 아니에요. 큰일을 저질렀다고 생각합니다."

고개를 푹 꺾고 얘기하던 그녀는 끝내 눈물을 흘렸다.

"집에 금품이 있다든지, 그런 유의 얘기를 최근에 어디선가 한 적이 있으세요?"

이네코의 눈물을 봐서일까, 우루시자키의 말투가 한층 부드러워졌다.

"떠벌린 건 아니고, 어제 낮에 은행에서 4백만 엔을 꺼내 왔어요. 실버타운 신청금을 내려고요. 그 돈을 2층 서랍장에 넣어 두었어요."

"4백만 엔……, 그 같은 사실을 누군가에게 얘기했나요?"

"그런 기억은 없어요. 하지만 은행에서 돈을 찾을 때 누가 봤을지는 모르죠. 산쿄 은행 모리노미야 지점이에요."

"산쿄 은행 모리노미야 지점이라……."

우루시자키가 팔짱을 끼었다.

죽은 남자의 신원이 밝혀진 건 사건 발생으로부터 사흘째 되는 날이었다. 신문에 실린 몽타주를 보고 자신이 아는 남자와 닮았다고 신고한 사람이 있었던 것이다. 죽은 남자에게 10만 엔을 빌려준 적이 있고, 그 돈을 받기 위해 마침 남자를 찾고 있었다는 에지마라는 사람이었다.

보고를 받은 신도는 히가시나리 경찰서로 출동했다.

에지마에 따르면 죽은 남자의 이름은 나가야마 가즈오. 전과가 있어 지문을 대조한 결과 사실로 확인되었다.

나가야마 가즈오의 현주소 역시 에지마에 의해 밝혀졌다. 그런데 서류를 보던 신도가 자신도 모르게 소리를 질렀다.

"왜 그러십니까?"

히가시나리 경찰서 형사가 물었다.

"아니, 아무것도 아닙니다. 그보다."

신도가 목소리를 낮추었다.

"이 아파트 탐문 조사, 제가 하게 해 주십시오."

"급히 부르시길래 무슨 좋은 일이라도 있나 하고 달려왔더
니만, 대체 이게 뭐예요!"

종이 상자에 책을 담으면서 다나카 뎃페이가 투덜거렸다.

"불평 그만해. 어차피 봄 방학이라 놀고 있었으면서."

시노부는 서랍장 안에 있는 옷을 정리하면서 말했다.

"뎃페이는 몰라도 저는 한가하지 않다고요. 다카시마야 백
화점에서 트레이너랑 청바지 세일해서 거기 가려고 했단 말
이에요. 그런데 뎃페이가 이쪽이 훨씬 재미있을 거라고 해서
따라왔더니 이삿짐이나 싸게 하고, 저는 완전 망했어요. 최
대의 피해자는 저라고요."

이번에는 그릇을 신문지에 싸서 종이 상자에 담고 있던 하
라다 이쿠오가 투덜투덜 불평을 늘어놓았다. 뎃페이와 이쿠
오는 시노부의 옛 제자들이다.

"거참, 말 많네. 에이, 할 수 없다. 이쯤에서 잠깐 좀 쉬자."

시노부가 청바지를 탁탁 털면서 일어섰다.

"다과도 물론 있겠죠?"

옳다구나 하고 식탁에 앉으면서 뎃페이가 할아버지 같은
소리를 한다.

"미리 말해 두는데, 싸구려 모나카 같은 거 주면 안 먹을 거

예요."

"너, 선생님을 뭘로 보고. 내가 그런 거나 먹을 사람이야?"

그러고서 시노부가 꺼내 온 요구르트 타르트를 보며 뎃페이와 이쿠오는 손뼉을 쳤다.

"역시 우리 선생님이라니까. 맛있는 건 잘도 아셔."

"선생님이 먹는 거에는 꽤 까다롭잖아."

"먹고 싶으면 빨리 손 씻고 와."

시노부의 명령에 두 사람은 초등학교 시절처럼 세면실로 뛰어갔다.

"야, 시간 진짜 빠르다. 우리가 초등학교 졸업한 지 벌써 2년이야."

요구르트 타르트를 허겁지겁 먹으며 뎃페이가 말했다.

"드디어 시노부 선생님이 부활하는 거지. 선생님, 수업 어떻게 하는지 까먹지 않으셨어요?"

"말이 나와서 말인데, 실은 좀 걱정이야."

시노부의 대답에 두 사람은 의외라는 듯이 눈을 동그랗게 떴다.

"어라, 선생님답지 않게 무슨 그런 약한 말씀을 하세요."

이쿠오는 또 날름거리며 타르트를 먹었다.

"늘 자신만만하시던 분이."

"누가 자신만만했다고 그래, 나같이 겸손한 사람을 두고?"

일순 눈을 치켜떴던 시노부는 그러나 이내 어깨를 축 늘어뜨리며 한숨을 쉬었다.

"어쨌든 2년이나 학생들을 안 대했잖아. 학교에 복귀했을 때 아이들의 섬세한 감성을 제대로 이해할 수 있을까, 그 점이 좀 불안해."

"저희들을 대하셨잖아요."

이쿠오의 말에 뎃페이도 "맞아요, 맞아."라며 고개를 끄덕였다.

"너희들을 대해서 무슨 소용이야, 이미 중학생인데. 섬세하기는커녕 섬찟하구먼."

"뭐예요, 그게!"

둘이 동시에 외쳤다.

과거 오지 초등학교에서 교편을 잡았던 다케우치 시노부는 좀 더 훌륭한 교사가 되기 위해 효고 현에 있는 대학에 파견 유학을 했다. 그 2년의 유학 기간을 무사히 보내고 다음 달에 드디어 교사로 복귀하는 것이다. 혼자서 차분하게 공부하려고 빌린 이 아파트도 다음 주면 비우고 본가로 돌아갈 예정이다.

"이번에는 아베노에 있는 분부쿠 초등학교로 가신다면서요? 거긴 수준 높기로 유명한 학콘데. 학부모들도 까다롭고요."

이쿠오가 아픈 곳을 찔렀다.

"수준은 높지만 학생 수는 적어. 그러니까 학생 한 명 한 명에게 다 주의를 기울일 수 있다는 얘긴데, 그만큼 교사의 영향력이 크고 책임이 막중하다고 할 수 있지."

"뭐, 너무 걱정하지 마세요. 선생님이 누구신데요. 잘하실 거예요, 그럼요."

그러면서 뎃페이는 시노부의 어깨를 툭툭 두드렸다.

"너한테 격려를 다 받다니, 선생님도 끝났다, 끝났어."

한숨 섞인 목소리로 말했을 때 현관 벨이 울렸다. 도어 렌즈로 내다보니 신도가 벙글거리며 서 있다. 시노부는 살짝 놀라면서 문을 열었다.

"신도 씨, 이런 대낮에 어쩐 일이에요?"

"아니, 저⋯⋯ 이 아파트에 볼일이 있어서요."

그리고 방 안으로 눈길을 돌리넌 신도는 이내 떨떠름한 표정을 지었다.

"뭐야, 또 너희들이니?"

"무슨 인사가 그래요? 저희, 놀러 온 거 아니거든요. 이사 준비 도우러 왔단 말이에요."

뎃페이가 항의하듯 말했다.

"아, 그렇구나. 드디어⋯⋯. 참 세월 빠릅니다."

"신도 씨, 이 아파트에는 무슨 볼일로?"

"아, 실은 옆집에 사는 분을 만나러 왔습니다. 그런데 지금인 게신 것 같더군요."

"안자이 씨를요?"

"네. 그분과 교류가 있으신가요?"

"교류랄 것까지는……. 그분, 이사 온 지 한 달도 안 됐거든요."

"아, 그래요."

"두 주나 됐을까……."

삼십 대 중반 정도로 보이는 호리호리하고 예쁜 여성과, 초등학교 5학년쯤 된 여자아이였다. 안자이 요시코라는 문패가 붙어 있었다. 그리고 세 번 정도 중년 남자가 드나드는 것을 목격한 적이 있다.

"그 남자, 안자이 요시코와 내연 관계인 나가야마 가즈오라는 사람일 거예요. 실은 나가야마가 살해당했어요."

"네에?"

신도의 말에 시노부는 놀라 눈을 크게 떴다.

신도는 히가시나리 구에서 발생한 사건에 대해 설명해 주었다. 현장이 시노부의 아파트에서 그리 멀지 않은 곳이었다. 기껏해야 2킬로미터쯤 될까.

"아직까지 조용한 걸 보면 나가야마 씨가 죽었다는 사실을 모르는가 보군요. 하지만 아무리 내연 관계라고 해도 연락이 끊겼는데 신고하지 않는 게 이상하잖아요. 그래서 이렇게 직접 와 본 거죠."

"게다가 선생님 집도 여기 있고 말이죠."

이쿠오가 히죽거리며 말했다.

"뭐, 그 점도 부인할 수는 없지."

신도가 솔직하게 말했다.

그때였다. 옆집에서 소리가 났다. 말소리도 함께 들렸다. 안자이 모녀가 돌아온 모양이었다. 신도의 얼굴에 순간 긴장이 감돌았다.

"잠시 다녀오겠습니다."

신도가 나가자 시노부는 통로 쪽으로 면한 부엌의 창문을 살짝 열고 이웃집을 내다봤다. 문을 연 안자이 요시코에게 신도가 정중하게 용건을 전하자 요시코의 입에서 비명이 터져 나왔다. 역시 사건에 대해 모르고 있었던 것이다.

몇 분 후, 신도가 안자이 요시코를 데리고 아파트를 나섰다.

3

신도가 요시코를 데리고 간 지 한 시간쯤 지났을 무렵, 베란다로 통하는 유리문 앞에 서 있던 뎃페이가 시노부를 손짓해 불렀다.

"선생님, 저 아이, 뭐하고 있는 거죠?"

뎃페이는 유리문 너머로 옆집 베란다를 가리켰다. 요시코의 딸이 난간에 턱을 괴고 먼 곳을 바라보고 있었다. 그런데 놀라운 것은 그 애가 귀에 이어폰을 꽂고 오른발로 리듬을 맞추고 있다는 사실이었다.

"가까운 사람이 죽은 느낌은 아닌데요."

뎃페이도 시노부와 비슷한 느낌을 받은 듯했다.

시노부는 베란다로 나가 청소를 하는 척했다. 여전히 얼굴을 정면으로 향한 채 서 있는 여자아이는 옆으로 살짝 째진 커다란 눈, 예쁘게 흐르는 턱선 등 충분히 미소녀로 통할 만한 얼굴이다.

"애, 뭐하고 있니?"

시노부가 말을 건넸다.

여자아이는 한 박자 늦게 시노부 쪽을 돌아보더니 귀에서 이어폰을 뺐다.

"네?"

"뭐 듣고 있어?"

"아아……."

아이의 입가에 희미하게 미소가 어렸다.

"오자키 유타카요."

취향이 어둡네, 하고 시노부는 생각했다.

"그렇구나. 그 사람, 젊은 나이에 죽었지."

"재능이 있는 사람일수록 일찍 죽죠."

그렇게 말하고서 여자아이는 어깨를 으쓱했다.

"꼭 그런 건 아니겠지만요."

"엄마는?"

"경찰서에요. 아는 사람이 죽어서."

"아……."

아는 사람, 이라고 하는 여자아이의 말투는 전혀 부자연스럽지 않았다.

"우리 집에 와서 차 마실래? 케이크도 있는데, 요구르트 타르트."

여자아이는 잠시 망설이는 눈치를 보였다.

"가도 괜찮아요? 손님 있는 거 아니에요?"

"손님? 아아, 일 도와주러 온 아이들이야. 신경 안 써도 돼. 그럼 차 끓여 놓고 기다릴게."

방으로 돌아온 시노부는 뎃페이와 이쿠오에게 어질러진 방을 치우라고 했다.

"네, 네, 뭐든 시키는 대로 다 합죠. 어차피 우리는 일 도와주러 온 아이들이니까요."

"그것도 무료 봉사요. 아, 이럴 줄 알았으면 케이크 다 먹어버리는 건데."

둘은 또 투덜거렸다.

벨이 울리고 여자아이가 들어왔다. 시노부는 홍차와 함께 밤에 먹으려고 남겨 두었던 케이크를 내왔다.

"케이크 같은 거 오랜만이네."

아이는 하얀 이를 드러내며 웃어 보였다.

여자아이의 이름은 치즈루라고 했다. 시노부는 자신을 소개한 뒤 뎃페이와 이쿠오에 대해서도 설명했다. 두 사람이 살짝 긴장한 듯 보이는 것은 치즈루가 예상보다 훨씬 예쁘기 때문일 것이다.

"초등학교 선생님이시라고요? 이렇게 젊은 선생님도 있구나. 저는 지금껏 할아버지 할머니한테서만 배웠어요."

"그렇게 젊은 것도 아니야."

뎃페이가 쓸데없는 소리를 했다. 시노부는 테이블 밑에서 뎃페이의 허벅지를 꼬집었다.

"일하는 여자, 멋져요. 독립적인 느낌이고."

"치즈루는 뭐가 되고 싶어?"

"음…… 전 간호사가 되고 싶어요. 병원 침대에서 아파하는 사람을 보면서 커서 꼭 간호사가 되고 싶다는 생각을 했어요."

"와, 대단해. 고개가 숙여지네."

이쿠오가 그렇게 말하더니 정말로 고개를 꾸벅 숙였다.

"그런데 저, 묻고 싶은 게 있는데, 기분 나쁘다면 미안해. 아까 아는 사람이 죽었다고 했잖아. 그 사람, 가끔 너희 집에 오던 남자 아니니?"

시노부는 눈 딱 감고 물어보았다. 아니나 다를까, 치즈루의 표정이 굳어졌다

"뭐야, 알고 있었어요?"

"알고 있었다고 할 정도는 아니고, 이삼 일 전에 신문에서 비슷한 몽타주를 봤거든. 아빠니?"

"그런 인간, 나랑은 아무 관계도 없어요."

치즈루가 거칠게 말하더니 의자에서 발딱 일어섰다.

"잘 먹었습니다. 케이크, 맛있네요."

"아…… 홍차 더 안 마실래?"

하지만 치즈루는 아무 대답도 하지 않은 채 밖으로 나가 버렸다.

이쿠오가 "선생님, 역시 감이 없어지셨나 봐요. 전에는 아이들을 훨씬 잘 다루셨는데."라고 하자 뎃페이도 "그러게 말이야."라고 맞장구쳤다. 시노부는 고개를 푹 숙였다.

이날 밤 시노부는 신도의 부름을 받고 난바에 있는 찻집으로 갔다. 데이트가 아니라 수사에 협력해 달라는 부탁 때문이었다. 약속 장소에는 우루시자키 형사도 나와 있었다.

"이 사진 속 여자, 본 적 있습니까? 옆집을 드나들었다거

나."

우루시자키가 보여 준 사진 속의 여자는 깡마르고 나이가 들어 보였다. 시노부는 모르는 얼굴이었다.

"본 적 없는데요."

"그렇군요, 역시."

우루시자키가 한숨을 쉬면서 사진을 집어넣었다.

"실은 이 여자가 나가야마를 죽인 가해자입니다. 이름은 마쓰오카 이네코. 문제는 나가야마가 왜 이 여성의 집에 갔느냐는 거예요."

"그야 돈을 훔치려고 가지 않았겠어요?"

"그렇게 단언할 수 있다면야 뭐가 문제겠습니까. 그런데 증거가 전혀 없어요. 마쓰오카 씨는 사건 전날 은행에서 돈을 인출했는데, 그 자리에 나가야마가 있었다는 증거가 없단 말이죠. 더구나 그 남자는 마약 단속법 위반 전과는 있지만 강도나 절도 전과는 없어요."

"이 두 사람 사이에 어떤 연관성이 있나요?"

"현재까지는 없습니다."

"부인은…… 안자이 요시코 씨는 뭐라고 하던가요?"

"마쓰오카 이네코라는 사람을 전혀 모른답니다. 나가야마가 마쓰오카 씨의 집에 침입한 일에 대해서도 전혀 짐작되는 바가 없다고 하고요."

"그렇다면 도둑질이 목적이었다고밖에 볼 수 없는 것 아닐까요?"

"그렇게 간단히 결론을 내릴 수 있는 문제가 아닙니다. 사안이 살인 사건인 만큼요. 게다가 정당방위 성립 여부도 걸려 있고 해서……."

"그러니 어떻게든 연관성을 찾아보려는 거군요."

"아니 물론, 연관성을 찾지 못하면 찾지 못한 대로 괜찮습니다. 우리로서도 정당방위로 무죄 판결을 받는 쪽이 품도 덜 들고 뒷맛도 깔끔하죠. 하지만 할 만큼은 해야 하니까요."

"흐음……."

시노부는 케이크를 한 입 베어 물더니 "사건 발생 시각이 몇 시죠?"라고 물었다.

"밤 1시경이었어요."

지금까지 잠자코 있던 신도가 대답했다.

"침입 경로는 현관. 현관 유리가 깨어져 있었어요. 그 후 나가야마는 맨발로 2층까지 올라가서 서랍장을 뒤지다가 마쓰오카 이네코에게 발각된 거죠."

"그렇다면 어느 모로 보나 도둑 아닌가요?"

"하지만 이건 전부 마쓰오카 이네코의 진술을 토대로 한 내용이라서 말이죠. 어쩌면 계획적으로 나가야마를 불러들여 죽인 다음, 일을 그렇게 꾸몄을지도 몰라요."

"왜 그런 의심을 하는 거죠?"

"의심하는 게 직업이라 놔서요."

그러면서 우루시자키는 양복 안주머니에 손을 넣었다. 또 다른 사진이 나왔다.

"보시는 김에 하나 더 봐 주세요."

이번에는 폴라로이드 컬러 사진으로, 노란색과 짙은 갈색이 섞인 여자 구두가 찍혀 있었다. 오래 신어 다소 낡은 느낌이었다.

"이 구두, 어떻게 생각하십니까?"

"어떻게 생각하다니요?"

"어느 정도 나이의 여자가 신을 만한 구두인가요?"

"어려운 질문이네요."

시노부는 사진을 가까이 당겨 자세히 들여다보았다.

"학생도 신을 수 있고 회사원이 신어도 이상하지 않을 것 같고…… 취향에 달렸겠죠."

"예순 살 여자가 신었다면요?"

"그건 쉽지 않죠."

그렇게 대답하고 나서 시노부는 퍼뜩 놀라 우루시자키를 보았다.

"이거, 혹시……."

"마쓰오카 이네코 씨의 신발장에 있었습니다. 예순두 살의 여자가 신기에는 지나치게 화려하죠. 그리고 사이즈도 다른 신발들과는 약간 달라요. 마쓰오카 씨의 구두가 아니라는 게 제 생각이에요. 문제는, 그럼 누구 거냐 하는 것이죠."

"누구 건데요?"

"아…… 그걸 지금부터 조사하려는 겁니다."

어물쩍 넘기려는 게 분명한 투로 말하고서 우루시자키는 사진을 도로 집어넣었다.

"우루시자키 선배는 아마도 안자이 요시코를 의심하고 있을 거예요."

시노부를 택시로 집에 바래다주면서 신도가 말했다.

"부인을요?"

"정확히 말하면 내연의 처죠. 요시코 쪽은 나가야마와 헤어지고 싶어 했거든요. 전에 살던 곳에서 탐문 수사를 했는데, 집에 돈을 갖다 주기는커녕 요시코의 쥐꼬리만 한 벌이를 뜯어 가기 일쑤였대요. 자기 말을 안 들으면 난동을 피우고, 술을 마시고 와서 소란을 피우고. 구제 불능이었나 봐요."

"치즈루는 나가야마의 딸이 아니죠?"

"요시코의 전남편 딸입니다. 그가 사고로 죽고 난 후에 요시코가 술집에서 일하게 됐는데, 그때 나가야마를 알게 된 모양이에요."

그제야 시노부는 치즈루가 나가야마의 죽음을 조금도 슬퍼

히지 않는 끼닭을 이헤했다.

"우루시자키 씨는 안자이 요시코 씨에게 동기가 있다고 생각하는 거군요."

시노부의 말에 신도는 천천히 고개를 끄덕였다.

"그 구두도 안자이 씨 것이라고 보고 있겠죠. 그녀가 나가야마를 죽인 후 마쓰오카 이네코 씨의 집에서 도망치고 이네코는 경찰에 신고한 후 정당방위를 주장한다면 누구에게도 죄를 물을 수 없다, 그런 트릭을 사용했다고 생각하는 것 같습니다."

"하지만 안자이 씨와 마쓰오카 씨 사이에는 아무 연관성도 없잖아요."

"없죠, 아직까지는요. 그리고 또 하나의 의문점은 그 구두가 요시코 씨의 것이라면 왜 마쓰오카 씨의 집에 남아 있었을까 하는 겁니다. 돌아갈 때 신었어야 하잖아요."

"아아, 그러네요."

시노부는 우루시자키의 추리가 틀리길 바랐다. 간호사가 되고 싶다는 치즈루의 눈빛이 되살아났다. 그 아이를 살인범의 딸로 만들고 싶지 않았다.

택시가 아파트 앞에 도착했다. 시노부는 신도에게 인사를 하고 내렸다.

"이사는 언제 하는 겁니까?"

신도가 택시에 탄 채 물었다.

"돌아오는 목요일에요."

"어떻게든 짬을 내서 도우러 가겠습니다."

택시가 움직이기 시작하자 신도는 차 안에서 손을 흔들었다. 시노부는 택시가 사라지고 나서 아파트 쪽을 돌아보았다. 안자이 모녀의 집에는 불이 켜져 있지 않았다.

4

사건 발생 닷새째, 탐문 수사를 이어 가던 우루시자키가 중대한 정보를 얻어 왔다. 사건 다음 날 아침 일찍 안자이 요시코가 어디에선가 돌아와 자기 집으로 들어가는 모습을 신문 배달원이 목격했다는 것이다.

안자이 요시코는 즉시 히가시나리 경찰서로 소환됐다.

"안자이 씨, 그렇게 아침 일찍 어딜 갔다 온 겁니까? 혹시 전날 밤에 나가신 건가요? 별문제가 안 된다면 얘기해 주셨으면 하는데요."

말투는 부드럽지만 용의자를 심문하는 방식이군. 옆에서 기록하던 신도는 그렇게 생각했다.

요시코는 외출한 사실을 목격한 사람이 있었다는 말을 듣

고 상당히 충격을 받은 눈치였다. 그녀의 안색을 본 신도는
어쩌면 이 여자가 진범이 아닐까 하는 생각이 드는 동시에
시노부의 걱정스러워하던 얼굴이 떠올랐다.

"네, 안자이 씨, 말씀해 주세요."

우루시자키가 되풀이해서 말했다. 만약 한 번 더 물어도 대
답이 없으면 큰 소리가 나겠군, 하고 신도가 생각했을 때 요
시코가 입을 열었다.

"저…… 덴노지에 있는 친구네 가게에 갔다 왔어요."

"친구네 가게요, 무슨 가게죠?"

"술집이에요. 카운터 자리만 있는 조그만……."

"가게 이름이 뭡니까?"

"'미키'라고 합니다."

30분 후, 신도는 '미키'에 있었다. 과연 조그만 가게였다.

"요시코요? 왔었어요. 밤 10시쯤에요. 오랜만에 만난 거라
서 할 얘기가 많아 새벽녘까지 마셨죠. 요시코가 좀 마시고
싶다고 하기도 했고. 1년 만이었나…… 아니, 2년도 넘었나
봐요. 그간 소식이 없어서 궁금했는데 정말 반가웠어요. 손
님요? 음…… 단골이 몇 명 남아 있었어요. 손님 전화번호
요? 아, 그건 좀…… 손님들에게 폐를 끼쳤다가는 발길을 끊
을지도 모르고……. 그래요? 그럼 부탁드릴게요. 그런데 무
슨 일이 있었나요?"

명란 같은 입술의 마담은 요시코의 알리바이를 그렇게 증언했다.

신도의 보고를 들은 우루시자키는 머리를 북북 긁었다.

"마담이 거짓 증언을 하는 건 아니겠지?"

"종업원과 손님 두 명에게도 확인했으니까 틀림없습니다."

"음, 그렇군."

우루시자키는 잠시 신음하듯 끙끙거렸다.

"하지만 아무래도 마음에 걸린단 말이야. 왜 하필이면 그날 밤에 거길 갔을까. 이건 알리바이를 만들기 위해서라고밖에는 생각할 수 없어."

"그렇다 해도 요시코가 범인이 아닌 것만은 틀림없잖습니까."

"그렇게 되나."

우루시자키는 의자에 몸을 깊이 묻고서 천장을 올려다보았다. 그때 옆에 있는 전화기가 울렸다. 그가 수화기를 집어 들더니 이어 "뭐, 뭐라고?"라며 펄쩍 뛰어올랐다.

"왜 그러세요?"

우루시자키는 얼굴색이 변한 채 두세 마디 주고받더니 수화기를 내려놓았다.

"큰일 났어. 마쓰오카 이네코가 쓰러졌대. 지금 경찰 병원으로 싣고 가는 중이라는군."

"네에?"

신도도 놀라 몸을 뒤로 젖혔다.

5

이사 당일은 날씨가 참 좋았다. 아침 일찍 이삿짐센터 사람들이 와서 시노부가 2년 동안 사용한 가구와 꾸려 놓은 상자들을 솜씨 좋게 트럭에 싣는 중이었다. 시노부는 도우러 온 신도와 창틀에 나란히 앉아 그 광경을 내려다보고 있었다.

"암이라고요?"

마쓰오카 이네코의 병명을 듣자 시노부는 미간을 찡그렸다. 신도는 떨떠름한 표정으로 고개를 끄덕였다.

"위암인데 암세포가 여기저기 전이돼서 거의 가망이 없답니다. 당장 죽어도 이상하지 않을 정도의 상태라네요."

"아……."

"며칠 전까지는 병원에 입원해 있었나 본데, 어차피 가망도 없고 무엇보다 본인이 강력하게 희망하는 바람에 집에서 요양하게 됐답니다."

"그럼 혼자서 죽음을 기다린 거나 마찬가지잖아요."

"그런 셈이죠. 일가친척이 없다는 건 서글픈 일이에요."

"우루시자키 씨는 뭐래요?"

"그 아저씨야 초조해하죠. 마쓰오카 씨가 죽기 전에 진상을 밝혀야 하니까요. 나는 그런 형사가 되기는 힘들 것 같습니다."

신도의 표정이 진지했다.

짐을 모두 실은 트럭이 이사 갈 집을 향해 출발했다. 집에 도착하면 시노부의 어머니가 짐을 받아 줄 것이다. 시노부는 아파트를 청소한 후 출발할 생각이었다.

"그럼 저는 이만 가 보겠습니다. 이삿짐 정리가 다 되면 연락 주세요."

"네, 고마웠어요."

시노부는 정중하게 머리를 숙였다.

혼자 남아 베란다를 청소하고 있는데, "이제 가는 거예요?" 하는 소리가 들렸다. 고개를 들어 보니 치즈루가 옆 베란다에 서 있었다.

"응, 드디어."

그렇구나, 라고 대답한 치즈루는 턱을 살짝 앞으로 내밀더니 "차, 드실래요?"라고 물었다.

"괜찮겠어?"

"어때요, 차 정도야."

"그럼 마시자."

안기에 고너기 시는 집은 기구도 별로 없고 썰렁했다. 벽에 달력 하나 걸려 있지 않고, 바닥에 종이 상자가 몇 개 놓여 있는데 그중에는 아직 뜯지 않은 것도 있었다.

조그만 앉은뱅이 상에 마주 앉아 시노부와 치즈루는 녹차를 마셨다.

"이제 어디서 살 건데요?"

치즈루가 물었다.

"히라노 구에 있는 본가."

"가족은요?"

"부모님과 여동생."

"와, 가족이 많아서 좋겠어요."

"그런가? 음, 그렇지."

시노부는 대답하면서 주위를 둘러보았다. 책장 옆에 스케치북이 세워져 있었다.

"이거, 봐도 괜찮니?"

"못 그려서 창피한데…… 뭐, 괜찮아요."

그림들은 주로 풍경화였다. 개중에는 실물을 그린 것뿐 아니라 상상 속 풍경을 그린 듯한 것도 있다. 페이지를 넘기던 시노부의 손이 어느 그림에서 멈췄다. 하얀 건물 앞에 여자 혼자 서 있는 그림이었다.

"여기는 어디야?"

시노부가 묻자 치즈루의 얼굴에 미묘한 변화가 생겼다.

"어딘지 잊어버렸어요. 학교 아닌가."

"서 있는 사람은 누구?"

"모르겠어요. 모르는 사람이에요. 이제 그만 보세요, 이런 그림."

치즈루는 스케치북을 덮더니 확 잡아당겨 등 뒤로 숨겼다.

안자이 모녀의 집을 나온 시노부는 오사카 부경 본부로 전화를 걸었다.

"아아, 여보세요, 신도 씨? 시노부예요. 조사해 주셨으면 하는 일이 있어서요. 마쓰오카 이네코 씨가 전에 입원해 있던 병원에 대해서요."

6

그날 밤, 우메다의 찻집에서 안자이 요시코와 대면했다. 시노부와 신도가 요시코와 마주 앉고 우루시자키는 통로 건너편 자리에 앉았다.

"치즈루의 사진을 손에 넣지 못해 최종 확인은 하지 못했습니다만, 간호사 등의 증언으로 어느 정도 확인은 됐다고 생각합니다."

신도가 차분하게 말을 꺼냈다.

"과거 마쓰오카 용의자가 입원 중일 때 치즈루가 자주 문병을 갔다죠?"

요시코는 잠시 얼어붙은 듯이 움직이지 않다가 더는 숨길 수 없다고 생각했는지 그야말로 얼음 녹듯이 온몸에서 힘을 쑥 뺐다.

"네, 맞습니다."

"두 사람의 관계는요?"

신도의 질문에 요시코는 훗, 하고 허탈하게 웃었다.

"관계 같은 거, 없어요. 병원에서 놀다가 우연히 알게 된 것 같아요. 엄마라는 사람이 아무것도 못해 주니까 그 할머니를 따랐던 거죠. 물론 마쓰오카 씨도 치즈루를 퍽 예뻐했고요. 당신 딸이나 손녀라도 되는 양."

거기서 잠시 손수건으로 눈가를 누른 뒤 그녀는 다시 말을 이었다.

"나가야마를 죽이자고 말을 꺼낸 쪽은 저였어요."

"네에?"

시노부와 신도가 동시에 외쳤다.

"나가야마의 괴롭힘을 더는 참을 수가 없었어요. 빈대처럼 우리한테 달라붙어서, 말을 안 들으면 정신을 잃을 정도로 구타했습니다. 심지어는 이런 말까지 했어요. 치즈루가 험한

꼴 당하는 거 싫으면 자기 말 잘 들으라고."

"이런 짐승만도 못한……."

시노부가 중얼거렸다.

"그래서 제가 마쓰오카 씨를 찾아가서 부탁했어요. 나가야
마를 죽이고 나도 죽을 테니까 치즈루를 양녀로 받아 줄 수
없겠냐고요. 그런데 마쓰오카 씨가 그건 안 된다고, 치즈루
를 위해서도 그러면 안 된다고……."

"그래서 어떻게 하기로 했죠?"

이번에는 우루시자키가 물었다.

"자신에게 생각이 있다고 했어요. 치즈루 엄마는 가만있어
라, 내가 다 알아서 할 테니까. 단, 세 가지 조건이 있다. 나가
야마가 알아볼 만한 구두를 한 켤레 달라. 그리고 하룻밤 집
을 비우되 믿을 만한 사람과 함께 있어라. 이후로는 자신과
만나는 일이 없도록 하라. 누가 물으면 모르는 사람이라고
딱 잡아떼야 한다……."

그때 이미 정당방위를 이용할 계획이었군, 시노부는 그렇
게 생각했다.

"마쓰오카 씨가 뭘 할 작정인지는 전혀 몰랐지만, 아무튼
하라는 대로 했어요. 다음 날 아침에 집에 돌아오니 치즈루
가 '어제 저녁때 누가 그놈한테 전화를 했는데, 두세 마디 주
고받더니 서슬이 퍼레 갖고는 나갔어. 딴 남자가 생겼단 봐

다, 내 가만 놔두시 않을 테니, 하고 소리 지르면서.' 그러더라고요. 대체 뭐가 어떻게 된 건지 궁금했지만, 그 후로 나가야마가 돌아오지 않아 한편으로는 기쁘고 한편으로는 겁도나고……."

마쓰오카 이네코가 나가야마에게 '당신 부인이 바람을 피우고 있다'는 내용의 전화를 걸었을 것이라고 우루시자키는 이미 추측했었다. 그리고 그 현장으로 이네코의 집 주소를 가르쳐 주자 나가야마는 화가 머리끝까지 나서 뛰쳐나갔을 것이고, 이네코 씨 집 현관문을 열자 아니나 다를까 요시코의 구두가 있었을 것이라고. 눈이 뒤집혀 계단을 뛰어 올라가자 2층에서는 게이트볼 스틱을 든 이네코가 기다리고 있었다는 게 우루시자키가 지금까지 한 추리였다.

요시코가 방금 한 얘기로 이 추리가 거의 정확했다는 것이 증명되었다.

"나가야마가 죽었다는 얘기를 들었을 때는 깜짝 놀라셨겠습니다."

신도가 말했다.

"엄청 놀랐죠."

요시코는 온몸이 흔들릴 정도로 크게 고개를 끄덕였다.

"그런데 사건에 대해 설명을 듣다 보니 이네코 씨의 의도를 알겠더라고요. 그렇구나, 그런 방법이 있었구나, 하고 감탄

했죠. 저는 마쓰오카 씨에게 정말 죄송한 마음이면서도 그분의 수고를 물거품으로 만들 수 없어서 시키는 대로 한 거예요."

요시코의 눈에서 눈물이 뚝뚝 떨어졌다. 찻집 안 손님들의 눈길이 일제히 그녀에게 모였다.

"형사님, 제 잘못이에요. 제가 먼저 나가야마를 죽이자고 했으니 저를 벌해 주세요. 그 대신 마쓰오카 씨는……."

요시코는 목이 메어 말을 잇지 못했다.

"한 가지 묻고 싶은 게 있는데요."

시노부가 입을 열었다.

"치즈루에게도 마쓰오카 씨를 모르는 척하라고 시켰나요?"

그러자 요시코는 눈물에 젖은 얼굴을 좌우로 흔들었다.

"차마 그 말은 못했어요. 어떻게 설명하면 좋을지 몰라서요. 만약 형사님이 그 아이에게 물었다면 마쓰오카 씨와의 관계를 이내 알게 되었을 거예요."

"아니에요. 그렇지 않았을 거예요."

시노부가 단호한 어조로 말했다.

"치즈루는 아마도 상황을 어렴풋이나마 짐작했을 거예요. 마쓰오카 씨의 이름은 매스컴에서 거론되지 않았지만 주소 같은 걸로 눈치채지 않았을까요? 그 증거로 치즈루는 자기가

그린 그림 속의 마쓰오카 씨를 모르는 사람이라고 했거든
요."

"어떻게 그 아이가⋯⋯."

요시코는 순간 아연해지며 초점이 맞지 않는 눈을 허공으
로 향했다.

"요시코 씨, 부탁이 있어요. 치즈루더러 마쓰오카 씨 병문
안을 가 보라고 하세요. 만약 이대로 마쓰오카 씨가 돌아가
신다면 치즈루는 평생 마음의 상처를 지니게 될 거예요. 그
렇게 해 주세요, 네?"

시노부가 머리를 숙이자 요시코는 당황스러워했다.

"아, 어떻게 그런⋯⋯ 하지만 치즈루는⋯⋯."

"가시죠."

신도가 일어서면서 말했다.

"제가 모셔다 드리겠습니다."

"아, 네⋯⋯ 네, 알겠습니다. 치즈루에게 말해 볼게요."

요시코는 신도를 따라 찻집을 나섰다. 뒤에 남은 시노부는
후, 숨을 크게 내쉬며 등받이에 몸을 기댔다.

"우루시자키 씨."

"왜 그러십니까?"

우루시자키가 느긋한 목소리로 대답했다.

"죄송해요, 괜히 나서서."

"무슨 말씀을요, 새삼스럽게."

그는 다 식은 커피를 후루룩 마셨다.

"마쓰오카 이네코 씨는 살인죄, 안자이 요시코 씨는 살인교사죄라……. 하지만 왠지 귀찮아졌어요. 마쓰오카 씨가 입을 다문 채 돌아가시면 그걸로 끝내야겠습니다."

"우루시자키 씨……."

"자, 돌아가서 우리 아들 얼굴이나 봐야겠습니다."

우루시자키가 무거운 듯 발을 끌며 밖으로 나갔다. 시노부도 계산서를 들고 카운터로 향하다가 공중전화가 눈에 띄자 문득 엄마 목소리가 듣고 싶어졌다.

"여보세요, 엄마?"

전화가 연결되자 귀가 따가울 정도로 큰 목소리가 수화기로 날아들었다.

"시노부, 너 대체 어디서 뭘 하는 거냐? 이삿짐은 도착했는데 집 주인은 코빼기도 안 보이니…… 아무튼 너는!!"

시노부 선생님의 부활

1

우 씨, 짜증 나. 빨리 가고 싶은데…… 빨리 안 가면 학원에 늦는단 말이야. 학원에 늦으면 또 엄마한테 혼날 거고. 근데 저걸 못 넘으면 못 가게 하니…… 아, 싫다, 싫어. 야마시타 선생님 바보. 어떻게 넘느냐고요, 저걸!

어차피 안 되겠지 생각하면서 시부야 준이치는 뜀틀을 향해 달렸다. 그러나 디딤판을 코앞에 두고 속도가 뚝 떨어지고 말았다. 그러니까 뜀틀을 못 넘는 거라고들 말하지만 막상 뜀틀이 눈앞에 다가오면 덜컥 겁이 난다.

맥없이 디딤판을 딛자 몸이 살짝 떠올랐다. 물론 뜀틀을 넘을 만한 기세는 아니다. 뜀틀 위에 엉덩이가 걸려 털썩 주저앉고 말았다.

"아우."

한숨을 쉬며 내려왔다. 아무도 못 봤겠지, 하면서 주위를 둘러보았다. 여기는 학교 건물과 건물 사이에 낀 공간이어서 교정에서는 거의 보이지 않는다. 그런데 안심한 것도 잠시, 바로 옆에 있는 뒷문 너머에 웬 여자가 서 있었다. 준이치가 바라보기 어지는 제뺄리 걸음을 옮겼다.

설사 모르는 사람일지라도 자신의 이런 꼴사나운 모습을 봤을 거라고 생각하자 창피한 생각이 들었다.

준이치는 뜀틀을 노려보았다. 증오심이 솟아올랐다. 물론 그 증오심은 남아서 연습하라고 한 야마시타 선생님을 향한 것이다.

준이치는 화장실로 갔다. 연습을 시작한 후 세 번째 가는 것이다. 딱히 가고 싶은 것은 아니다. 오줌은 마렵지 않았다. 다만 뜀틀에서 도망치고 싶은 심리가 그런 행동으로 나타나는 것에 불과하다.

화장실에서 돌아오는 도중에 교무실 쪽을 살펴봤다. 야마시타 선생님은 아직 오지 않았다. 빨리 오면 좋겠는데 하고 준이치는 생각했다.

"어때, 시부야? 이제 넘을 수 있겠어? 한번 뛰어 봐."

선생님이 그러면 시부야도 일단은 시도한다. 어차피 못 넘을 거지만. 그러면 야마시타 선생님은 곤란해하는 표정을 지으며 이렇게 해라 저렇게 해라 코치를 한다. 그러다가 해가 저물면 선생님은 이렇게 말한다.

"할 수 없지. 내일 다시 하자."

그런 지 어언 나흘. 처음에는 넘지 못하던 아이들도 어제까지 전부 넘게 되어 마지막까지 남은 사람은 준이치 혼자였다.

빨리 오시면 얼마나 좋아, 어차피 넘지도 못할 텐데. 야속한 마음으로 교무실을 바라보지만 문이 열릴 기척은 보이지 않는다.

준이치는 다시 뜀틀로 돌아갔다. 그 사다리꼴 상자가 밉살스럽기만 했다. 얼마 전까지는 철봉이 미웠다. 그 전에는 매트였다. 야마시타 선생님은 기계 체조를 좋아하는 것이다.

의욕은 눈곱만큼도 없지만 도움닫기에 들어갔다. 디딤판을 딛기 전에 속도를 떨어뜨리지 말자, 오직 그것만 생각했다.

디딤판을 힘차게 구른다. 그리고 뜀틀을 양손으로 짚는다.

그런데 손이 미끄러졌다. 아니, 뜀틀 자체가 움직였다. 다음 순간 몸이 기우뚱했다.

비명을 지를 틈도 없었다. 하늘과 땅이 뒤집히고, 무너진 뜀틀에 몸이 내동댕이쳐졌다.

준이치는 울음을 터뜨렸다.

2

신도가 물을 들이켜는 모습을 보며 역시 뭔가 쓸데없는 소리를 할 모양이라고 시노부는 짐작했다. 전화 목소리가 평소와 달리 들떠 있었고, 양복을 차려입은 모습도 오늘따라 유

닌히 빈듯했나. 그래서 어렴풋이 감은 잡았지만 이렇게 마주
앉고 보니 확신이 섰다.

"선생님…… 아니, 시노부 씨."

신도가 빈 물 잔을 테이블에 탁 내려놓았다.

"네."

"오늘이야말로 대답을 들어야겠습니다."

"대답요? 무슨 대답을……."

"그야 뻔하잖습니까."

신도는 주위를 두리번거렸다. 토요일 오후이다 보니 오사
카 시내의 찻집이란 찻집은 모두 북적거렸다. 바로 옆 테이
블에서는 백화점에서 쇼핑을 하고 온 듯한 중년 여자 둘이
세일에서 건진 물건을 서로 자랑하며 큰 소리로 떠들고 있었
다. 그들의 테이블에 놓인 아이스크림 그릇은 시노부와 신도
가 들어왔을 때 이미 비어 있었다.

신도가 몸을 불쑥 들이밀더니 조그만 소리로 말했다.

"결혼 말입니다."

"결혼요?"

"네, 결혼."

여기서 그는 다시 주위를 한 번 살폈다.

"선생님은 대체 어떻게 생각하고 있는 겁니까? 아무리 느
긋한 저라도 기다리는 데에는 한계가 있습니다."

시노부는 하하하 웃었다.

"뭐가 그렇게 웃깁니까?"

신도가 발끈했다.

"저는 신도 씨에게 기다려 달라고 한 기억이 없는데요."

"아니, 어떻게 그런 말씀을 하십니까? 그건 아니죠."

신도는 고개를 옆으로 돌렸다가 다시 시노부의 얼굴을 보았다.

"2년 전 일을 잊으셨습니까? 제가 프러포즈했을 때 선생님이 뭐라고 하셨어요? 좀 더 좋은 교사가 되기 위해서 공부를 해야겠으니 그때까지 기다려 달라, 그렇게 말씀하시지 않았습니까?"

"네에?"

시노부는 눈을 동그랗게 떴다.

"전 그런 적 없어요. 공부를 해야 하니 프러포즈에 대한 대답은 노라고 했죠."

"그게 그거 아닙니까. 공부를 할 거니까 노다, 그렇다면 공부가 끝나면 다시 생각해 보겠다는 의미 아닌가요?"

"그런 건가……."

시노부는 고개를 갸우뚱했다.

"그런 겁니다."

신도는 테이블을 탕, 쳤다.

"선생님은 올봄에 과정을 마치고 이번 주부터 교단에 복귀했잖아요. 그러니 2년 전의 내 프러포즈도 자동적으로 되살아난 겁니다. 그 대답을 대체 언제 들을 수 있느냐, 그걸 묻는 겁니다."

"그래도 이렇게 갑자기 물으시면……."

시노부가 얼굴을 찡그렸다.

"알겠습니다. 그럼 이렇게 하죠. 이 자리에서 다시 청혼을 하겠습니다. 선생님, 저와 결혼해 주십시오. 자, 이제 대답을."

"이런 법이 어딨어요. 애들 장난도 아니고."

"저는 진지하게 묻고 있는 겁니다. 진지하게 청혼하는 거라고요."

신도는 가슴을 쫙 폈다.

"그럼 저도 진지하게 대답할게요."

시노부의 표정이 진지해졌다.

"좀 더 생각할 시간을 주세요. 좀 더가 어느 정도냐고 물으시면 대답하기 곤란하지만, 아무튼 시간이 필요해요."

그러자 신도는 낙심한 표정으로 머리를 긁적거렸다.

"뭘 더 생각합니까? 설마 혼마 그 인간과 나를 저울질하는 건 아니겠죠?"

시노부는 풋, 웃음을 터뜨렸다.

"혼마 씨와는 결혼할 마음이 없어요. 그 사람은 좋은 친구

일 뿐이에요. 그리고 그 사람에게는 저보다 더 잘 어울리는
사람이 있을 거라고 생각해요."

"그러면 뭘 더 생각한다는 겁니까?"

"여러 가지요."

시노부는 방긋 웃었다.

"신도 씨가 싫다면 이 자리에서 거절하겠죠. 그렇지 않으니
까 망설이는 거예요. 좀 더 생각해 볼 필요가 있어서요."

"이거 왠지 불안하네. 아무튼 아직 가능성은 있다는 얘기
죠?"

"네. 좀 더 생각해 봐야 해요."

시노부는 딱 잘라 말했다.

"신도 씨는 좋은 사람이고, 우리 엄마도 마음에 들어 하시
는 것 같아요."

"네, 정말입니까?"

신도의 눈에 기쁜 빛이 떠올랐다.

"우리 엄마 말씀이, 형사란 위험이 따르는 직업이지만 그
사람은 제 발로 위험한 일에 끼어들지는 않을 것이고, 무엇
보다 지금 일본은 심각한 불황을 겪고 있는데 만년 말단일지
언정 정년까지 그럭저럭 월급은 들어오지 않겠니, 그러시던
걸요."

"칭찬으로 하는 말씀인지 별 볼일 없다고 하는 말씀인지

잘 모르겠습니다."

"저도 신도 씨와 결혼하면 늘 웃으며 살 수 있겠다는 생각
은 들어요."

"그렇다면……."

"하지만,"

시노부가 신도의 말을 잘랐다.

"솔직히 말해 아직 결혼에 대해 생각할 여유가 없어요. 교
사로 복귀한 지도 얼마 안 됐고 해서 당장 눈앞의 일을 생각
하기에도 벅차거든요."

"그건 알지만……."

신도의 눈가가 다시 축 처졌다.

"가령 지금 제가 신도 씨와 결혼한다고 쳐요. 아마 저는 집
안일을 아무것도 못할 거예요. 신도 씨 저녁 준비도 못하고
셔츠 하나 빨아 드릴 수 없어요. 아내로서의 일을 아무것도
할 수 없다고요. 그래서야 우리가 잘 살아 나갈 수 있겠어요?
피차 불행해질 뿐이죠."

"그 점은 제가 어떻게든 해결하겠습니다. 저녁밥 정도는 저
도 할 수 있다고요."

신도가 자기 가슴을 툭툭 두드렸다.

시노부는 피식 웃었다.

"언제 사건이 터질지 모르는 마당에요? 그렇게 무리하는

생활은 결코 오래가지 못해요. 맞벌이의 경우에는 상당히 신중하게 생각해야 해요."

신도는 후우, 숨을 내쉬었다.

"결국 시간이 필요하다는 거군요. 어쩔 수 없죠."

"이해해 주셔서 고마워요."

시노부는 고개를 꾸벅 숙였다.

"왠지 또 어물쩍 넘어가는 느낌이네."

신도가 이마를 벅벅 긁었다.

"일이 그렇게 힘든가요?"

"힘들다기보다, 오랜만에 교단에 서다 보니 아직 감이 안 잡혀서요."

"아이들 다루는 면에서는 굳은 신념을 가진 선생님이 그렇게 마음 약한 소리를 하시다니요."

"아니에요, 전 아직 멀었어요."

시노부는 고개를 저었다. 동시에 이번 주에 새로 만난 학생들의 얼굴이 떠올랐다.

수업 태도는 좋지만 성품은 별로라는 게 4학년 2반을 맡은 지 일주일 된 지금의 느낌이다.

수업 종이 울리면 시노부가 굳이 잔소리를 하지 않아도 전원이 자리에 앉아 있다. 이것도 수업 태도가 좋은 것의 한 예이다. 청소를 깔끔하게 잘한다는 점도 마음에 들었다. 전에 근무했던 오지 초등학교와 비교가 안 된다. 그 학교에서는 청소 당번이 청소를 하고 난 후가 더 더러운 경우마저 있었다.

역시 교육에 극성인 것으로 유명한 분부쿠 초등학교만의 무언가가 있다고 시노부는 내심 감탄했다.

그런데 성품이 별로라고 느낀 것은…….

예를 들어 국어 시간.

"이 페이지를 누가 읽어 볼까? 응…… 우에하라!"

그런데 이름을 불린 우에하라 미나코가 순순히 읽지 않고 "에이, 오늘은 9일이니까 출석 번호 끝자리가 9인 사람이 읽어야죠."라는 둥, 이러니저러니 하는 것이다.

"왜 그래야 하는데?"

"왜는요. 야마시타 선생님은 그렇게 하셨거든요. 그치, 얘들아?"

그러면 다들 그래그래, 하며 시끄럽게 떠든다.

이처럼 시노부가 뭔가를 할 때마다 야마시타 선생님은 이랬다느니 저랬다느니 하며 불평불만을 늘어놓는다. 야마시타 선생이란 그들의 3학년 때 담임이다. 분부쿠 초등학교에서는 3학년과 5학년에 올라갈 때 반이 바뀐다. 그리고 통상은 반이 바뀌지 않는 2년 동안 한 담임이 반을 맡는다. 그러니까 새로 부임한 다케우치 시노부가 4학년 학급을 맡은 것은 이례적인 일인 것이다.

"야마시타 선생님은 너희들 3학년 때의 담임이야."

시노부는 목소리를 높인다.

"이제 4학년인 너희들의 담임은 나, 다케우치 선생님이다. 그러니까 앞으로는 내 방식을 따르도록 해. 알겠나?"

그러면 아이들은 네, 하고 대답한다. 하지만 납득한 것처럼 보이는 것은 그때뿐. 걸핏하면 야마시타 선생님은 어쩌고 하는 소리가 튀어나온다.

그때마다 시노부는 '아이고, 시간 좀 걸리겠네.' 하며 낙심한다.

한편으로 그녀는 '야마시타 선생이 꽤 인기가 있었나 보지?' 하며 살짝 질투를 느끼기도 하고 감탄하기도 한다. '야마시타 선생님'이라고 할 때 아이들 표정으로 그 인기를 짐작할 수 있다. 그런데 그 정도로 인기 있던 선생이 왜 갑자기 전근을 가게 됐는지, 그 점이 의아하기도 했다.

"선생님, 역시 아이를 만들어야 하지 않겠어요?"

신도가 말을 붙이는 바람에 시노부는 퍼뜩 정신을 차렸다.

"아이요?"

무슨 뜻인지 몰라 그녀는 신도의 얼굴을 물끄러미 바라봤다.

"본인의 아이 말입니다. 자식을 키워 보지 않고는 아이들의 심리를 제대로 이해할 수 없거든요."

"그러니까 결혼을 오케이 하라고요? 기막혀. 그런 소리는 들어 본 적도 없거든요."

"역시 안 되는 건가요."

실망한 신도가 계산서를 집어 들자 시노부도 의자에서 일어섰다. 이제부터 두 사람은 영화를 볼 예정이다.

3

야마시타 선생이 갑자기 전근 간 이유를 알게 된 것은 신도와 데이트를 하고 난 다음 주 화요일의 일이었다. 그날 체육 시간에 시노부는 뜀틀 수업을 하려고 했다. 그런데 그 건방진 우에하라 미나코가 또 나섰다.

"뜀틀을 하면 안 된다고 했는데요."

"왜 안 되는데? 그것도 야마시타 선생님이 그런 거니?"

"아니에요. 학교에서 금지시켰어요."

"뭐? 그럴 리가……."

"정말이에요. 그치?"

미나코가 또 반 아이들에게 동의를 구했다.

시노부는 학생들을 그 자리에 있으라고 하고 교무실로 갔다. 나이에 비해 머리숱이 많은 교무 주임이 차를 마시면서 신문을 읽고 있었다.

"아, 그 일 말이군요."

시노부의 질문에 교무 주임은 느긋하게 대답했다.

"말씀드린다는 걸 깜박했군요. 맞습니다. 당분간 뜀틀을 금지하기로 했습니다."

"왜죠? 체육 시간에 뜀틀을 할 수 없다는 게 말이 되나요?"

"그건 그런데, 사고가 있어서 어쩔 수 없었습니다."

"사고가 있었다고요?"

"그렇습니다. 작년에요."

교무 주임의 설명은 이랬다. 사고가 난 것은 작년 말의 일이다. 그 무렵 시노부의 전임자인 야마시타 선생은 반 아이들 전원이 뜀틀을 넘을 수 있도록 매일 특별 훈련을 시켰다. 넘지 못한 아이들은 방과 후에 남아서 교정 한구석에서 연습을 하도록 했다. 덕분에 대부분의 아이가 뜀틀을 넘을 수 있게 되었지만 시부야 준이치라는 아이만은 너무 뚱뚱해서 도저히 넘을 수 없었다. 그래서 혼자 남아 연습하다가 뜀틀이 무너져 다리를 다쳤다는 것이다.

"시부야요? 아아……."

그 둔한 아이, 라고 하려다 시노부는 말을 삼켰다.

"큰 부상을 입은 건 아닌데, 시부야의 어머니가 학부모회 임원인 데다 말이 많기로 유명했거든요. 그런 선생은 당장 학교에서 내쫓아나 끌려드고 난리를 치는 통에.”

“그래서 전근을 가게 되었군요?”

“그래요.”

교무 주임은 고개를 끄덕였다.

“설상가상으로 시부야의 큰아버지라는 사람이 시의원이에요. 막을 수가 없었습니다. 그나마 학기가 끝날 때까지 간신히 버틴 겁니다.”

뒷맛이 씁쓸한 사건이다. 그 선생이 전근한 덕에 자신의 채용이 결정되었다고 생각하자 시노부는 마음이 복잡했다.

“물론 운이 없기도 했지만, 야마시타 선생이 부주의했어요. 아이 혼자서 뜀틀을 뛰게 했으니까요.”

“그런데 뜀틀이 그렇게 쉽게 무너지나요?”

“그건 정말 이상했습니다. 하지만 세상일이라는 게 어디로 튈지 모르는 거라서요.”

교무 주임은 깊이 한숨을 쉬고 나서 “금지는 당분간만이에요. 잠잠해지고 나면 다시 시작할 수 있을 겁니다.”라고 낙관적인 투로 말했다.

결국 이날 체육 시간은 매트 운동으로 때우기로 했다. 문제의 시부야 준이치는 아닌 게 아니라 둔하기 짝이 없었다. 간단한 앞구르기조차 제대로 못했다. 이러니 뜀틀은 무리겠구나 싶었다.

그에 비해 세리자와 쓰토무는 눈에 띌 정도로 잘했다. 기다란 손발을 있는 대로 뻗고 옆구르기를 하는 모습을 보면 저도 모르게 박수를 치고 싶어졌다.

"잘하네. 누구한테 배웠어?"

시노부가 쓰토무에게 물었다. 그런데 쓰토무는 그녀를 힐끔 쳐다보더니 대답도 하지 않고 고개를 획 돌렸다. 시노부를 탐탁지 않게 여기는 모양이었다.

수업이 끝난 후 시노부는 매트를 정리하고 나서 뜀틀을 점검해 보았다. 새것이고 아주 튼튼했다. 제대로 쌓기만 하면 아이들이 아무리 힘을 줘도 무너질 것 같지 않았다.

참 이상하네, 하고 시노부는 생각했다.

이날 방과 후 사소한 사건이 있었다. 아니, 사건이라 할 정도로 대단한 것은 아닐지도 모른다. 하지만 왠지 마음에 걸리는 대목이었다.

청소 당번이 잘하고 있는지 체크하려고 교실에 갔을 때였다. 유리창 너머로 교실을 들여다보았더니 세리자와 쓰토무가 빗자루로 시부야 준이치의 엉덩이를 때리고 있었다. 그렇다고 싸우는 것은 아니었다. 시부야 준이치는 저항도 하지 않고 묵묵히 바닥을 쓸고 있었고 세리자와 쓰토무 역시 아무말 없이 준이치의 엉덩이만 때리고 있었다. 그 빗자루가 준이치의 머리를 치는 경우도 있었다. 그런데도 준이치는 그저 불상을 시슬 뿐 말없이 맑고 있었다. 다른 아이들은 늘 있는 일이라는 듯 신경도 쓰지 않았다.

시노부는 교실 문을 열었다. 그러자 세리자와 쓰토무가 슬 며시 시부야 준이치 옆에서 떨어졌다. 준이치도 이쪽을 슬쩍 보았을 뿐 바닥 쓸기를 계속했다.

분위기가 자못 수상했지만 그 자리에서는 아무 말 하지 않았다.

다음 날 쉬는 시간에 시노부는 우에하라 미나코를 손짓해서 불렀다. 미나코는 조숙하다 못해 건방지기까지 한 아이지만, 그래도 시노부에게 가장 먼저 다가온 아이였다. 시노부에게 이런저런 질문을 하는 것도 관심이 있다는 증거일 것이다. 다만 그 질문이라는 것이 "선생님, 애인 있어요?" 라든지 "길에서 헌팅 당한 적 있어요?", "가슴 사이즈가 몇이에요?", "몸에 꽉 끼는 옷 있어요?", 대충 이런 것이다 보니 대답하기 난감했다.

하지만 머리가 잘 돌아가는 아이다. 정보통이기도 해서 이 것저것 알려 주는 것도 많다. 1반의 나카하다 선생은 자이언 츠의 팬이고 3반의 가케후 선생은 타이거스 팬이라서 복도에 서 둘이 마주치면 파닥파닥 불꽃이 튄다는 걸 알려 준 것도 우에하라 미나코였다.

그녀의 정보력을 믿고 시노부는 세리자와와 시부야에 대해 물어보았다.

"아, 걔네들요."

미나코의 표정이 어두워졌다. 역시 사정을 아는 듯했다.

"그건 그 미련 곰탱이 잘못이에요."

"미련 곰탱이?"

"시부야 말이에요. 둔하고 미련하잖아요. 미련한 짠돌이라고 부르는 애들도 있어요. 집은 부자인데 구두쇠거든요."

참 딱한 별명이라는 생각에 시노부는 시부야에게 동정심이 생겼다.

"그런데 왜 시부야 잘못이라는 거지?"

"걔 때문에 야마시타 선생님이 쫓겨났잖아요. 자기가 둔해서 다쳤으면서 선생님 탓으로 돌리고. 우리 모두 그 아이를 싫어해요."

'아하, 그런 거로구나.'

시노부는 납득이 갔다.

"근데 그중에서도 쓰토무가 제일 싫어해요. 쓰토무는 야마시타 선생님을 무척 존경했거든요."

"그래?"

존경이라는 단어가 튀어나오자 시노부는 당황스러웠다.

"그래도 그런 식으로 괴롭히면 안 되지."

"그야 그렇죠. 우리들은 그냥 무시하는 정도인데 쓰토무는 날이면 날마다 괴롭혀요."

너희들이 뭐라고 좀 해 보기그래?"

"그랬다가는 그 미련 곰탱이를 좋아하냐고 놀림당한다고
요. 그건 죽기보다 싫어요. 쓰토무와 소문이 난다면 몰라도."

"쓰토무는 잘생겼지."

"그럼요. 어! 안 돼요. 내가 먼저 찜했단 말이에요. 선생님
은 관심 끄세요."

대체 무슨 생각을 하는 거냐고 묻고 싶어지는 맹랑한 4학
년이다.

아무튼 시노부가 주의 깊게 관찰해 보니 세리자와 쓰토무가
시부야 준이치에게 하는 짓은 그냥 두고 볼 수 없는 수준이었
다. 수업 중에 뒤에서 시부야 준이치의 머리를 향해 휴지를
던지는 걸 목격하고 두 번 정도 주의를 주었다. 또 쉬는 시간
에 '나를 때려 주세요'라고 적힌 종이를 등에 붙인 준이치가
등 뒤에 있는 아이들에게 탁탁 얻어맞는 장면을 본 적도 있었
다. 물론 그런 종이를 붙인 아이는 세리자와일 것이다.

무슨 수를 써야지 안 되겠다고 시노부는 생각했다. 그러나
당사자에게 직접 얘기하는 게 바람직한 일인지는 확신이 서
지 않았다.

4

4월도 어느덧 끝나 갈 무렵, 학부모 면담을 하기로 했다. 전부터 생각해 오던 일이다. 4학년 때 담임이 바뀌어 학부모들도 불안해할 것이다.

참여율은 높았다. 역시 학부모 쪽에서도 신경이 쓰였던 모양이다. 그런데 몇 사람과 면담하면서 그들이 가장 신경 쓰는 부분이 '우리 아이를 여선생에게 맡겨도 괜찮을까.' 하는 점이라는 걸 알았다. 불안감을 돌려서 말하는 학부모가 있는가 하면 대놓고 걱정이다라고 하는 학부모도 있었다. 시노부는 점점 화가 치밀었다.

'흥, 여선생이 뭐가 어떻다는 거야. 여자도 남자보다 엄격하게 할 수 있다고. 당신네들의 애송이 자식 정도는 뼈도 못 추릴지 모르니까 각오하시라고요.'

마음속에서 분노가 치밀었다. 하지만 물론 그런 말을 입 밖에 낼 수는 없었다. 생글생글 웃으며 붙임성 있게, 그리고 참을성 있게 자신의 교육 방침을 설명해 갔다.

열 번째가 시부야 준이치의 엄마였다. 시노부는 그녀의 용모를 보고서 '허걱' 했다.

후지코 후지오의 만화에나 나올 법한 극성 엄마의 전형이었다.

"우리 아이는 사물을 깊이 생각하는 걸 좋아해서 수학이나 과학을 잘해요. 하지만 이건 다른 과목에 비해서 그렇다는 거고 국어와 사회 같은 과목도 잘한답니다. 그 뭐죠, 지능 검사에서도 아주 높은 점수가 나왔다더라고요. 2학년 때 담임 께서 무척 칭찬하셨어요."

그러고는 오호호호, 웃더니 세모꼴 안경을 위로 살짝 추어 올렸다. 시노부로서는 네, 네, 그렇군요, 하고 공손히 대답할 수밖에 없었다.

"전 이번 담임이 여자 선생님이라는 얘기를 듣고 얼마나 안 심했는지 몰라요. 지난번 선생님은 너무 거칠어서, 선생님도 들으셨겠지만, 우리 아이가 부상을 당한 적이 있어요. 우리 준이치는 책을 읽고 그림을 그리는, 품위 있고 문화적인 데 에 흥미가 있는 아이라서 선생님처럼 예쁜 여자 분이 오시니 정말 안심이 되네요."

"아니, 뭐, 그 정도는…… 호호호호."

시노부는 책상 밑에서 쩍 벌리고 있던 다리를 오므렸다.

"저…… 그래서 말인데요, 시부야 군은 학교에서 있었던 일을 집에서 자주 얘기하나요?"

시노부는 본론으로 들어갔다.

시부야 준이치의 엄마는 고개를 힘차게 끄덕였다.

"그럼요. 학교에서 어떤 행사가 있었는지, 뭘 배웠는지."

"친구에 대해서는요?"

"그런 얘기도 하죠. 야마모토 군이 숙제를 안 해 와서 혼난 얘기라든지."

"그렇군요……."

다들 자기를 무시하고 있으니 친구와 놀았다는 얘기는 할 수 없을 것이다. 그리고 세리자와 쓰토무에게 괴롭힘을 당하고 있다는 사실도 숨기고 있다. 이것은 드문 일이 아니다. 부모에게 얘기했다는 게 알려지면 괴롭힘이 더 심해질까 봐 두려운 것이다.

시노부는 적당히 면담을 끝냈다. 아들에 대해서 아무것도 모르는 시부야 준이치의 엄마는 의기양양해서 돌아갔다. 아줌마 향수 냄새가 한동안 주위를 맴돌았다.

그 몇 사람 후에 세리자와 쓰토무의 엄마가 나타났다. 시부야 준이치의 엄마와는 대조적으로 젊고 세련된 여자였다. 언뜻 보기에는 시노부와 나이가 비슷해 보일 정도였다.

지나가는 얘기처럼 물어보니 보험 회사에서 영업 사원으로 일하고 있다고 한다. 지금도 회사에서 돌아오는 길이라며 팸플릿이 든 노란 가방을 옆구리에 끼고 있었다. 디자이너인 남편은 재택근무를 하는 듯하다. 최근에 남편이 프리랜서로 독립하면서 가족이 지금의 집으로 이사하는 바람에 세리자와도 2학년 말에 전학을 왔다고 한다.

채두 ㄱ만 아 해도 그만인 얘기를 잠시 나눈 뒤 서서히 본론으로 들어갔다.

"세리자와 군이 3학년 때 담임인 야마시타 선생님을 무척 따랐나 보더군요."

"네, 그게…… 그랬나 봐요."

그녀의 대답이 어쩐지 시원치 않았다.

"야마시타 선생님이 전근을 가서서 충격을 받지 않았을까 싶은데, 집에서는 그런 기색이 없나요?"

"글쎄요, 그렇게 느낀 적은 별로……. 제가 집에 거의 없어서요. 남편에게 한번 물어볼게요."

집에서 일하는 남편 쪽이 아들과 대화를 많이 하는 듯했다.

"그런데 그 일로 제 아이가 학교에서 무슨 문제라도 일으켰나요?"

시노부는 뭐라고 대답할까 잠시 망설였다. 그러다 결국 이 기회에 세리자와 쓰토무가 시부야 준이치를 괴롭히고 있다는 사실을 알리기로 했다. 세리자와의 엄마는 잘 다듬은 눈썹을 찡그렸다.

"우리 아이가 그런 짓을……. 알겠습니다. 오늘 밤에 따끔하게 혼낼게요."

"아니에요. 그러시면 곤란합니다."

시노부는 당황했다.

"교사와 부모가 그런 얘기를 했다는 걸 알면 아이가 마음을 열지 않을 거예요. 지금 상황이 그렇다는 것만 이해하고 계세요. 그리고 한동안 지켜봐 주시면 좋겠어요."

"하지만 이대로 두면 시부야 군이 가엾잖아요."

"그건 제가 어떻게 해 볼게요. 책임지고 해결하겠습니다. 그러니까 그때까지 기다려 주세요."

"알겠어요. 그렇게까지 말씀하시니 선생님께 맡기겠습니다."

"그런데."

시노부는 화제를 돌렸다.

"야마시타 선생님이 인기가 참 많았나 봐요. 나쁘게 말하는 학생이 한 명도 없어요."

그러자 세리자와 쓰토무의 엄마는 고개를 살짝 기울이며 옅은 미소를 지었다.

"젊은 남자 선생님이라 그저 동경했던 거 아닐까요?"

"그럴 수도 있겠군요."

시노부도 동의했다.

다음은 우에하라 미나코의 엄마였다. 그녀는 의자에 앉자마자 목소리를 낮추고 소곤거렸다.

"이 앞이 세리자와 군의 엄마였죠? 별일이네요. 늘 아빠가 왔었는데."

"그래요?"

"네. 디자이너라면서요? 옷도 잘 입고 배도 안 나오고, 참 멋있는 남자던데."

그녀는 눈까지 반짝였다. 엄마가 이러니 딸이 그럴 만도 하다 싶었다.

5

학부모 면담이 있은 지 사흘 후. 시노부는 야마시타 선생을 만났다. 일부러 찾아가서 만난 건 아니다. 교육 지도에 관한 연구회 일로 야마시타가 새로 부임한 초등학교를 방문하게 됐기 때문이다. 학교에서 일단 인사한 뒤 방과 후 근처 찻집에서 다시 만났다.

야마시타는 키는 그리 크지 않지만 어깨가 넓고 듬직해 보이는 남자였다. 스포츠머리를 하고 있어 현역 선수 같은 분위기다. 시노부가 그런 얘기를 하자 야마시타는 "현역 시절에 비하면 근육이 많이 줄었죠."라며 하얀 이를 드러내고 웃었다.

"무슨 운동을 하셨는데요?"

"체조요. 중학교 때부터 대학 때까지 했어요."

양복 위로도 느껴지는 우람한 근육에 시노부는 역시 그랬구나 생각했다.

"이래 봬도 신문에 난 적도 있습니다. 전국 고교 대항 경기에서 3위에 입상했을 때죠. 오사카 지방란이지만요."

"와, 대단하네요."

"과거의 영광이죠."

하하하. 야마시타가 또 웃었다.

"그런 경험이 있어서 아이들에게도 기계 체조를 열심히 가르치신 거로군요."

시노부가 그렇게 말하자 야마시타의 눈가에 그늘이 생겼다.

"뜀틀 사고에 대해 알고 계시는군요?"

"네. 나쁜 뜻으로 한 말은 아니니까 기분 나쁘게 생각하지는 마세요."

"기분이 나쁘거나 하지는 않습니다. 그 사고는 전적으로 제 실수였어요. 학생들에게 기계 체조를 시킬 때는 선생이 옆에 붙어 있어야 하는데, 오래 하다 보니 그만 방심한 거죠. 반성하고 있습니다."

야마시타는 어두운 표정으로 고개를 숙였다.

"하지만 2반 학생들이 거의 다 체조를 잘하는 건 선생님 덕분이에요."

시노부가 그렇게 말하자 그의 얼굴이 이내 환해졌다.

"그렇죠? 그 녀석들 말이에요, 3학년에 올라왔을 때는 태반이 몸구이무서기도 못했이요. 그린 아이들을 맹훈린시끠서서 겨우 거기까지 끌어올린 겁니다. 게다가 지금까지 할 수 없다고 생각했던 일들을 할 수 있게 된다는 건 상당한 자신감을 심어 주는 일이라고 생각해요. 녀석들, 1년 사이에 아주 늠름해졌어요."

그런 만큼, 하고 그는 다시 어두운 표정을 지었다.

"그 사고가 안타깝기 그지 없습니다. 제가 전근을 하게 된 것보다, 체조는 위험하다는 인상을 아이들에게 심어 주게 된 게 더 아쉬워요."

그러고 나서 불쑥 내뱉었다.

"그 뜀틀이 왜 무너졌는지, 지금도 납득이 가지 않습니다."

"저도 그래요."

시노부는 앞으로 약간 다가앉았다.

"저도 조사해 봤거든요. 그런데 도무지 납득할 수 없더라고요. 교무 주임 선생님은 어쩌다 보니 그렇게 된 거라고 하시지만."

"어쩌다 보니…… 그렇게 된 거겠죠."

야마시타는 팔짱을 끼었다.

이어서 시노부는 세리자와 쓰토무와 시부야 준이치에 관한 얘기를 꺼냈다. 야마시타의 얼굴이 점점 더 침울하게 일그러졌다.

"쓰토무가 준이치를……, 그렇군요. 한심한 녀석들. 사고는 내 잘못이라고 그렇게 말했는데도."

"세리자와 군은 야마시타 선생님을 무척 좋아했나 보던데요."

"네. 왜 그런지는 몰라도 잘 따랐습니다. 게다가 그 녀석은 운동 신경이 좋아서 따로 체조를 열심히 가르친 적도 있어요."

얘기를 하는 야마시타의 표정이 약간 밝아지는 듯했지만 그것도 잠시였다.

"그런데 친구를 괴롭힌다니, 괘씸하네요. 다케우치 선생님, 제가 골치 아픈 짐을 두고 온 것 같군요. 아무쪼록 잘 부탁드리겠습니다."

야마시타는 머리를 숙였다.

시노부는 이 사람에게 높은 점수를 주기로 했다. 이런 대화를 나눌 때 '그럼 제가 한번 주의를 기울여 보겠습니다.' 어쩌고 하는 선생이 많은데 그건 도리에 어긋나고 현재의 담임을 바보 취급 하는 발언이다. 무책임하게 보일 수도 있겠지만 이런 경우에는 상대에게 맡기는 것이 예의다.

"다음에 또 의논드릴 일이 생길지도 모르겠어요. 저야말로 잘 부탁드려요."

시노부 또한 겸손하게 말했다.

"언제든 괜찮습니다. 그런데 선생님, 젊은 나이에 참 훌륭하시네요. 파견 유학까지 하셨다면서요? 여자들의 활약이 점점 커지는 시대이기도 하니 기대가 큽니다."

"아, 네. 감사합니다."

"실례지만 결혼은?"

"아직요."

"그렇군요. 결혼하더라도 일을 그만두시면 안 됩니다. 이렇게 빛이 나는 분이 결혼으로 그 빛을 잃게 된다면 안 하느니만 못하니까요."

"네, 명심할게요. 야마시타 선생님은 여자에 대한 이해가 깊으시네요."

"에이, 아닙니다."

그가 머리를 긁적거렸다.

"이렇게 되기까지 사연이 많습니다."

그는 살짝 아련한 눈빛을 보였다.

6

야마시타와 만난 다음 날 시노부는 학교에서 세리자와 쓰토무와 대화를 시도했다. 다른 학생들 모르게 교무실로 부른 것이다.

쓰토무는 뚱한 표정으로 고개를 옆으로 향하고 있었다. 당신 같은 사람은 담임으로 인정할 수 없다는 태도였다.

"준이치를 원망한다면서?"

시노부는 그렇게 말을 꺼냈다.

쓰토무가 힐끗 그녀를 보았다.

"그 미련 곰탱이가 그렇게 말해요?"

"아니, 다른 아이한테 들었어. 물론 선생님도 네가 준이치를 괴롭히는 장면을 몇 번이나 봤고."

흥, 하고 콧방귀를 뀌더니 쓰토무는 다시 고개를 돌렸다.

"그 자식이 나빠요."

"그래? 뜀틀이 무너져서 다친 사람은 준이치인데도?"

"뜀틀 하나 못 넘는 그 자식이 나쁜 거죠."

"그렇구나. 그럼 준이치는 너보다 수학을 잘하는데, 그렇게 쉬운 문제 하나 못 푸느냐고 하면 너는 화가 안 나?"

"수학은 공부잖아요."

"뜀틀도 공부야. 사람은 누구나 잘하고 못하는 게 있는 법이야."

시노부가 할 말을 잃게 만들자 세리자와 쓰토무는 분하다는 듯이 고개를 꺾었다. 하지만 이내 반항적으로 눈을 치켜떴다.

"그 자식, 일부러 다친 거예요."

"일부러?"

"네. 뜀틀 연습하기 싫어서 일부러 다친 거라고요."

"설마 그랬을까."

"선생님이 모르셔서 그래요. 그 자식은 그런 술수를 잘 쓴다고요. 운동회에서 이어달리기할 때도 망신당하기 싫으니까 일부러 넘어진 거예요. 아마 뜀틀 사건도 제 손으로 망가뜨려 놓고 뛰었을 거예요. 틀림없어요. 그 바람에 야마시타 선생님만 쫓겨나시고⋯⋯. 그 자식 엄마도 진짜 싫어요."

시노부는 한숨이 나왔다.

"너, 지금도 야마시타 선생님을 좋아하는구나."

"야마시타 선생님은 우리를 소중히 여겨 주셨거든요. 늘 우리 편이었고."

"나도 너희들을 소중히 여기고 언제나 너희 편이야."

"아니요, 다른 선생님은 믿을 수 없어요."

쓰토무는 몸을 획 돌려 교무실을 뛰쳐나갔다.

이거 중증이네, 하고 시노부는 중얼거렸다.

다음으로 시노부는 시부야 준이치에게 사정을 들어 보기로 했다. 설마 세리자와 쓰토무의 말이 사실일 리 없겠지만 뜀틀 사고는 계속 마음에 걸렸다.

교무실에 불려 왔다는 사실만으로 시부야 준이치는 이미 벌벌 떨고 있었다. 얼굴이 벌겋게 달아오르고, 관자놀이에서는 땀이 흘렀다. 긴장을 풀어 주기 위해 시노부는 미소를 지어 보인 뒤 뜀틀에서 다쳤을 때 얘기를 해 달라고 했다. 그러자 준이치의 표정이 바로 굳어졌다.

"저, 저, 전 아무것도 몰라요. 그냥 뜀틀을 넘었을 뿐이에요."

그는 얼굴을 좌우로 부들부들 떨었다.

"그건 알지만, 그때 일을 좀 더 자세히 들었으면 해서 말이지. 뜀틀 연습할 때 주위에 누가 있지 않았니?"

"아뇨, 저 혼자였어요."

"내내 혼자 넘었어?"

네, 라고 대답하는 대신 준이치는 눈을 치켜뜨고 고개를 끄덕였다.

"몇 번 정도 뛰었지?"

"음, 그게…… 열 번에서 스무 번쯤요."

"그러다가 갑자기 뜀틀이 무너진 거야?"

준이치는 입을 다물고 고개만 끄덕였다.

"어떤 식으로 무너졌는데? 뭔가가 빠졌다든가 망가진 느낌이었어?"

"음…… 저…… 어긋난 느낌이었어요."

"어긋났다고?"

"뜀틀 단이 어긋난 느낌이었어요. 뜀틀에 손을 댔을 때 움

지인 깃 같은 느낌이 들었거든요."

"그랬구나."

그랬다면 넘으려는 순간에 무너져서 다쳤다는 것도 이해
가 된다. 준이치는 운동 신경은 둔해도 관찰력은 날카로운
듯했다.

그런데,

"하지만 그 전에는 아무 일 없었잖아. 뜀틀이 흔들린 적도
없고."

"네, 없어요."

"이상하네."

시노부는 중얼거리면서 팔짱을 꼈다.

"계속 연습을 했잖아. 그 자리를 떠난 적도 없고."

"네."

준이치는 대답하고 나서 갑자기 어, 하고 조그맣게 소리를
냈다.

"왜, 뭔가 기억났니?"

시노부가 묻자 준이치는 잠시 주저하다가 입을 열었다.

"저…… 화장실에 갔다 왔어요."

"화장실?"

"오줌 누러요. 그리고 다시 넘는데……."

"뜀틀이 무너졌어?"

준이치가 고개를 끄덕했다.

"음……."

설마 그랬으랴 싶기는 하지만 한 가지 의심이 고개를 쳐들었다. 하지만 누가, 무엇 때문에?

"다시 한 번 묻겠는데, 주위에 정말 아무도 없었니?"

"네."

"정말? 어디선가 너를 보고 있는 사람도 없었어?"

"그게요……."

준이치의 얼굴에 갑자기 불안한 기색이 떠올랐다.

이날 퇴근해서 집으로 돌아오자 집 안쪽에서 웃음소리가 들렸다. 깜짝 놀라 부엌으로 가 보니 신도와 엄마 다에코가 식탁에 마주 앉아 있었다. 식탁 위에는 빈 맥주병 두 개와 절반쯤 남은 맥주병 한 개가 놓여 있다. 안주는 다코야키.

"어, 왔니?"

다에코가 느긋한 목소리로 말한다.

"다코야키 먹으련?"

"어서 오세요."

신도도 불콰한 얼굴로 인사했다.

"뭐야, 이거. 어떻게 된 거야?"

"신사이바시에서 신도 씨를 우연히 만났지 뭐니. 그래서 차

리도 바실까 하다가, 커피 마시는 데 비싼 돈을 내느니 집에
서 시원한 맥주를 마시는 편이 좋겠다 싶어서. 너도 얼른 옷
갈아입고 와. 다코야키 식겠다."

다에코가 따발총을 쏘듯 빠르게 말을 쏟아 냈다.

"기막혀. 저녁도 되기 전부터 이렇게 마시면 어떡해?"

"애는, 젊은 애가 왜 그러니. 오늘은 아빠도 늦게 들어오신
다고 했으니까 저녁은 적당히 때우면 돼. 그보다, 신도 씨 얘
기가 참 재밌네. 형사라는 직업도 꽤 괜찮은 것 같아."

다에코는 매우 기분이 좋아 보였다. 오랜만에 마음껏 마신
데다 재밌는 상대까지 있으니 금상첨화일 것이다. 시노부의
아빠는 술을 못한다.

"아니, 아니요, 어머님 말씀이 더 재미있습니다. 특히 시노
부 씨 어린 시절의 얘기는 정말이지, 아하하."

신도의 말에 시노부는 다에코를 노려보았다.

"또 무슨 이상한 소리 했구나?"

"아니다, 아니야. 난 사실만 얘기했어."

다에코는 또 맥주를 벌컥 들이켰다.

"네가 초등학교 때 싫어하는 선생님 슬리퍼에 개똥을 갖다
놓은 일이라든지."

"아이, 그 얘기는 아무한테도 하지 말라고 했잖아."

"그 얘기, 정말입니까?"

신도가 낄낄거렸다.

"아니에요. 그건 친구들이 꼬드겨서……."

"그리고 소방 훈련 하는 날, 폭죽을 가져가서 훈련 중에 불을 붙인 일도 있잖아. 그때 담임이 놀라서 계단에서 굴렀지, 아마."

"흥, 다 잊었어요. 그런 옛날 고릿적 얘기."

시노부는 다에코의 맥주 컵을 낚아채더니 남은 맥주를 벌컥벌컥 다 마셔 버렸다.

"맥주, 더 없어요?"

"있지, 있어."

다에코는 냉장고를 열고 캔 맥주 두 개를 꺼내 왔다. 대체 얼마나 사 온 거야.

"시노부 선생님은 어렸을 적에 선생님을 싫어했다면서요?"

신도가 땅콩을 입에 넣으며 말했다.

"그런 얘기까지 했어요?"

"완전 뜻밖이었습니다. 선생을 싫어하는 사람이 선생이 되다니."

"자신은 훨씬 훌륭한 선생님이 될 거라고 입버릇처럼 말했어요."

"쓸데없는 얘기 좀 하지 마, 엄마."

"그런 거군요. 이해가 갑니다."

탐탁했다는 듯이 신도가 고개를 끄덕였다.

"그래서 선생님이 된 거군요. 그것도 자신이 말했던 대로 아이들이 좋아하고 따르는 선생님이 되셨으니 대단합니다."

"아니에요. 전 아직 멀었어요."

불현듯 세리자와 쓰토무의 얼굴이 뇌리를 스쳤다. 이어 시부야 준이치의 동그란 얼굴도.

"있잖아, 엄마."

시노부는 다에코를 똑바로 보며 말했다.

"왜 그래, 갑자기 정색을 하고?"

"자기 자식이 담임을 지나치게 좋아한다면 부모는 기분이 어떨까?"

"이상한 질문도 다 있네. 자식이 선생을 좋아하면 잘된 일 아니야?"

"지나치게 좋아하니까 질투를 한다든가 샘을 내는 일은 없을까?"

"샘을 낸다고? 바보 같은 소리."

다에코는 얼굴을 잔뜩 찌푸렸다.

"세상에 선생을 질투하는 부모가 어디 있겠니. 그런 말도 안 되는 소리를 하려거든 신도 씨 말대로 빨리 결혼해서 아이나 낳는 게 낫겠다."

"네에?"

시노부가 놀라서 신도를 보았다.

"그 얘기를 한 거예요?"

신도는 쑥스러운 듯이 머리에 손을 얹었다.

"네, 뭐, 헤헤헤."

"엄마는 찬성이다. 뭐니 뭐니 해도 공무원이 불경기에는 최강이야."

"그렇죠, 어머니? 자, 자, 한 잔 더 드세요."

"아니야, 더는 못 마시겠어."

그러면서도 다에코는 잔을 내밀었다.

흥, 잘들 해 보라지.

시노부는 부엌을 나왔다. 뒤에서 다에코의 커다란 목소리가 날아들었다.

"정말이지 저 아이가 가 줘야 길이 열릴 텐데. 미련한 딸자식이지만 잘 부탁해요."

"미련한, 이 아니라 부족한, 이야!"

시노부가 고함을 질렀다.

7

이 학교에는 '도서 시간'이라는 게 있다. 도서실에서 아이들에게 읽고 싶은 책을 읽히는 시간이다.

분부쿠 초등학교의 도서실은 상당히 넓다. 책도 동네 도서관만큼은 갖춰 놓고 있다. 아동물에 한해서는 훨씬 풍부하다고 할 수 있다.

"선생님, 이게 뭐예요?"

우에하라 미나코가 가리킨 것은 신문의 축쇄판이었다. 그걸 보고 시노부도 깜짝 놀랐다. 이런 것까지 갖추고 있을 줄은 몰랐기 때문이다.

"이건 옛날 신문을 축소해서 정리해 놓은 거야. 이걸 보면 그 당시에 무슨 일이 있었는지 잘 알 수 있지."

그렇게 말하고서 시노부는 신문 축쇄판을 펼쳐 보였다.

그런데 미나코는 기사에는 관심이 없고 광고에 나온 당시 아이돌을 가리키며 킥킥 웃어 댔다.

"무슨 옷이 이렇게 촌스러워요?"

들여다보니 시노부가 고등학생 시절에 갖고 있던 것과 똑같은 옷이었다.

축쇄판의 연도를 보다가 어제 만났던 야마시타가 예전에 신문에 난 적이 있다고 했던 말이 떠올랐다. 그의 정확한 나이는 모르지만 아마도 지금으로부터 10여 년 전 일일 것이다. 시노부는 연도를 어림잡아 몇 권을 펼쳐 보았다.

'전국 고교 대항 경기'라는 글자를 중심으로 훑으니 찾는데 별로 어렵지 않았다. 예의 기사는 17년 전 신문에 실려 있었다. 야마시타가 말했던 대로 지방란이다.

기사 제목은 '입시 공부를 하면서 전국 고교 체육 대회 3위에 입상한 사카나 고등학교 체조부 3학년 야마시타 히로오'로, 입시 준비를 하면서 체조부 활동도 열심히 해서 빛나는 성적을 거뒀다는 평범한 내용이었다. 기사 옆에는 소년 야마시타가 웃는 사진이 있었다.

그 사진을 보았을 때 시노부는 뭔지 모를 묘한 느낌이 들었다. 뭐지, 하고 골똘히 생각했지만 마음에 걸리는 것이 무엇인지는 알 수 없었다.

다시 한 번 찬찬히 보고서야 문득 떠오르는 것이 있었다. 그녀는 고개를 들고 도서실 안을 둘러보았다.

그리고 다음 순간 헉, 숨을 삼켰다.

8

"바쁘신데 죄송합니다."

시노부가 고개를 숙였다. 찻집 안은 한산해서 주위에는 손님이 없었다. 이야기의 내용이 내용인 만큼 잘됐다 싶었다.

"아닙니다. 그보다, 쓰토무에게 또 무슨 일이?"

세리자와 쓰토무의 엄마가 걱정스러운 표정으로 물었다. 조사를 통해 시노부는 그녀의 이름이 이쿠코라는 것을 알았다.

"아니요. 쓰토무 군과는 관계없는 일이에요."

시노부는 이쿠코의 눈을 보면서 얘기를 계속했다.

"야마시타 선생님과 얘기를 나눠 보면 어떨까 싶은데, 어떠세요?"

이쿠코의 얼굴에 낭패감이 스쳤다.

"무슨 말씀이신지?"

"그러니까, 쓰토무 군 일도 그렇고 여러 가지로요."

"왜요? 지금 담임은 다케우치 선생님 아닌가요? 야마시타 선생님은 상관없을 텐데요."

"물론 담임은 저죠. 하지만 아버지는 야마시타 선생님이니까요."

아, 하며 신음 같은 소리를 내뱉더니 벌떡 일어서는 이쿠코의 손을 시노부가 재빨리 붙잡았다.

"야마시타 선생님께는 아직 아무 말도 안 했어요. 하지만 어머니가 이렇게 피하시면 저는 야마시타 선생님을 만날 수밖에 없어요. 그래도 괜찮은가요?"

그러자 이쿠코는 온몸에서 힘이 빠져나가는 것처럼 의자에 스르르 주저앉았다. 마치 넋이 나간 듯이 보여 시노부는 잠시 기다리기로 했다.

그러는 사이 종업원이 주문한 커피를 들고 왔다. 시노부는 커피에 크림을 넣어 한 모금 마셨다.

"어떻게 아셨어요?"

잠시 후 이쿠코가 먼저 입을 열었다. 차분히 가라앉은 목소리였다.

"이걸 봤어요."

시노부는 복사물 한 장을 꺼냈다. 예의 신문 축쇄판을 복사한 것이었다. 그것을 본 이쿠코도 놀라는 표정을 지었다.

"닮았죠?"

시노부가 물었다.

"이 사진을 보자마자 어디선가 본 적 있다는 생각이 들었어요. 그리고 쓰토무 군이라는 것을 생각해 냈어요."

"그게 다인가요?"

"물론 그것뿐만이 아니에요. 이 사진을 봤을 때는 설마 아니겠지 하는 생각이 더 강했어요. 하지만 쓰토무 군의 전학 당시 서류를 보고 지금의 아버지가 어머니와 결혼한 지 불과 2년밖에 안 됐다는 사실을 알았을 때는 설마가 아니라는 생각이 들기 시작했습니다. 그래서 실례인 줄 알면서도 남편께 전화를 걸어 쓰토무 군의 친아버지에 대해 아시느냐고 물었죠. 남편께서는 자신도 자세히는 모른다, 언젠가 얘기해 줄 때까지 기다릴 작정이다, 그렇게 말씀하셨어요. 쓰토무 어머니, 어머니는 작년 학부모 모임에는 한 번도 얼굴을 비치지 않으셨다고 하던데, 그건 일 때문이 아니라 야마시타 선생님과 얼굴을 마주치고 싶지 않아서가 아니었나요?"

이쿠코는 침통한 표정으로 시노부의 얘기를 듣고 있었다. 이윽고 그녀의 입술 사이로 후, 긴 한숨이 흘러나왔다.

"쓰토무를 전학시켰을 당시에는 그 사람이 그 학교에 있을 줄은 꿈에도 몰랐습니다. 그러다 3학년으로 올라가 학급 사진을 들고 왔을 때 심장이 멎는 줄 알았어요. 야마시타 히로오라는 이름을 확인할 필요도 없었죠. 틀림없는 그 사람이었으니까요."

"결혼하셨던 건가요?"

"아니에요. 결혼 약속은 했죠. 그런데 슬슬 결혼 날짜를 잡을까 하던 참에 서로의 의견이 엇갈렸어요. 그 사람이 제게 일을 그만두고 집안일에 전념해 줬으면 좋겠다고 했거든요. 저는 그럴 수 없다고 했어요. 여자는 결혼하면 집안에 들어앉아야 한다는 생각은 잘못된 것 아닌가요? 그러자 그 사람은 일하면서 아이를 제대로 키울 수는 없다고 하더군요. 그러다가 사이가 나빠져 결국 헤어지고 말았습니다."

이쿠코는 커피를 한 모금 마시더니 또 한숨을 쉬었다. 그리고 입가에 옅은 미소를 띠었다.

"얄궂게도 그 직후에 임신 사실을 알았습니다. 저는 우리

부모님의 반대를 무릅쓰고 낳기로 했어요. 여자 혼자 일하면서도 아이를 잘 키울 수 있다는 걸 증명하고 싶었죠. 그리고 결혼은 평생 하지 않을 생각이었어요."

"그런데 결국 결혼하셨네요."

"네. 남편은 정말 좋은 사람이에요. 내게 아들이 있다는 사실을 알면서도 프러포즈했죠. 쓰토무에게도 친아빠 이상으로 애정을 쏟고요. 보기 드문 사람이에요."

"그러신 것 같더군요."

시노부는 고개를 끄덕였다. 그러니까 아빠들이라면 대개 꺼리는 학부모 면담에도 적극적으로 나왔을 것이다.

"그런 만큼 더욱더 저는 야마시타 씨를 만날 수 없었어요. 그 사람이 쓰토무가 자신의 아들이라는 걸 눈치채게 될 테니까요. 만약 그러다 쓰토무마저 사실을 알게 되면 남편을 무슨 낯으로 보겠어요. 쓰토무가 졸업할 때까지는 어떤 일이 있더라도 숨기려 했어요."

"졸업할 때까지……라고요. 그런데 상황이 달라진 거군요."

시노부의 말에 이쿠코가 눈을 부릅떴다.

"상황이 달라졌죠?"라고 시노부는 재차 물었다.

"그래서 어떻게든 야마시타 선생님이 학교를 떠나도록 해야 했던 거죠."

이쿠코는 입술을 꼭 다물고 시노부의 얼굴만 뚫어져라 보왔다.

"준이치 군에게 얘기를 들었어요. 뜀틀을 넘다가 다쳤을 때의 자세한 상황을요. 실은 그 얘기를 들으면서 사고에 쓰토무 어머니가 관련이 있지 않을까 의심하게 됐습니다. 하지만 그 시점에서는 이유라고 할 만한 게 떠오르지 않았어요. 쓰토무 군이 야마시타 선생님을 워낙 잘 따르니까 질투심 때문에 그랬나 하는 생각까지 했죠. 그런데 야마시타 선생님이 쓰토무 군의 친아버지라면 앞뒤가 맞아떨어지죠."

"시부야 군이 뭘…… 봤나요?"

"네, 봤습니다."

시노부가 단호하게 말했다.

"사고가 나기 직전에 화장실에 다녀왔다고 하더군요. 그런데 그 조금 전에 뒷문 근처에서 자신을 지켜보고 있는 여자가 있었대요. 시부야 군이 얼굴까지는 기억하지 못했지만 한 가지 특징을 기억하고 있었어요. 그 여자가 노랗고 네모난 가방을 안고 있었답니다."

"아……."

이쿠코는 옆에 놓인 의자로 눈길을 돌렸다. 거기에는 그녀가 일할 때 들고 다니는 네모나고 노란 가방이 놓여 있었다.

커피를 한 잔 더 주문한 이쿠코가 얘기를 시작했다.

"쓰토무가 그렇게 야마시타 선생님을 따르게 된 이유는 저도 잘 모르겠어요. 친아빠라는 사실은 모를 거라고 생각하는데, 어쩌면 그의 몸에서 아빠 냄새를 맡았는지도 모르죠. 일종의 본능처럼요. 아니면 그저 단순히 쓰토무가 동경하는 요소를 그가 지녔는지도 모르고요. 아무튼 저로서는 야마시타에게 끌리는 그 아이를 보면서 제정신이 아니었어요. 쓰토무를 친아들처럼 사랑하는 남편에게도 미안했고요."

"그래서 야마시타 선생님이 학교를 떠나게 하려고……."

시노부의 말에 이쿠코는 고개를 끄덕였다.

"하지만 좋은 방법이 떠오르질 않았어요. 그럴 즈음 쓰토무가 흥미로운 얘기를 했죠. 야마시타 선생님이 아이들에게 기계 체조를 가르치는데, 잘 못하는 아이들은 방과 후에도 남아 연습하게 한다고요. 특히 제가 주목한 건 준이치 군이 매번 남는다는 사실이었어요. 그 아이의 엄마는 학부모회에서도 제일 시끄러운 사람인 데다 아들 일이라면 무조건 역성들고 나서는 성격이라서 방과 후에 남아 연습하다가 사고가 난다면 야마시타 선생님을 가만히 놔두지 않을 거라고 생각했어요."

"그래서 그날 학교에……."

"하지만 집을 나설 때까지만 해도 뚜렷한 계획은 없었어요. 마침 학교 근처에 갈 일이 있어서 가는 김에 잠깐 살펴본 것뿐이었죠. 예상대로 준이치 군이 혼자 뜀틀 연습을 하고 있더군요. 어기적거리는 폼이, 하기 싫은 걸 억지로 하는 모양새더라고요. 이쪽을 돌아보기에 숨어서 계속 살폈더니 화장실에 가더군요. 그래서 뒷문으로 들어가 뜀틀의 제일 위 단을 조금 어긋나게 해 놓았어요. 그 정도로 사고가 날지 어떨지 자신은 없었지만, 아무튼 뭐라도 하지 않을 수 없었습니다."

"그런데 그 결과가 계산대로 된 거군요."

"무서울 정도로요. 이것으로 이제 야마시타 선생님과 마주칠 일이 없겠다며 안심했죠. 그런데 제 생각이 짧았어요. 그 사람을 학교에서 쫓아내면 그만이라고 생각했는데, 쓰토무의 마음속에는 여전히 그 사람이 있었어요. 아이들의 감수성에 새삼 놀랄 따름이었죠."

그리고 이쿠코는 어깨에서 힘을 쭉 빼며 "여기까지가 전부예요."라고 말했다.

"말씀해 주셔서 고맙습니다."

시노부가 예를 표했다.

"하지만 선생님, 꼭 부탁드립니다. 이 얘기는 누구에게도 하지 마시고 선생님 가슴속에만 묻어 주세요. 준이치 군에게는 정말이지 못할 짓을 했습니다. 그 부분은 다른 형태로나마 어떻게든 사과할 생각이에요. 그러니까……."

고개를 숙이고 말하던 이쿠코는 끝내 목이 메어 말을 잇지 못했다.

"어머니, 고개 드세요. 사람들이 이상하게 봐요."

"하지만……."

"안심하세요. 이 얘기는 아무에게도 하지 않을게요."

"정말이세요?"

"네. 그리고 다음 일은 제게 맡겨 주세요."

9

"편지요, 저더러 편지를 쓰라고요?"

야마시타가 거듭 물었다. 그가 근무하는 초등학교 내빈실에 둘은 마주 앉아 있었다.

"네, 부탁드릴게요."

"뭐, 어려운 일은 아닙니다만, 쓰토무와 준이치에게 말입니까?"

"아니요, 4학년 2반 모두에게 보내는 한 통이면 됩니다. 그렇게 해야 불공평하지 않죠."

"하긴 그렇군요."

이해가 간다는 듯이 야마시타가 고개를 끄덕였다.

"그런데 뭐라고 쓰면 좋을까요. 준이치를 탓하는 것은 좋지 않다고요?"

"아니에요. 그 문제는 아이들 스스로 해결하는 게 좋을 것 같아요. 해결할 수 있도록 제가 어떻게든 해 볼게요."

"아, 네."

그는 또 고개를 끄덕였다.

"그럼 뭐라고 쓰죠?"

"그저 선생님이 지금 어떤 아이들과 어떻게 하루하루를 지내고 계시는지 적어 주시면 되겠죠. 있는 그대로 쓰시면 됩니다."

"알겠습니다."

야마시타는 양복 주머니에서 수첩을 꺼내더니 거기에 메모하기 시작했다.

야마시타의 편지를 아이들에게 보여 주고 이제 더는 너희들의 담임이 야마시타가 아니라는 것을 일깨우려는 얄팍한 의도는 아니다. 다만 그녀는 야마시타 선생님을 필요로 하는 학생이 너희들만은 아니라는 것을 아이들에게 깨우쳐 주고 싶을 뿐이었다.

"여러 가지로 수고가 많으시네요."

수첩을 덮고서 야마시타가 말했다. 그때 수첩에서 사진 한 장이 떨어졌다. 시노부가 그 사진을 주웠다.

"아, 이 사진은……."

현재 시노부의 반 아이들 몇 명과 야마시타가 함께 찍은 사진이었다. 체험 학습 때인 듯, 아이들이 등에 배낭을 메고 있다.

야마시타가 겸연쩍은 듯 머리를 긁적거렸다.

"학교를 옮기면서 아이들도 마음속에서 깨끗이 정리하려고 했는데, 이 사진만은 왠지 손에서 뗄 수 없더군요. 역시 이러면 안 되는 거겠죠? 이 사진은 집에 있는 앨범에 넣어 두겠습니다."

"그러시는 게 좋겠네요. 이 사진, 소중하게 간직하세요."

시노부는 사진을 그에게 돌려주었다.

사진 속의 야마시타는 감색 스웨터를 입은 채 이쪽을 향해 웃고 있었다. 그 옆에 마치 일부러 색을 맞춘 것처럼 똑같은 색의 트레이너를 입은 세리자와 쓰토무가 손가락으로 브이 자를 그리고 서 있었다.

10

"그런 일이 있었군요."

시노부의 얘기를 다 듣고 난 신도가 착잡한 표정으로 몇 번이나 고개를 끄덕거렸다.

"애 많이 쓰셨네요."

하지만 공부도 많이 됐어요."

시노부가 대답했다.

며칠 전 신도가 시노부에게 프러포즈한 찻집이었다. 오늘은 시노부 쪽에서 그를 불러냈다. 그리고 이번 일을 얘기해 주었다.

"선생님이라는 게 참 힘든 직업이라는 사실을 새삼 깨달았어요. 아직도 배우려면 멀었더라고요."

"그리고 한 가지가 더 있지 않습니까?"

신도가 말했다.

"네?"

시노부가 되물으며 그를 보았다.

"부부가 같이 일하면서 아이를 키우기도 힘들다는 걸 통감하지 않았나요?"

신도의 말에 시노부는 저도 모르게 어깨를 움츠렸다.

"맞아요. 정말이지 저는 아직 너무 미숙한 것 같아요."

"그래서, 그게 답입니까?"

"네?"

"프러포즈에 대한 답 말이에요. 지금은 결혼할 마음이 없다, 그런 거 아닙니까."

신도는 웃으며 말했지만 목소리에 기운이 없었다.

시노부는 쓸쓸하게 웃으며 고개를 숙이더니 잠시 후 다시 고개를 들고 그의 얼굴을 보았다.

"1년만 기다려 주세요."

신도가 어리둥절해하는 표정을 지었다.

"무슨 뜻이죠?"

"아이들의 마음을 1년 동안 얼마만큼 사로잡을 수 있는지 나 자신을 시험해 보고 싶어요. 만약 자신감이 붙으면 그때……."

시노부는 그다음 말을 입안으로 삼켰다.

"1년이란 말이죠?"

신도가 그녀의 눈을 똑바로 보며 물었다. 그러고서 너무 진지한 것이 스스로도 좀 부끄러웠는지 크게 기지개를 켰다.

"야, 이거 큰일이네. 프러포즈 연습을 다시 하게 생겼으니."

"다음에는 좀 더 낭만적인 장소에서 해 주세요."

"도톤보리에서 다코야키라도 먹으면서 프러포즈하는 건 어떻겠습니까?"

그 순간, 그의 주머니에서 벨이 울렸다. 그가 허둥지둥 전원을 껐다.

"이럴 때 사건이라니. 한창 데이트 중인데……."

"그게 신도 씨의 일이잖아요."

시노부의 말에 신도는 피식 웃음을 터뜨렸다.

"맞는 말씀입니다. 잠시 다녀올게요."

신도가 오른손을 내밀었다.

"조심하세요."

시노부도 손을 내밀었다. 두 사람은 테이블을 사이에 두고 악수를 나눴다.

아, 역시 남자 손은 거칠어, 하고 시노부는 생각했다.

11

뒤뚱거리고는 있지만 아마도 시부야 준이치로서는 전속력일 것이다. 그러나 여느 때와 마찬가지로 준이치는 도움닫기 판 앞에서 겁을 먹고 속도를 줄이며 판을 밟았다. 그러잖아도 뚱뚱한 몸이 높이 뜰 리 없었다. 아니나 다를까, 준이치는 뜀틀 위에 말 타는 자세로 올라탔다.

"안 되겠어. 다시."

시노부가 팔짱을 낀 채 말했다. 준이치가 울상을 짓더니 꾸물거리며 원래의 자리로 돌아간다.

지금은 체육 시간. 오늘 시노부는 교장 선생님에게 간곡히 부탁해 뜀틀을 다시 할 수 있도록 허락받았다.

"자, 출발!"

시노부가 외치자 시부야 준이치는 다시 쿵쾅거리며 뛰기

시작했다. 그러나 이번에도 겁을 먹고 우뚝 서고 말았다. 더구나 이번에는 뜀틀에 올라가 보지도 못하고 사타구니를 부딪쳐 얼굴을 찡그렸다.

"다시."

시노부가 냉혹하게 말한다. 준이치는 거의 울먹이고 있었다.

다른 아이들은 시노부 뒤에 무릎을 껴안은 채 앉아 있었다. 한 명씩 뛰고 나서 마지막으로 남은 사람이 준이치였다. 전원이 뜀틀을 넘지 못하면 다음 운동을 하지 않겠다고 처음부터 선언한 터였다.

처음에는 웃던 아이들도 준이치가 열 번 넘게 실패하자 아무도 웃지 않게 되었다. 시노부의 서슬에 겁을 먹은 듯한 아이들마저 있었다.

준이치가 또 실패하자 아이들 사이에서 뭐라고 떠드는 소리가 들렸다. 시노부가 그쪽을 돌아보았다.

"뭐라고? 더 크게 말해야 들리지."

"도, 도움닫기 판을 뜀틀에 좀 더 가깝게 밟으면 좋은데."

한 남자아이가 그렇게 말하자 시노부가 팔짱을 낀 채 고개를 끄덕였다.

"그럼 네가 나와서 가르쳐 줘."

남자아이는 잠시 머뭇거리다가 마침내 준이치에게 다가와 어떻게 해야 좋은지 조언하기 시작했다. 준이치가 이해할 수

없다는 표정을 짓자 또 다른 남자아이가 나오더니 둘이서 가
르치기 시작했다.

"자, 친구들의 조언을 잘 기억하면서 다시 한 번 도전!"

시노부의 말에 준이치가 다시 뜀틀을 향해 달리기 시작했
다. 이번에는 몸이 약간 떠올랐다. 그러나 아직 넘으려면 한
참 멀었다.

"야, 곰탱이! 더 힘껏 뛰어야지."

우에하라 미나코가 더는 못 참겠다는 듯 벌떡 일어서 나오
더니 뜀틀을 탁탁 두드리면서 코치를 했다.

그러자 질쏘냐 하고 다른 남자아이가 앞으로 나왔다.

"그보다 손을 짚는 위치가 문제야. 곰탱이는 너무 가까이
짚는다고."

"아니, 아니. 다리를 잘못 벌려서 그래."

"달리는 속도가 문제야."

다들 한마디씩 하는 바람에 와글와글 시끄러워지자 시부야
준이치는 이러지도 저러지도 못하고 서 있었다.

마지막으로 세리자와 쓰토무가 나섰다.

그가 다가가자 순식간에 주위가 조용해졌다. 준이치의 얼
굴에도 두려운 기색이 떠올랐다.

그런데 쓰토무는 준이치의 엉덩이를 툭 치더니 "넌 엉덩이
가 너무 무거워."라고 말하는 것이었다.

농담인지 비아냥거림인지 몰라 다들 침묵하고 있자 쓰토무가 다시 입을 열었다.

"엉덩이를 머리보다 높게 올린다는 생각으로 뛰어. 그게 요령이야."

"응."

준이치가 고개를 끄덕이더니 출발점으로 돌아갔다. 그 발걸음이 아까보다 훨씬 가벼운 듯 보였다.

'아아, 이제 겨우 시작이야.'

시노부는 후, 숨을 내쉬었다. 하지만 안심하기에는 이르다. 전쟁은 이제 시작일 뿐이다.

작가 후기

이 시리즈의 제1화 「시노부 선생님의 추리」를 쓴 것이 데뷔 이듬해, 지금으로부터 약 7년 전이었습니다. 당시에는 시리즈로 쓸 계획이 전혀 없었기 때문에, 『소설 현대』의 편집자에게 건넬 때의 제목은 '다코야키를 먹으면'이었습니다.

그랬던 것이 어쩌다가 이 캐릭터를 이어 나가게 되어 결국 다섯 편이나 쓰게 되었고, 마침내 '오사카 소년 탐정단'이라는 제목의 단행본이 되어 나오기에 이르렀습니다.

사실은 그 시점에 시노부 선생님 시리즈를 마칠 생각이었습니다. 그런데 『오사카 소년 탐정단』이 뜻밖의 호평을 받게 되었고 계속 써 달라는 요청도 많아(물론 관계자들 사이에서의 얘깁니다만) 시리즈를 이어 나가게 됐습니다. 그것이 『시노부 선생님, 안녕!』에 실린 작품들입니다.

이번에야말로 이 시리즈를 끝마치려고 합니다. 거기에는 몇 가지 이유가 있습니다만 가장 큰 이유를 꼽자면, '작가 자신이 이 세계에 머무를 수 없게 되었기 때문'일 것입니다. 집필 기간만 7년이고 이야기 속에서조차 3년이라는 세월이 흘렀습니다. 시노부 선생을 비롯해서 등장인물들도 성장했습니다. 그러니 작가 역시 조금쯤 변한다 해도 이상할 것이 없고, 그런 변화 때문에 작품을 계속 이어 나갈 수 없게 되는 경우도 있을 수 있습니다.

하지만 이 작품을 쓰는 동안은 작가로서 무척 즐거웠습니다. 언젠가 또 이런 일을 할 수 있다면 좋겠다고 지금은 생각합니다.

1993년 12월 3일 히가시노 게이고

해설

니시가미 신타

'베스트 10' 순위를 보고 1위부터 읽는 사람과는 친구가 되고 싶지 않다.'

모 미스터리 전문 평론가의 말이다.

감사하게도 요즘 미스터리가 큰 인기를 모으고 있다. 특히 지난 1, 2년간 신문이나 전문지 이외의 잡지에서도 다양한 방식으로 미스터리 특집을 꾸민 덕분에 나 같은 사람도 돗자리를 펼 수 있는 세상이 되었다.

앞에서 인용한 말 역시 전문지가 아닌 어느 잡지에서 실시한 '1996년 상반기 베스트 5'를 선정하는 대담 자리에서 흘러나온 말이다.

실은 나도 이 대담에 참가했기 때문에 잘 기억하고 있는데, 나 이외의 다른 두 사람도 '아, 문제 발언이에요.'라고 하면서도 속으로는 거의 동의하는 눈치였다.

이런 종류의 좌담회나 대담 자리에서는 지극히 당연한 말만 해서는 별 재미가 없기 때문에 일부러 풍파를 일으킬 만한 폭탄선언을 하기도 하고 관계자의 귀를 따갑게 할 만한 속내를 슬쩍 드러내기도 하는 등 나름 고심들을 하는 것이다.

아니나 다를까, 독자들로부터 반응이 있었다(다른 출판사 앞으로 편지가 날아왔다).

'미스터리가 이렇게 많이 출판되는 시대에 평범한 독자는 작품을 선택하기가 어렵다. 모두들 대개는 일에 쫓기는 가운데 가까스로 짜낸 시간에 미스터리를 즐기고 있다. 그 귀중한 시간과 돈을 쓸데없는 작품에 허비하고 싶지 않아 '베스트 10' 등의 순위를 참고로 하는 것이다. 그런 독자를 부정하는 듯한 언사가 과연 옳은 것일까.'

전해 들은 말이긴 하지만 대강 위와 같은 내용이었다. 지극히 타당한 의견이다. 나 같은 사람은 연말에 발표되는 '올해의 작품' 랭킹을 결정하는 투표 같은 것에도 관여하고 있기 때문에, 랭킹이라는 존재 자체를 부정하는 입장을 취하는 것은 자연스럽지 못한 일이다.

하지만 그러한 사실을 알고 있음에도 역시 조금은 시간을 낭비할 각오로 자신의 감과 경험을 믿고 작품을 접해 주었으면 하는 생각이다. 베스트 10 설문지의 응답 중에는 인기를 노리거나 자신의 존재를 과시하려는 목적으로 독특한 라인업과 코멘트를 다는 경우도 있다.

그런데도 전체 자료를 집계해 놓고 보면, 결국은 해당 연도의 대표작에 상응하는 라인업이 형성된다. 이른바 소수 의견이라 여겨지는 개성 강한 작품군이 잘려 나가고 마는 것이다.

인상에는 남지만 결점도 눈에 띄는 홈런성 파울 같은 작품이라든지, 새로운 시도는 있지만 재미없는 작품 등, 세상에는 랭킹에 오르기 어려운 작품이 다수 존재한다. 심한 경우, 매우 독특하고 좋은 작품인데 읽은 사람이 많지 않아 득표를 못하는, 작가로서는 악몽 같은 일도 있다. 그리고 대개는 1년 동안 읽은 작품을 충분히 음미한 후에 설문에 응답하겠지만, 인간이란 망각의 동물이다. 누구나가 읽은 책을 모두 다 꼼꼼히 체크한다고는 볼 수 없다. 때문에 그해 상반기에 발표된 작품은 잊히기 쉬워 전반적으로 점수가 낮다.

즉 '베스트 10' 같은 것들은 일종의 이벤트에 불과하다. 그 결과에만 너무 집착해 그것을 '올해의 독서' 지표로 삼은 결과 겉으로 드러나지 않은 수많은 재미있는 작품을 놓치지 않을까 우려되는 것이다.

앞에서 인용한 모 평론가의 발언도 진의가 그런 데에 있지 않았을까 싶다.

쓸데없는 이야기를 장황하게 늘어놓았지만, 나 또한 미스터리 독서가, 여기까지가 복선이다.

그래서 결국 무슨 말이 하고 싶었던 거냐면,

'미스터리 베스트 10'을 맹신하지 마라.'

왜냐하면 그토록 재미난 작품을 써 대는 히가시노 게이고는 '베스트 10'과는 도통 인연이 없기 때문이다.

믿기지 않을지도 모르겠다. 하지만 히가시노 게이고는 '베스트 10'과는 인연이 먼 작가다. 다카라지마 사에서 해마다 발표하는 '이 미스터리가 대단하다'를 짚어 보자.

1988년 발표된 『마구』가 18위, 이듬해인 1989년의 『조인 계획』은 15위에 머물렀다. 그 후 6년 동안은 20위 안에 든 작품이 없다.

또 『주간 문예춘추』의 '베스트 10'에서도 1985년 『방과후』 가 1위, 1988년 『마구』가 10위에 올랐을 뿐이다. 데뷔작인 『방과후』가 1위에 오르기는 했으나 이는 에도가와 란포상 수상작이다. 란포상 수상작이 언제나 1위를 차지하는 것은 『주간 문예춘추』의 앙케트라는 '특수 사정'에 따르는 것으로 '히가시노 게이고 베스트 10의 법칙'에서 보면 예외라고 할 수 있나.

고단샤 문고로 다수 나온 히가시노의 작품들을 읽어 본 적이 있는 독자라면 그 작품들이 얼마나 재미있는지 충분히 알 것이다. 불행하게도 아직 이 문고본을 읽어 보지 못한 독자라면 권말 해설자들의 면면을 보기 바란다.

다카하시 가쓰히코, 야마자키 요코, 구로카와 히로유키, 미야베 미유키, 오리하라 이치, 노리즈키 린타로 등, 현대 미스터리를 대표하는 작가들이 각각의 해설을 맡고 있다. 이는 동료들이 그 작가의 인품을 좋아할 뿐만 아니라 그의 작품 세계에 경의를 표할 정도의 작품 수준을 보인다는 반증이 아니고 무엇일까.

결국 베스트셀러 순위에만 의존한다면 히가시노 게이고의 풍요로운 작품 세계를 접하지 못하고 매우 허전한 독서 생활을 하게 되는 것이다.

아무리 그렇다 치더라도 순위에 오르는 작품이 너무 적다는 의견이 있을 수 있다. 거기에는 몇 가지 이유가 있다. 실은 그 이유가 히가시노 게이고의 특질과도 연관되므로, 한 가지씩 검증해 보기로 하자.

1. 득표가 분산된다.

히가시노 게이고는 창작욕이 왕성해서 해마다 몇 편씩 지

속적으로 작품을 발표한다. 게다가 모든 작품에 풍성한 트릭과 빛나는 아이디어가 담겨 있다. 따라서 작가별로 집계하면 표가 그런대로 모이지만, 작품별로 하면 표가 분산되고 만다.

2. 각각 성향이 다른 작품을 쓰기 때문에 독자가 당황한다.

데뷔작 이후 학교를 무대로 한 작품이 많았다. 지금도 히가시노 하면 학원 미스터리를 쓰는 작가라고 생각하는 독자도 있겠지만, 이는 큰 착각이다. '체육 회계'라는 야유를 받았을 정도로 인상 깊었던 스포츠 미스터리, 신본격파도 무릎을 꿇을 만큼 대담한 트릭을 사용한 '관 시리즈', SF적 경향을 도입한 작품, 최근에 쓰기 시작한 범죄 액션 소설까지, 익숙한 캐릭터와 일정한 패턴의 설정에 안주하는 독자들을 잇따라 놀라게 하는 다채로운 작품을 발표하고 있다.

3. 가독성이 지나치게 좋다.

히가시노 게이고는 스토리 구성이 뛰어난 데다 평이하고 안정된 문장으로 적확한 묘사를 구사한다. 소위 술술 읽히는 작품을 쓰는 것이다. 하도 재미있어서 단숨에 읽어 버리는 경우가 많아, 오히려 인상에 오래 남지 않는 경향이 있다.

그러나 올해는 다르다. 마침 이 문고와 같은 시기에 발표된

'이 미스터리가 대단하다! 97'에서는 〈명탐정의 규칙〉이 3위, 〈둘 중 누군가가 그녀를 죽였다〉가 13위에 랭크되었다. 또 작가별 득표수에서는 톱을 차지했다. 늦게나마 실력을 인정받아 팬의 한 사람으로서 무척 기쁘게 생각한다. 〈악의〉 역시 다소 독특한 맛의 작품이므로 꼭 읽어 보기 바란다.

〈시노부 선생님, 안녕! 나니와 소년 탐정단 독립 편〉은 그야말로 '나니와 소년 청춘기'(노리즈키 린타로)라는 말이 딱 어울리는 미스터리 연작집이다. 주인공은 초등학교 선생인 다케우치 시노부. 〈나니와 소년 탐정단〉에 실린 〈시노부 선생님의 추리〉에 다음과 같이 소개되어 있다.

'다케우치 시노부는 스물다섯 살의 독신이다. 단기 대학을 졸업하고 이 오지 초등학교 교단에 선 지 5년이 되었다. 부모님과 여동생과 함께 오사카에 살고 있다. 아버지는 가전 회사의 공장장이고, 여동생은 그곳에서 사원으로 일하고 있다. 초등학교 선생은 시노부의 어릴 적 꿈이었다.'

얼굴이 동글동글하게 생긴 미인이지만, '오사카 변두리에서 자란 탓에 말투는 빠르고 거칠고, 행동거지는 빠릿빠릿하지만 촌스러운' 활달한 선생이다. 게다가 전 소프트볼 투수

겸 4번 타자. 훗날 애인(?)이 되는 신도 형사에게 수상한 인물로 여겨져 쫓길 때에도 쏜살같이 도망친 데다 오히려 신도 형사의 이마를 하이힐로 가격. "이런 파렴치.", "내가 누군 줄 알고 따라오는 거야. 난 오지의 시노부라고." 하고 고함을 버럭 지른다.

음, 좋아요, 이런 캐릭터. 〈나니와 소년 탐정단〉의 해설에서 미야베 미유키 씨도 썼지만, 하루키 에쓰미의 〈자린코 치에〉의 치에가 어른이 되었을 때의 모습이라고 할 수 있을까.

안타깝게도 나는 오사카의 지방색에 대한 감각이 전혀 없는데, 시노부 선생님이나 그녀를 따르는 악동들에게 친근감이 느껴지는 것은 나 역시 도쿄의 변두리에서 태어나고 자랐기 때문인지도 모르겠다.

"이런 바보."로 인사를 대신하는 동네(지방색이라기보다는 친구 사이의 문제라는 설도 있지만)의 인간이니 "이런 맹추, 뭐 하는 거야." 하는 세계에 거부감 없이 들어갈 수 있는 것이다.

그런데 오사카에는 센바말, 도쿄에도 변두리 상인말이라고 해서 품위 있는 말투가 있었는데(괴멸 상태?) 오히려 품위 없는 말투가 그 지방 대표로 전국적으로 유명해진 것은 흥미로운 일이다. 악화가 양화를 구축한다는 말에 딱 들어맞는 예이다.

악동들을 졸업시킨 시노부 선생님은 국내 파견 유학 제도를 이용해서 대학에 다닌다. 선생업은 휴업에 들어간 셈인네, 악동들의 대표 뎃페이와 이쿠오는 중학생이 되어서도 종종 선생님을 만나러 간다. 그리고 호기심 왕성한 시노부 선생님은 전과 다름없이 사건과 조우한다. 마치 시노부 선생님의 파워가 사건을 부르는 듯한 인상이다.

자동차 경주를 즐기고, 도쿄로 올라가서는 유괴 사건에 휘말리는 등 교사라는 위치에서 잠시 떠난 덕분에 행동반경이 더욱 넓어진 시노부 선생님의 활약상을 볼 수 있다.

시노부 선생님이 다시 교단으로 돌아가는 것으로 이 시리즈는 막을 내린다. 신도 형사의 프러포즈에 대해서는 또 조건을 붙여 그 답을 뒤로 미룬다. 작가는 이제 이 시리즈를 더는 쓰지 않겠다고 하는데, 시노부 선생님이 내민 조건이 이루어지면 두 사람 사이는 어떻게 될까. 그 결과만이라도 알고 싶지 않나요?

히가시노 선생님, 어떻게 안 될까요?